大魚讀品
BIG FISH BOOKS

U0522504

让日常阅读成为砍向我们内心冰封大海的斧头。

为何生活
越来越像走钢索

TIGHTROPE
Americans Reaching for Hope

[美] 尼可拉斯·D. 克里斯多夫
雪莉·邓恩 著

赵文伟 译

贵州出版集团
贵州人民出版社

献给养育了我们的拉迪斯和简、戴维和艾丽斯。
献给影响了我们的达雷尔、塞琳娜和桑德拉。
献给既让我们感到疲惫,
又让我们感到充实的格雷戈里、杰弗里和卡罗琳,
以及所有走过地狱,
并对我们诚实讲述自身抗争的人,
这样公众就可能会理解并支持更明智的政策。

目录

第 一 章　　6 号校车上的孩子们 _001

第 二 章　　"我们排名第 30 位！" _013

第 三 章　　当工作消失时 _026

第 四 章　　美国贵族 _045

第 五 章　　美国是如何步入歧途的 _057

第 六 章　　穿实验服的毒贩 _080

第 七 章　　输掉禁毒战争 _095

第 八 章　　自力更生 _108

第 九 章　　绝望之死 _122

第 十 章　　有效的干预措施 _135

第十一章　　全民医疗：一天，一个城镇 _155

第十二章　　富裕国家的无家可归者 _171

第十三章　　逃脱艺术家 _185

第十四章　　脸上挨了一枪 _193

第十五章　　上帝保佑家庭 _209

第十六章　　两颗真心的结合 _223

第十七章　　我们食子 _231

第十八章　　抚养问题儿童 _246

第十九章　　创造更多逃脱艺术家 _260

第二十章　　重获新生的美国 _273

附录 _292

致谢 _295

注释 _300

所以，每迈出一步，
都要深思熟虑，
记住，生活是一种
伟大的平衡术。

——苏斯博士，《哦，你要去的地方！》
（Dr. Seuss, *Oh, the Places You'll Go!*）

第一章
6号校车上的孩子们

这片土地是属于我们的吗?

——伍迪·格思里,美国民歌歌手

丈夫加里在外面喝了一夜酒。当他东倒西歪地走进白色木板房时,妻子迪伊·克纳普正在睡觉。知道麻烦要来了,迪伊一跃而起,朝厨房跑去。加里身材矮小,肌肉却很发达,一张长脸上顶着一头黑色短发,清醒时他是个体面人,但喝醉时他就是个畜生。

"给我拿晚饭来!"他一边跌跌撞撞地朝厨房走,一边嘴里嚷嚷。迪伊赶紧打开电炉,把剩菜丢进平底锅里。但她的动作不够快,加里的拳头落在了她身上。30岁出头的迪伊体态轻盈,留着一头齐肩黑发,双手布满老茧。她意识到,这次丈夫又要拿她当出气筒了。迪伊有五个孩子,她尽心尽力地抚养他们,所以她非常讨厌加里当着孩子的面打她,因为这会让他们憎恶自己的父亲。

"晚饭!"加里又吼了起来,"给我拿晚饭来!"他抄起上了膛的

0.22 英寸[①]口径步枪，恶狠狠地将枪口对准她。她从加里身旁飞快跑过，冲出前门，逃进了茫茫的黑夜中。

加里的吼叫声吵醒了楼上的孩子们。迪伊沿着房子侧边跑时，长子法伦从二楼窗口小声叫了声"妈妈"。迪伊抬头，看到他往下扔了一只睡袋。她伸手在半空中接住睡袋，随即跑进了可以藏身的暗处。今晚她要在占地两英亩半的家里找个高草丛，躲在里面过夜，等待加里睡一觉后怒气平息。

"这个该死的女人！"加里在屋里骂道。他抓着他的0.22英寸口径步枪，冲出前门，在黑暗中疯狂搜寻。房子一旁有座白色的木制五旬节派教堂，这是服务俄勒冈州科夫奥查德这个小村子的两座教堂之一。教堂后边是47号公路，通向3英里[②]以南的亚姆希尔县（又译为扬希尔县）。迪伊藏在这座教堂和邻居家篱笆墙之间的暗处。加里把步枪举到肩前，朝妻子蜷缩的那片田野连开几枪。迪伊全身僵硬地卧倒在地面上。

孩子们听着枪声，胆战心惊。无助又气愤的法伦攥紧拳头，暗暗发誓，总有一天他要杀了他父亲。70英尺[③]外的田野里，没有树木可以藏身，子弹"砰砰"地射进附近的地面时，迪伊只能屏住呼吸。这种情况时有发生，迪伊知道丈夫很快就会厌倦朝黑夜里开枪。

终于，加里摇摇晃晃地回屋去了，然后命令面有愠色的法伦下楼

---

① 1英寸约合25.4毫米。（除特别注明外，本书脚注均为译者或编者所加，后同。）

② 1英里约合1.6千米。

③ 1英尺约合0.3米。

给他做饭，这一切迪伊都能从藏身处听见，因为加里从来不会小声说话。她感觉心跳逐渐恢复正常，便摊开睡袋，躺进里面，听丈夫在屋里叫骂，内心暗自祈祷他不要打法伦，但愿楼上的其他孩子别出声。

又是一个狂暴喧闹的夜晚，但迪伊说，奇怪的是，在1973年的那一天，她心中仍有希望支撑，因为尽管要面对恐惧和暴力，可她相信在某些方面，生活确实在改善，特别是对孩子们而言。和丈夫一样，迪伊也是在一个缺电少水的拥挤家庭中长大的，在家里的十个孩子中，她是年纪最小的那一个。在迪伊9岁那年，当建筑工人的父亲去世，随后她的家庭便陷入贫困。迪伊在五年级时就辍学了，加里则几乎没有受过任何教育，连自己的名字都不会写。她和加里刚结婚那阵子做流动雇农，也就是"水果流浪者"，在加利福尼亚州和俄勒冈州附近随收获季节流动，酬劳根据采摘的草莓或豆子的数量计算，住的地方则是没有电灯和自来水的棚屋。截至1960年，每500名流动雇农的后代中，只有一人可以完成小学学业。[1]迪伊希望她的孩子们过得更好，说等他们到了上学的年龄，一家人就会安顿下来。

于是，他们到俄勒冈州西北部、人口只有50的科夫奥查德安了家。在那里，威拉米特山谷的草地融入了海岸山脉的森林，草籽田、金黄的麦田和长满圣诞树的田野，以及盛产苹果、樱桃和榛子的果园覆盖着大地，一直伸展到天边。加里找到了一份固定工作，一度还搞到一份有工会保障的好工作，主要负责铺设污水管道，收入稳定，他把大部分钱挥霍在了亚姆希尔和位于附近的加斯顿的酒吧里。迪伊也有一份稳定的工作，是在亚姆希尔附近的一家榛子农场开拖拉机。但她付不起日托费，只能带着蹒跚学步的小儿子基伦一起上班，干活时就把他放在大腿上。

1968年前后,俄勒冈州科夫奥查德,克纳普一家围在圣诞树旁。站在后面的是迪伊·克纳普,孩子们从左到右分别是内森、罗吉娜、法伦、基伦、西伦。那时,这个家庭的前景似乎蒸蒸日上。(照片由迪伊·克纳普提供)

1963年,克纳普夫妇花2500美元买下了他们的房产,这是他们有生以来第一次在家里用上电。最初,房子没有自来水,但迪伊动手能力很强,她买了一台切管机,自己铺设管道,把水引进浴室和厨房的水槽。夫妇二人还一起靠翻修汽车赚外快:加里修理引擎,迪伊翻新内饰。

他们是房主了!他们已经从美国经济阶梯最底层的流动雇农,上升到收入稳定、有工会支持的工人阶层,并沿着一条通向中产阶层的轨迹向上攀登。法伦十几岁时个头儿就比爸爸高了,这或许要归功于摄入了更多的营养。克纳普家不缺食物,迪伊把豆子、西红柿、桃子、西梅等蔬果做成罐头，还自制果冻，把家里的架子摆得满满的。法伦、西伦、内森、罗吉娜、基伦在接受教育方面远远超过了他们的父母。看样子五个孩子都有可能读完高中，有的甚至还会上大学。

法伦心灵手巧，是天生的工程师。将来他也许会负责设计管道，而不是铺设管道。迪伊把所有的希望都寄托在了孩子们身上。是的，虽然她偶尔会用棍子打他们作为惩罚，但孩子们都知道妈妈有多爱他们。迪伊确保他们接受学校教育，为了保护他们不被醉酒后发脾气的加里伤害，常常自己被打得鼻青脸肿。她相信，孩子们会获得她和加里从未得到过的机会。

迪伊躺在黑漆漆的田野里，被加里打到的那部分脸颊变得又青又肿，但她依然固执地用对未来的信念安慰自己，坚信美国这片土地充满机遇，哪怕是加里的酗酒也无法阻挡6号校车每天早上来接孩子们上学，送他们去亚姆希尔卡尔顿高中接受教育。孩子们会在那里学习代数、生物、介词的使用和家里其他人从没接触过的知识。她祖上有十代人都是从土里刨食，现在到她这一代，终于有了令人目不暇接的进步。她的孩子们将实现自己的美国梦，继承一个聚宝盆，里面有电灯、拖拉机和汽车、教育、电视、医疗保险、社会保障、卫生棉条、约翰·丹佛和约翰尼·卡森①、疫苗、热水澡、奶油夹心蛋糕、手提式录音机。迪伊躺在睡袋里，靠这种确定感支撑着自己：虽然有加里，但生活依然在变得越来越好，孩子们将像《圣经》里说的那样"承受

---

① 约翰·丹佛（John Denver, 1943—1997）：美国乡村民谣歌手。

约翰尼·卡森（Johnny Carson, 1925—2005）：美国知名节目主持人，曾主持美国国家广播公司深夜时段著名脱口秀节目《今夜秀》。

法伦·克纳普（上）和尼可拉斯·克里斯多夫（下）并列出现在亚姆希尔卡尔顿高中的年刊上，二人都是一年级新生。法伦是克纳普家第一个读高中的人。
（照片由亚姆希尔卡尔顿高中提供）

地土"。20世纪70年代亚姆希尔的生活似乎与《俄克拉何马！》① 中的男主角克里唱出的那段乐观向上的副歌相呼应："一切都按照我的方式来。"

不幸的是，事与愿违，像许多工人家庭一样，克纳普一家也陷入了难以想象的灾难。

---

① 《俄克拉何马！》(Oklahoma!)是一部于1943年首演的音乐剧，描写了20世纪初发生在美国西部原印第安人居住地克莱尔莫尔的劳瑞和她的两个倾慕者——牛仔克里和农夫查德之间的爱恨情仇。

尼可①在亚姆希尔郊区长大，加里和迪伊是他的邻居。克纳普家的五个孩子每天都和他一起乘坐6号校车去亚姆希尔小学，后来又一起升入了亚姆希尔卡尔顿高中。加里手握步枪朝蜷缩在院子里的妻子开枪时，枪声传到了半英里外尼可家的农场里。法伦和尼可是同班同学。

那个时候，整个社区和全国数百万其他社区的人都和克纳普夫妇一样，对未来感到乐观。我们并不是对那段日子怀有什么柔情，讲述加里的暴力行为正是为了消除任何人虚假的怀旧情绪，但生活确实有了明显的改善。大多数人认为，随着教育水平的不断提高和社会福利的日益改善，克纳普家的孩子和绝大多数家庭都会过上更好的生活。每天早上校车驶向亚姆希尔时，车上的孩子们都相信，他们的世界一定会比父母的更美好。

但随着美国各地的工人阶层社区相继因失业、家庭破裂和绝望而解体，这些孩子最终也陷入了灾难。曾和尼可一起坐校车上学的孩子中，约有四分之一因吸毒、自杀、酗酒、肥胖、鲁莽驾驶导致的交通事故和疾病而死亡：迈克在与毒品抗争后自杀身亡；史蒂夫和杰夫分别因鲁莽驾驶摩托车和汽车发生事故后去世；辛迪罹患抑郁症、肥胖症，后因心脏病发作去世；蒂姆死于一次建筑事故；比利在狱中死于糖尿病并发症；凯文死于肥胖症；苏的死因有各种说法；克里斯因酗酒、无家可归，于几十年后被宣告失踪。其他人还活着，但他们在永无出头之日的工作中挣扎，或者极力想摆脱毒品和酒精。曾每天和尼可一起步行到公交车站的两个男孩，其中叫迈克的现在是一个无家可

---

① 即本书作者之一的尼可拉斯·克里斯多夫。

归的酒鬼，只能住在公园里；而博比则被判终身监禁，正在监狱里服刑，他的家人也因为他犯下的骇人罪行与他断绝了关系。

美国的经济令世界瞩目，股票市场创造了巨额财富，但如今，论家庭净资产，美国的中等收入家庭实际上比2000年的时候还穷。[2] 美国劳工统计局的数据显示，从无大学学历人口的平均工资来看，现在要比1979年低得多。[3] 几十年来，美国盖洛普咨询公司每个月都会针对美国人对美国的满意度现状进行民意调查，15年来，大多数人的回答始终是"不满意"。2019年的盖洛普年度报告称，尽管美国的经济稳步增长，但"更高水平的压力、更高涨的愤怒和忧虑情绪，将美国人的总体负面体验指数推高至35，比之前的指数高出了三个百分点"。盖洛普咨询公司总结道："事实上，美国人在过去几年的负面情绪水平甚至比经济大衰退时期还高。"[4] 盖洛普咨询公司的调查还发现，美国人是世界上压力最大的人群之一，与伊朗人打成了平手，甚至比委内瑞拉人的压力还大。

大多数工业化国家的人口预期寿命持续上升，但在美国，这个数字却连续三年下降——这是20世纪以来的第一次。正如我们将会看到的那样，当今美国青少年在19岁前死亡的可能性，比经济合作与发展组织（OECD，简称经合组织）这个工业化国家俱乐部中的其他富裕国家高出了55%。美国如今在医疗保健、高中毕业率方面均落后于其他国家，且存在更严重的暴力、贫困、毒瘾问题。这种功能失调会伤害所有美国人，它削弱了美国的竞争力，尤其体现在其他正在崛起的经济体依靠更多的人口和不断提高的教育水平，很可能在未来几十年中逐渐削弱美国社会的幸福感。失败者将不仅是社会底层人民，而是所有美国人。要想让美国强大，就得让所有美国人都变得强大。

我们在这本书中，就是想探索这个解体过程。我们想更深入地了解那些6号校车上的孩子和他们的遭遇，了解政府为何坐视数千万人经受失去工作、尊严、希望、生命、孩子的痛苦，了解我们该如何扭转这种局面。克纳普家的孩子和校车上的很多孩子，以及全国各地数百万的美国人，在吸毒或辍学方面做出了可怕的、自我毁灭式的选择。但我们也看到，这个国家在多条战线上做出了糟糕选择，使得这些问题雪上加霜。陷入困境的校车上的孩子们并不比他们的父母差，也并非准备得不够充分。事实上，他们中的大多数人都受过更好的教育，性格也不比其他国家的同龄人软弱。美国孩子的高中辍学率比其他国家的高，并不是因为他们不如那些国家的孩子聪明。因此，我们在毫不留情地审视失败的个人责任时，也要同样严厉地审视美国政府、机构和社会的不足。让我们一起来寻求解决方案吧。

在为本书做研究和报道的过程中，我们发现对于经济富裕、受过良好教育的美国家庭来说，人生之旅就像在宽阔平坦的大道上漫步，有过失也会被原谅。但对于社会经济地位较低的人来说，他们的生活越来越像走钢索。有些人走过去了，但对很多人来说，摔下来就完蛋了。更重要的是，从钢索上摔下来毁掉的不只是个人，还会毁掉整个家庭，包括孩子，甚至祸及孙辈。美国到处都是受害者，只要我们留心就能发现。

目前，每年约有6.8万美国人死于药物过量，[5]另有约8.8万人死于酗酒，[6]4.7万人死于自杀。[7]每两周因上述因素过世的美国人，比在耗时18年的阿富汗战争和伊拉克战争中死亡的美国人还多。然而，很多富裕的美国民众并不在乎，精英们不但很少关注全国各地社区的解体，更有甚者还会指责那些受害者。事实上，很多责任要归于别处：当社区解体，数千万人承受痛苦时，美国的政客、记者、宗教领袖、企业高管时常尸位素餐。美国仍然没有制订一个有条不紊的计划来应对这些挑战。

这次探索之旅把我们二人带到了美国的全部 50 个州和 1 个特区，我们在本书中讲述的故事来自亚拉巴马、阿肯色、加利福尼亚、佛罗里达、马里兰、纽约、俄克拉何马、田纳西、得克萨斯、弗吉尼亚、华盛顿特区等地，但大多数故事来自亚姆希尔。我们更关注这片土地，因为这里反映了美国工人阶层面临的挑战。选择亚姆希尔居民作为叙事对象的另一个原因是，他们向我们敞开了心扉。我们还有许多老朋友在亚姆希尔，雪莉在我们订婚（当时她还锁上车门，逗大家开心）后也经常会回来。在一定程度上，我们的孩子是在克里斯多夫家庭农场长大的。这些联系让我们对这个社区面临的困境抱有深切的同情。俄勒冈州失去木材业工作岗位和肯塔基州失去采煤业工作岗位的后果，与北卡罗来纳州、缅因州和密歇根州工厂的工作岗位消失的后果没有多大区别。与我们出身贫寒、成长于巴尔的摩和纽约的黑人朋友韦斯·穆尔交谈时，我们惊讶地发现，俄勒冈州的某白人农场小镇和巴尔的摩的某黑人社区之间有很多共同点，那就是他们都承受着深深的痛苦。

对我们来说，这本书写起来很痛苦，因为旧日的情谊可能会使我们失去职业距离的保护。在过去的书中，我们试图揭示一些紧迫且不受重视的话题，比如世界各地对女性的压迫；而现在，我们正试图揭示的是我们自家后院里一些同样紧迫且不受重视的危机。在本书中，一些故事的主角是尼可的好朋友，有的曾是尼可迷恋过的人，他们在课堂上互传过字条；还有的曾一起跳过舞，或是在高中的操场跑道上比过赛。我和尼可一起报道过世界各地发生的大屠杀、种族灭绝、性交易，还有其他的悲剧和伤心事，但本书中的这些困境几乎击中了我们的要害，因为亚姆希尔和美国就是家。

克纳普家的孩子们经历了但丁笔下地狱般的旅程——毒品、酒精、犯罪和家庭功能失调。法伦手很巧，会做木雕和家具，但后来因酗酒和吸毒死于肝衰竭。西伦喝酒喝到失去知觉，结果房子着火，被烧死了。罗吉娜患有精神疾病，死于和用药有关的肝炎。内森在制造冰毒时引发爆炸，也被烧死了。这四个兄弟姐妹，这些曾经在6号校车的座位上晃来晃去的快乐的孩子，死了，死了，死了，死了。

基伦天资聪颖，上学时曾是亚姆希尔小学公认的数学神童。他是这五个孩子中唯一的幸存者，部分原因是他在州立监狱服了13年刑，没法吸毒。现在，他拖着患有艾滋病、肝炎和记不清折断过多少根骨头的身体艰难地苟活。他说自己已经很少吸毒了。

如今，迪伊和基伦一起住在俄克拉何马州。她比加里长寿，79岁时依然头脑清晰、身体硬朗。她靠社会保险生活，不碰酒精，也不碰毒品，每天去给四个已故子女扫墓。迪伊拿出全家福，指着曾经享受过幸福时光的孩子们。照片中的门头上挂着一块木牌，上面那个"家"字非常显眼。"我们家被诅咒了，"基伦说，"我们这代人出了问题，这才会有酗酒、吸毒、牢狱之灾。"他流下眼泪。

很多美国人步入了歧途，"走进了一片幽暗的森林"，就像但丁在《神曲》中描述的地狱之旅——只不过他描绘的是中世纪时世界上最大的城市佛罗伦萨的腐败和虚伪。迪伊·克纳普和其他人一样清楚，过去的美国并不像《天才小麻烦》①中所表现的那样，是个简单的幸福家庭万花筒，全是一家人在餐桌上传递肉汁的美好情景。对于非洲裔美国人、拉丁裔美国人、美洲原住民等群体来说就更难了，餐桌旁甚至连他们的座位都没有。但那个时候，进步梦是真实的，并支撑着迪伊这样的人度过了困难时期。但对于现在大多数的美国工人阶层来说，无论有着哪种肤色，这个梦都已经"死"了，和6号校车上所有的孩子一起死了，和克纳普家的法伦、西伦、罗吉娜和内森一起死了。个人肯定要为这种变化负一部分责任，但集体也有推卸不掉的责任，尤其是对目前处境艰难的儿童而言。我们作为公民，在这方面失败了，我们的政府也失败了，而这种局面必须被改变。在过去的半个世纪里，美国经历了一次历史性的错误转折，对克纳普一家和其他很多人来说，人间变成了地狱。我们将带你去这个地狱中走一遭，并指出美国如何才能做得更好。

---

① 《天才小麻烦》(*Leave It to Beaver*) 是一部1957年至1963年播出的情景喜剧，讲述了一个名叫比弗、有强烈好奇心的男孩在家里、学校及附近街区发生的冒险故事。

第二章
"我们排名第 30 位!"

文明死于自杀,而非谋杀。

——阿诺德·汤因比,英国历史学家

我们美国人很爱国,对这片富饶且充满机遇的土地常常津津乐道。"我们从来都不是一个富人和穷人并存的国家。"佛罗里达州参议员马尔科·卢比奥(Marco Rubio)曾宣称,"我们是一个富足的人和很快就会变得富足的人并存的国家,是一个成功的人和很快就会取得成功的人并存的国家。"我们自豪地断言:"美国人是世界第一!"就整体经济和军事实力而言,此话不假。但在其他方面,我们的自信只不过是虚妄的幻想。

以下是直白、残酷的事实。

社会进步指数基于三位曾获得诺贝尔奖的经济学家的研究,用于衡量社会发展的尺度,涵盖了 146 个有可靠数据的国家。该项指数显示,美国儿童的死亡率排名世界第 41 位。[1] 我们在互联网使用权方面排名第46位，在获得清洁饮用水方面排名第44位，在个人安全方面排名第57位，在高中入学率方面排名第30位。"我们排名第30位！"这似乎不是什么值得骄傲的自夸。总体而言，社会进步指数将美国公民的幸福感排在第26位，落后于七国集团的所有其他成员国，甚至未能超过葡萄牙和斯洛文尼亚等相对贫穷的国家。不仅如此，美国还是少数社会进步指数排名下降的国家之一。2018年的社会进步指数得出结论：尽管美国在医疗保健方面的支出比世界上任何国家都多，公民健康状况却与厄瓜多尔类似，而学校教育体系所产生的结果与乌兹别克斯坦处于同等水平。

"在很多我们最看重的问题上，我们的国家做得很失败，"哈佛商学院教授、国际竞争力专家，设计社会进步指数的迈克尔·E.波特（Michael E. Porter）指出，"而且还做得越来越糟糕。"民主党指责特朗普总统[①]，共和党指责奥巴马总统，但不管是由民主党还是共和党领导，美国都在退步。波特教授警告说："我国社会的分裂不是因为某位领导人软弱无能，而是因为我们的制度无法为普通公民带来有意义的社会进步。"

站在人的角度来看，"我国社会的分裂"意味着统计数字无法充分表达的功能失调。这是一种拆散家庭、撕裂社会结构的崩溃。教会、社交俱乐部和其他公民组织不再提供曾经的那种社会凝聚力或援助，政府又不愿介入来填补空缺，结果便是许多儿童无端受苦，这种功能失调被传给下一代。

莫莉是被我们称为"住在6号校车沿线的朋友"之一。她在八年

―――

[①] 本书原版完成于2020年，时任美国总统为唐纳德·特朗普。

莫莉和儿子住在这里，就在亚姆希尔附近的6号校车沿线。（琳西·阿达里奥摄）

级时辍学，15岁时生下一个女儿。当时，莫莉没有告诉任何人孩子的父亲是谁，所以人们认为她"放荡""随便"。很多年后，莫莉才承认女儿——我们就叫她劳丽吧——是自己被父亲强奸后所生。她妈妈是最先得知这个秘密的人之一。

"你爸爸也强奸了我，这才有了你。"这是她妈妈的回答。这一切对于任何家庭而言都是巨大的心理创伤。劳丽从小就知道自己是通过乱伦诞生到世上的，她在家里接受了小学教育，随后去学校读了几个月九年级的课程，但发现自己陷入难以应对的困境，最终选择了辍学。成年后的劳丽非常聪明，会弹钢琴，还是一名优秀的高尔夫球手，但她和四个男人生下了五个小孩。我们和其中两个小女孩的爷爷是好朋友，所以向他们打听莫莉的近况。

"一个人带那么多孩子，根本带不过来。"莫莉忧心忡忡地对我们说。劳丽的大儿子被幼儿园开除过两次，一次是因为捣乱，一次是因为偷了老师的平板电脑。这令劳丽非常恼火。虽然自己只接受过几个月的正规教育，但她现在不得不在家里给五个孩子上课。劳丽不想跟我们谈论这些问题，但我们共同的朋友埃里克·普勒格会定期和孩子们见面，所以我们又向他打听了两个蹒跚学步的小女孩的情况。他摇了摇头说："这样说两个小女孩好像很可怕，"他闷闷不乐地说，"但她们早晚会踏进声色场所。"

本书中的一些故事令人不安。我们把它们讲出来，是因为美国人必须重视新的现实，而我们为更明智的政策和个人慈善提供的建议，或许可以改善这种残酷的状况。试图翔实记录你所爱的地方的苦难令人心碎，而且看到老朋友们的功能失调在孩子和他们的后代身上重演，我们尤其感到痛苦。然而，这却是很多美国工人阶层的真实故事。确实，经济增长会带来改变，"创造性破坏"是必要的，也是不可避免的。但创造性破坏并不意味着必须摧毁一代代家庭。

首先，美国没有在儿童身上充分投资，儿童的潜力往往得不到发挥。下面的数据反映了美国梦的现状：76%的成年人认为子女的生活比自己的差。[2] 世界银行的人力资本项目估计，由于美国在卫生、教育方面的缺陷与不平等，美国儿童的潜力仅发挥出76%，在157个国家中排名第24位，与我们在社会进步指数上的得分一致。而其他许多国家，甚至是更穷的国家，做得要好得多。

标准化考试中的数学成绩，是预测未来收入的一个很好的参考指标。但令人担忧的是，在国际学生评估项目（PISA）考试中，美国15岁学生的数学成绩低于工业国家的平均水平，其中近三分之一的表现甚至低于在现代世界中取得成功所需达到的公认基准线。事实上，美国学生唯一真正擅长的领域是过度自信，国际学生评估项目发现，尽管做得更差，但他们比其他国家的学生更可能相信自己看懂了题目。

没有受过良好教育的儿童会成长为有问题的成年人，而这些人会因为绝望和焦虑而拥有较高的死亡率。很多人担忧未来，或者怀疑自己能否在当今的社会和市场中找到意义和目标。美国的自杀率现在已经达到第二次世界大战以来的最高水平，[3] 每个月死于阿片类药物或其他药物的人比死于枪支或车祸的人还多。每七分钟就会有一个美国人死于药物过量，每八个美国孩子中就有一个与患有物质使用障碍的父母生活在一起。[4] 加利福尼亚大学旧金山分校家庭与社区医学教授丹尼尔·奇卡罗内（Daniel Ciccarone）博士指出，滥用药物预示着一种更深层次的问题。"如果我们不设法解决美国人的根本痛苦，即使你拿走所有阿片类药物，这种痛苦也会在另一种社会和公共健康问题中显现出来。"他告诉我们，"如果我们想结束——真正结束——这场阿片类药物危机，就需要了解美国人痛苦的根本原因。"

这些因毒品、酒精和自杀导致的死亡，被普林斯顿大学经济学家安妮·凯斯（Anne Case）和安格斯·迪顿（Angus Deaton）称为"绝望之死"，而这几乎充分体现了 6 号校车上的死亡形式。绝望部分源于失去地位、好工作或是对孩子失去希望的沮丧。人们认为，目前的不平等现象要比 19 世纪的镀金时代还要严重，杰夫·贝索斯、比尔·盖茨和沃伦·巴菲特这三个美国人所拥有的财富，相当于美国全部底层人口财富的一半。[5] 弗吉尼亚州的温和派民主党参议员马克·华纳（Mark Warner）从政前曾是一名成功的电信投资者和企业高管，他直截了当地告诉我们："我认为现代的美国资本主义行不通。"[6] 全球最大的对冲基金——桥水基金（Bridgewater），其创始人、亿万富翁瑞·达利欧（Ray Dalio）也同意这种说法："我是资本家，可就连我都认为资本主义已经崩溃了。"[7] 他补充道，"问题在于资本家通常不知道如何合理分配蛋糕，而社会主义者则通常不知道如何把蛋糕做大。"[8]

美国年轻人尤其认同这种对资本主义持怀疑态度的观点。就在2010年，18岁到29岁的美国人中仍有三分之二对资本主义持积极态度；[9]而盖洛普咨询公司的数据显示，该年龄段的美国人现在对社会主义的看法，要比对资本主义的看法更积极，比例分别为51%与45%。这些问题在美国最为突出，在英国也很明显，但在其他一些发达国家的影响较小；英国《金融时报》的马丁·沃尔夫（Martin Wolf）认为，我们正在经历一场"民主资本主义的危机"。

我们在这段旅程中学到的第一课，以及本书的第一个主题，是工人阶层已经陷入失业、家庭破裂、毒品、肥胖症和早亡的乌烟瘴气中，而享有更多特权的那部分美国人在一定程度上并没有察觉到这些问题。美国创造了世界上第一个真正的中产阶层社会，但现在很大一部分美国人感觉自己可能会失去现有的安全感和舒适感。对于大约1.5亿美国人而言，生命非常脆弱，危险一直存在，疾病、裁员或车祸都有可能导致一切陷入崩溃。七个美国人中就有一个生活在贫困线以下，比例远远大于加拿大或其他经合组织国家，而据学者们的估计，一半美国人会在将来的某一时刻坠入贫困线以下。美联储最近的一项调查发现，遭遇汽车抛锚或者屋顶漏水这种意外时，近40%的美国人拿不出400美元现金来应急。[10] 他们甚至不能考虑退休。当一切尝试都失败后，他们便开始卖血浆，有的人甚至一个星期要卖两次，每次赚三四十美元。

本书的第二个主题是，美国工人阶层的苦难并非不可避免，它恰恰反映了几十年来美国社会与政策的错误，和那些通常毫无来由的残酷：导致了大规模监禁的禁毒战争，对蓝领工作岗位的消失漠不关心，医疗保险的覆盖面不足，对高度不平等教育体系的接受，对富人的税收优惠，法院对亿万富翁的有利判决，对不断扩大的不平等的接受，以及对儿童和社区服务（如药物治疗）一贯的投资不足。

相较于工人，政府当局经常会选择站在资本一边，尤其体现在破坏工会、削减非熟练工的工资等方面。如果1968年的联邦最低工资标准跟着通货膨胀和生产率一起上涨的话，那么现在的最低工资应该是每小时22美元，而不是7.25美元（很多州和地方的最低工资要高一些）。关于最优的最低工资应该是多少，最低工资在消费水平较低和较高的地区应该如何变化，以及从何时开始显著危害就业，人们一直在进行理性的讨论，但几乎所有的劳动经济学家都认为，最低工资应远高于联邦目前的水平。很多公司还肆意给小时工安排不合理的值班，有时员工在前一天工作到很晚，第二天又要早早起来上班，不但严重影响了睡眠，还让他们无法安排照顾孩子的时间，难以预约医生，也很难有时间参加孩子的家长会。2019年的一项研究发现，比起低工资，这种不合理的排班更让劳动者感到苦恼，带来更大的心理困扰，[11]而且往往显得毫无必要、冷酷无情。

一种残酷有时甚至恶毒的思想已经潜入美国的政策中，其根源在于一些人错误地认为，那些与失业、财务、毒品和生活混乱做斗争的人，从根本上讲是软弱无能的，他们依赖社会福利，需要被给予惨痛的教训。在2008—2009年的经济大衰退及其余波中，政府挽救了华尔街银行，但批准了一项不恰当的刺激计划，这导致了数百万人失业。房地产泡沫反映了白领阶层的肆意贪婪和犯罪行为，付出代价的却是失去家园的一千万个家庭。

我们探讨的第三个主题让人多了些希望，那就是这些挑战并非难以应对，我们可以采纳那些既富有同情心又成效显著的政策。虽然没有什么魔杖，但我们会概述一下能减轻痛苦并为贫困家庭提供支持的政策。根据诺贝尔奖获得者、经济学家詹姆斯·赫克曼（James Heckman）的数据，针对边缘儿童的早期儿童计划减少了在少年管教所、特殊教育和维持治安等方面的花费，获得了7倍多的效益。帮助低收入少女进行计划生育的项目也成倍地节省了公共资金，因为宫内节育器的成本只有生育医疗补助的十五分之一。而收入所得税抵免这样的举措，可以激励人们进入劳动力市场，让他们成为纳税人，以覆盖他们的大部分费用。

作为公民，我们也必须给所有政客施加压力。这既不是民主党的问题，也不是共和党的问题，而是整个美国的问题。我们有太多民意代表未能认真应对国家正面临的人道主义危机，两党政客都有失职行为。我们呼吁在国家治理方面采用一种更负责任、更有同情心，以证据为基础，有责必究的方式。

为了实现这些更明智的政策，我们必须超越只关注"个人责任"的惯常说法，以及关于通过自力更生来提升自我的夸夸其谈。更明智的政策要求美国对有些人为什么掉队有更深入的了解，对有多少孩子在机会对他们不利的情况下长大有更深的理解。是的，他们确实会犯错，但有时候，在他们辜负我们之前，是我们先辜负了他们。自毁行为和自身免疫失调一样真实，但二者都可以治疗。我们的目标是培养理解力和同理心，让社会有意愿伸出援助之手，而非只会一味指责。

同理心的力量是巨大的。以高中辍学生玛丽·戴利为例。她在圣路易斯附近的一个小镇长大，算是个好学生。后来，她在邮局当职员的父亲没了工作，父母间的争吵最终让两人分道扬镳。玛丽发现自己已无法专心学业，15 岁时便辍了学，搬去和朋友同住，并在祖父母经营的甜甜圈店找了一份工作。玛丽很渴望成为一名公交司机。她的高中辅导员曾向当地大学的老师贝琪·贝恩提起此事，贝恩找玛丽谈话，敦促她考取美国高中同等学历证书。17 岁时，玛丽通过了考试，而且没怎么学就拿到了高分。贝恩见此便鼓励她去考大学，但由于无力负担学费，玛丽从未考虑过这件事。贝恩主动提出帮她支付第一个学期的学费。

考入密苏里大学后，玛丽立刻脱颖而出，并于 1985 年获得了经济学学士学位，随后又获得了硕士学位和博士学位。完成博士后研究工作后，她 1996 年成为美联储的研究型经济学家，而她的指导老师也是一位女经济学家，名叫珍妮特·耶伦。玛丽最关注的是不平等问题，通过一步步的努力，她于 2018 年被任命为旧金山联邦储备银行主席。正如《华盛顿邮报》的希瑟·朗（Heather Long）所说，在这个角色上，她是"美国经济政策最有影响力的塑造者之一"。玛丽在密苏里大学设立了奖学金，向贝恩表达敬意——因为贝恩说过，"很多小钻石"没被注意到。[12]

随着痛苦在美国各地蔓延，亚姆希尔成了美国工人阶层功能失调的缩影。亚姆希尔那座小小的高中在一年内发生了两起学生自杀事件：一个男孩在家中上吊，一个女孩在停在学校停车场的车里开枪自尽。尼可曾任校学生会主席,他的继任者失去了一个儿子,这个孩子深受当地人的尊重和爱戴,他的死因是服药过量。

尼可的同学史黛西·米切尔在高中时曾是一名活泼外向的啦啦队队员、排球运动员,后染上酗酒的恶习,最终无家可归,并在48岁的一个寒冷冬夜被冻死在了帐篷里。这样一个家庭在社区有着深厚根基、自己也备受大家欢迎的女孩,最终却无家可归,冻死路边,实在令人心碎。那天晚上死去的不仅是史黛西,我们所有人身上的某样东西也一并死掉了。

也有很多亚姆希尔的孩子后来过得不错,我们稍后将探究其中一些"逃脱艺术家"的经验教训。但苦苦挣扎的人中不只有辍学者。高中时和尼可争当毕业典礼上致告别辞的最优生唐娜·金是个非常聪明的女孩,父亲是县里的卡车司机。唐娜和尼可在学校的表现不分伯仲。后来她怀孕了。她对我们解释说,她知道县里的诊所提供计划生育服务,但也知道这个诊所不擅长保守秘密,如果要进行节育手术,消息可能会泄露出去,传到父亲耳朵里,给家人蒙羞。但她怀孕这件事仍然闹得满城风雨。唐娜嫁给了男朋友马文,并凭借自律和聪慧完成了高中学业。唐娜和马文都没有上大学,部分是因为孩子,部分是因为费用。他们聪明、勤奋、守法,没有滥用过药物,但每一步都走得很艰难。马文一直在一家拖车制造厂工作,后来工厂倒闭,他又做了一名伐木工,不幸背部受伤,无法继续工作。现在,他已经把自己重塑成一名信息技术专业人士,在耐克校园从事计算机工作。唐娜也同样先后在税务筹划办公室、酒店和安利公司工作过,现在主要靠做家庭保洁员过活。

虽然到头来,唐娜培养出的孩子出人头地、身强体健,她完全有理由为此感到自豪，但如果唐娜能在纽约的一个富裕家庭长大，或者十几岁时在计划生育方面得到过帮助，最终她可能会成为一名医生。问题并不在于唐娜的能力，而是工人阶层的机会有限。

人们有时会冲动地把白人工人阶层的苦难，与非洲裔美国人或其他少数族裔成员的苦难对立起来。这是错误的。政府的政策对各种肤色的工人阶层都很不利，我们需要的是团结，而不是在被忽视的人之间挑起冲突。唐娜在乡村白人社区所面临的挑战，与各地城市工人阶层的黑人孩子所面临的挑战并不总是不同。《波士顿环球报》找到了2005年至2007年在该报"杰出面孔"系列中出现过的在毕业典礼上致告别辞的93位最优生。[13]这些勤奋、聪明、表现优异的孩子，大多是有色人种，近四分之一的人立志当医生，然而，最后他们没有一个人成为医生，四分之一的人未能在六年内获得学士学位，四人无家可归，一人入狱，一人死亡。《波士顿环球报》描述的是一种可以被称为"潜力未开发"的流行病，无论你谈论的是波士顿的黑人社区，还是俄勒冈州的乡村白人社区，抑或是得克萨斯州的拉丁裔区、西部的美国原住民地区，这种情况似乎都存在。

一些美国人认为，艰难的处境只会影响到社会最底层的人，这种观点是不正确的。美国大部分地区的经济和社会结构已经被撕裂，而这对每个人来说都代价高昂：据美国政府估计，阿片类药物滥用每年给美国造成5000亿美元的损失，对于每个美国家庭而言，每年的损失超过了4000美元。

底层的痛苦蔓延到整个国家的一种方式是通过政治制度。美国大约只有6000万人生活在受苦受难的乡村，而美国的政治架构却给了这些沮丧的乡下人不成比例的政治影响力。他们在参议院有特殊的分量，每个州有两名参议员，因此怀俄明州的选民在选择参议员上的影响力是加州选民的68倍。参议院和选举人团青睐面积小、乡村多的州是一种根深蒂固的偏见，将继续让农村选民在可预见的未来中拥有巨大影响力。而几十年来，美国农村经历的经济衰退和社会动荡已经让选民们愤怒不已，失去了希望。这样的政治后果显而易见：美国工人阶层帮助特朗普当上了总统。他们支持特朗普的原因很复杂，有时甚至包括本土主义、种族主义和性别主义，但这些选民中有大约800万人在2012年支持过奥巴马。[14] 许多人给特朗普投票是本能而绝望的呐喊，因为他们感觉自己已被传统政客遗忘、忽视和蔑视。

然而，特朗普一上台就开始冷落支持过他的工人阶层选民，口头上扶持煤炭业和制造业，但在帮助工人方面没有采取任何重大举措，还通过逐步废除《平价医疗法案》使情况变得更糟。这是政客背叛美国工人阶层的漫长戏剧中的又一幕。

一种流行的批判抱怨工人阶层的懒惰、不负责任和自毁行为。2016年，《国家评论》杂志敦促"诚实地看待福利依赖、毒品、酒精成瘾，家庭无政府状态，也就是说，以对流浪狗的尊重和智慧对待这类人群的孩子"，[15] 并得出结论，"美国底层白人受制于一种恶劣、自私的文化，其主要产物是苦难和用过的海洛因注射器"。的确，太多工人阶层学生从高中辍学，然后未婚生子，这是一条通往贫困的道路。布鲁金斯学会的罗恩·哈斯金斯（Ron Haskins）和伊莎贝尔·索希尔（Isabel Sawhill）发现，高中毕业，找到一份全职工作，先婚后育，遵循这三条传统路径的人中只有2%生活贫困。因此，如果一个人遵守这一系列被称为"成功序列"的规则，基本上就可以避免贫困。相比之下，完全未能遵循这一套规则的人中，有79%生活贫困。

总的来说，仍有 25% 的女孩会在 19 岁之前怀孕——当然，男女双方都有不负责任的行为，不能将问题仅仅归咎于一方。

然而，这种不负责任的行为并不完全是青少年的错。美国孩子和欧洲孩子发生性行为的概率相同，但欧洲女孩怀孕的可能性只有美国女孩的三分之一，这是因为欧洲国家提供了更全面的性教育，孩子们更容易获得可靠的避孕措施。少女怀孕反映了个人的不负责任，但也反映了社会的集体不负责。如果我们要责怪孩子，也应该承认我们的集体失败：我们没有建立良好的"安全网"，来防止被荷尔蒙战胜的青少年毁掉他们的甚至是下一代的未来。

类似今天这些问题和预期寿命下降的情况，以前在其他地方发生过。20 世纪 80 年代，苏联仍然是一个超级大国，拥有太空计划，出色的管弦乐队和歌剧，令人钦佩的科学和数学水平。参观莫斯科红场或列宁格勒（今圣彼得堡）的艾尔米塔什博物馆时，游客们很容易看得眼花缭乱。然而，由于灾难性的政策，这一切的经济和社会基础正在垮掉。

酗酒和不满情绪普遍存在，男人们上午就开始喝伏特加，到下午就已经醉醺醺的了。工厂里有个老笑话：他们假装给我们发工资，我们假装干活。官方知道这些深刻而复杂的社会和经济问题，却对酗酒、吸毒和旷工视而不见，认为这不会有什么影响。但事实上，酗酒和吸毒反映的是更深层的问题，而这些问题可以追溯至数十年前。就像今天的美国一样，制度问题暴露后，再爱国的豪言壮语也无法将其掩盖。这本该是一次警钟，就像今天美国不断下降的预期寿命应该是我们自己的警钟一样。

第三章
当工作消失时

> 检验我们进步与否的标准,并不在于是否让富裕者锦上添花,而在于是否为缺吃少穿者雪中送炭。
>
> ——富兰克林·D. 罗斯福,第二次就职演说,1937 年 1 月 20 日

尼可和克纳普家的孩子在亚姆希尔附近长大,彼时他们在 6 号校车上有个朋友叫凯文·格林。凯文和尼可都长着棕眼、棕发,又都是高中的长跑运动员,所以经常会有人把在跑道上的两人搞混。比赛时,尼可跑过去时,有人会喊:"加油,凯文,加油!"他们俩都住在临近科夫奥查德的亚姆希尔以北的农场里,暑期打工摘草莓,后来逐渐干起了报酬更高的堆草垛工作。凯文和尼可在七八年级时,曾与法伦和克纳普家的其他孩子一起上科学课,教他们的老师不仅认为进化论是错的,还给他们播放赞美神创论的宗教电影。高中时,凯文和尼可都上过焊接课和农业课,并加入了"美国未来农夫计划"(Future Farmers of America)。在越野跑或田径训练结束后,尼可经常开车送凯

文回家，回到那个养着猪、鹅、鸡和两头奶牛的农场。

差异的确存在。凯文家几乎没有书，尼可家的书架却摆满了书。尼可的父母都是教授，对教育深信不疑，供他念书，带他参加国际象棋比赛，吃饭时讨论国际事务，给他灌输一种信心：他一定会以优异的成绩考上大学。尼可的居住环境并没有比凯文好到哪儿去，也没有更舒适，但两人的理念和期望有天壤之别。凯文的父亲汤姆只读到五年级，平时主要讨论汽车引擎，是个脾气暴躁、管教严格的人。

凯文告诉我们，他非常怕父亲："我爸曾经拿斧子剁下了他兄弟的一根手指。"凯文小时候总是因为爱玩火而惹事，他的弟弟克莱顿回忆说："读二年级之前，凯文就已经放火把两栋房子里的几处给烧了。"克莱顿也是我们的老朋友。

高中时的凯文是个差生，在手工课上却表现出色。他和克莱顿能把任何一辆车拆掉，再重新组装起来，而且品质比之前更好。克莱顿13岁时，花20美元买了一辆破旧的1955年产雪佛兰汽车。当时，汽车的引擎坏了，他和父亲花了几年工夫辛苦地修复。修好后，那辆车变得闪闪发亮，开起来没有任何问题。1985年，他们以1500美元的价格将其出售，买主至今还开着那辆车。

凯文性格开朗、乐于助人，几乎和所有人都合得来，以帮朋友干杂活和热爱钓鱼而闻名。有一次，他站在桥上，看见下面的河里有一条鱼，没有鱼竿的他直接跳进河里，当晚就把抓到的鱼烧了吃掉。凯文不太爱学习。他曾说过想成为一名建筑师，但根本付不起大学学费，所以在他看来，没有必要非做家庭作业不可。快毕业那年，刚开学他就被告知拿不到足够的学分，无法毕业。于是他立即报名美国高中同等学历证书的课程，结果同学们还没毕业，他就已经拿到了高中

凯文·格林（左）和尼可（右）是亚姆希尔卡尔顿高中越野队的队员。（照片由亚姆希尔卡尔顿高中提供）

1983年，凯文·格林钓到一条4.5磅（约2千克）重的鳟鱼。凯文是个狂热的钓鱼爱好者，有一次他跳进河里徒手抓到了一条鱼。（照片由艾琳·格林提供）

同等学历证书，成为家里第一个拥有高中学历的男性。对成功充满期待的凯文，和当时亚姆希尔的大多数人一样，虔诚地相信前众议院议长保罗·瑞安（Paul Ryan）喜欢重复的那句话："在我们国家，你的出身并不能决定你会过上怎样的生活。"

20世纪70年代是俄勒冈州波特兰市西南部亚姆希尔县的乐观时期，那里有一盏闪烁的红灯、四座教堂、517位居民，而且几乎全是白人。亚姆希尔起初只是为了给那些从波特兰市到海岸的马车提供夜间驿站而建，后来成为州内第一个安装电能路灯的城镇。亚姆希尔早期成名的原因之一，是大约在1900年，默片明星玛丽·璧克馥曾在

如今，开有杂货店的亚姆希尔市中心依然富有魅力，尽管该地区的部分苦难被掩盖了。
（琳西·阿达里奥 摄）

此地短暂生活过一段时间，住在主街一家帽店楼上。当时她8岁，母亲在亚姆希尔小学教书。遗憾的是，璧克馥似乎从未像亚姆希尔以她为傲那样以它为傲。这里还是童书作家贝芙莉·克莱瑞的家乡。克莱瑞曾塑造了亨利·哈金斯和"讨厌鬼雷蒙娜"等角色。克莱瑞告诉我们，在《艾米莉失控的想象》(*Emily's Runaway Imagination*)一书中，干草叉镇的原型就是亚姆希尔。

20世纪70年代，这里有一家杂货店、一家五金店、一家农业用品店、一家理发店、一家酒吧和一个电话亭，经济以农业、伐木业和轻工业为主，本地最大的雇主是附近卡尔顿市的一家手套厂。尼可的高中毕业舞会上播放的主题曲是摇滚乐队齐柏林飞艇的《天国的阶梯》(*Stairway to Heaven*)，选择这支充满乐观情绪的曲子似乎是对的。亚姆希尔有很多老人是在没有电、没有管道，也没有电话的农场长大的。后来，他们的家庭财富在20世纪40年代、50年代和60年代开始骤增。

凯文的父亲汤姆就体现了这种崛起。他在河边一间没有电也没有自来水的棚屋里长大，那条河经常泛滥。汤姆是朝鲜战争的退伍老兵，后来成了一名优秀的泥瓦匠和水泥抹光工，娶了同样从小很穷，家里也没有厕所和自来水的艾琳为妻。汤姆工作努力，到20世纪70年代，已经有了一份有工会保障的不错的工作，时薪相当于现在的43美元。

"工作对他来说很重要，他很骄傲自己能有一份好工作。"艾琳回忆道。汤姆参与建造了横跨波特兰市威拉米特河的弗里蒙特大桥，并从《退伍军人权利法案》中获益，只交了99美元首付就买下了人生的第一套房。《退伍军人权利法案》是一项将民众推向中产阶层的巨大工程，帮助了格林一家和其他数百万人。1972年，汤姆和艾琳以相当于现在5.1万美元的价格买下了亚姆希尔郊外一座占地五英亩的农场。艾琳在一家罐头厂找到了一份全职工作，按现在的工资计算，时薪大约为12美元。这家人的生活水平似乎在稳步提升。

"汤姆的家教很严，"他们的朋友，牧师朗达·克罗克回忆道，"他们家很干净，男孩们有各自要负责的家务，一切都井然有序、一目了然。大家都很尊重汤姆，他是个好人，没有人会往他家的车道上扔烟头。你根本就不会那么做。"

和他们的朋友克纳普夫妇一样，汤姆和艾琳也期待生活会持续改善。他们都有令人钦佩的职业道德。格林家的第一个孩子小托马斯两个月时死于脑膜炎，第二个孩子辛迪是个可爱的女孩，曾和尼可一个班。高中时，她在一家罐头厂做全职工作，每天晚上只睡几个小时。凯文和弟弟克莱顿每个星期在养鸡场工作两三晚，赚点外快，深夜才回到家中，在上学前睡个小觉。高中毕业后，辛迪上了一个汽车旅馆管理函授班，还读了社区大学的护理培训课程和电脑维修的职业课程。此外，她还读了社区大学的卫生保健课程，并最终成为一名医院的技师，负责管理重症监护病房的设备。这是一份责任重大、让她引以为傲的工作。

汤姆做人有自尊、有自信，孩子们都很尊敬他，邻居和同事也一样。孩子们以前甚至不知道父亲是个文盲，直到后来有一天，一家人开车出去旅行，汤姆需要他们帮忙解释一下最简单的路牌上的字的含义。

"你不识字，爸爸？"克莱顿惊讶地问。

"别管。路牌上写的是什么？"

一个出身贫寒的文盲也可以学会一项技能,买下一个农场,过上稳定的日子,为家人创造美好的生活,这反映了当时向更高阶层流动的趋势。然而回望过去,在那时的亚姆希尔和全美成千上万个亚姆希尔,中产梦其实就已经变得越来越不好实现了。辛迪和凯文高中毕业后不久,父辈那种有工会保障的赚钱工作便开始消失了,尤其是对于没有高中学历的年轻人而言。手套厂关门了,锯木厂倒闭了,几家农场合并后开始投资农机设备,导致就业机会进一步减少。克里斯多夫家的农场也经历了这种变革:过去几十名工人不辞辛劳地亲手采摘樱桃,如今这项工作则由机器代劳。机器采摘成本更低,效率更高,更有利于农场主和消费者,但反之却给那些曾经每年夏天靠采摘水果为生的人带来了灾难。

最初,凯文在一家制造货架的公司找到了一份好工作,但后来那家公司破产了。接下来,他去了一家拖车厂当焊工,但工资很低,无法令他满意。凯文有个女朋友(她有两个女儿),两人在一起十年,虽未正式结婚,但已经有了事实上的婚姻关系。凯文称她为"我妻子",而她有时也用"格林"这个姓,两人还生了对双胞胎儿子。"我想结婚,"凯文说,"但现在结不起,等经济状况好点再说吧。"

后来,拖车厂倒闭,凯文再次失业。"这改变了他的整个世界,"母亲艾琳·格林回忆道,"我觉得凯文对自己的评价不太高,他认为自己很没用。"和父亲的稳步前进相反,凯文觉得自己一直在奋力争取,却仍然落在后面。他开始制作、销售家具,但干这行不赚钱,在他眼里也不是一个要养家糊口的男人该做的事。他女朋友显然也有同感:二人共同生活十年后,她失去了耐心,和孩子们一起搬了出去,然后又找了一个男朋友。艾琳告诉我们:"她把他甩了,因为他赚的

1988年，凯文·格林和女朋友、双胞胎儿子，以及她和另一个男人生的女儿们拍摄的全家福。那是一段相对快乐的时光。（照片由艾琳·格林提供）

钱都不够租房子。"

"这件事击垮了他，摧毁了他的自尊心。"弟弟克莱顿回忆道。（那个女朋友拒绝接受采访。）凯文开始酗酒，身材也开始发胖。他留起了大胡子，越来越像一个身材走样的肥胖伐木工人。他长时间不洗澡，搞得大家开始对他敬而远之。后来，他又得了糖尿病，背部还受了伤。每个月他会得到社保拨发的520美元的伤残补助，这成了他的救命钱。[1]克莱顿承认，有了这笔钱，凯文也不太愿意出去找工作了，本应每个月支付给前女友的350美元的子女抚养费，也常常无法负担。

凯文的问题并不在于懒惰：他会沿着亚姆希尔以北的47号公路骑几个小时的车，搜寻瓶瓶罐罐换钱；会步行几个小时寻找最佳钓鱼地点；而且和我们一样，也喜欢在太平洋山脊国家步道徒步，去山里的湖中钓鱼。"天哪，你很难跟上那个家伙，"曾跟他一起徒步的托尼·克罗克回忆道，"他是个工作狂，总想干点什么。他会来我家帮我干活，搭个棚子什么的，但他为自己所做的还不够。"

拖欠孩子的抚养费让凯文失去了驾照，进而让他更难找到工作。"不能开车怎么工作？"我们共同的朋友，"弹球"里克·戈夫说，"所以，大家就无证驾驶，结果警察就说你是罪犯。"无力支付抚养费就被没收驾照或罚款的政策，是一种短视行为，[2] 但确实普遍存在，并影响着至少七百万美国人。夏威夷、堪萨斯、佛蒙特和弗吉尼亚有超过9%的成年人口被吊销了驾照。

1996年，汤姆·格林死于心脏疾病，享年63岁。凯文成了一家之主，但没有成为自己渴望成为的那种人。他的债务激增到3.5万美元，负债让找工作这件事变得更没有吸引力了，因为赚到的收入都会被依法扣押。他渴望成为双胞胎儿子的榜样，成为父亲那样的人，但没有一份体面的工作，就成不了。他的自我形象一落千丈。

"我的儿子们都想成为他们父亲那样的人，"艾琳·格林回忆道，"但都觉得自己没有做到。"

问题的根源不是经济，因为经济一直在高速增长。在凯文的有生之年，美国的经济规模增长了5倍，美国的企业利润暴涨了10倍。仅2000年以来，美国的私人财富就增加了46万亿美元，[3] 平均每户36.5万美元。但这就像是在说，当杰夫·贝索斯走进一家酒吧，里面那些酒鬼的净资产中值激增了几十亿美元一样。这么说是没错，但容易产生误导。财富和收入的增长主要流向了一小部分人口,这已经是常识了。1980年以来,前0.1%的人群收入激增,[4] 前1%的收入增长得很快,排在他们后面的前10%享受着与经济同步增长的收入,但最底层的90%的收入却始终跟不上来,收入增长的速度要比整体经济增长的速度慢得多。每年年底,华尔街的奖金总额都会超过按照联邦最低工资标准全职工作的所有美国人的年收入总和。[5] 美国劳工统计局的数据显示,2018年的平均时薪(22.65美元)实际上低于1973年(23.68美元,按今天的价格计算)。[6] 至于财富,刨除通货膨胀因素后,美国中青年的净资产中值低于1989年。[7]

哈佛大学经济学家拉杰·切蒂(Raj Chetty)发现,对于出生于1940年的美国人(大概就是凯文的父亲那代)来说,刨除通货膨胀因素后,92%的人在30岁时赚的钱比父母在同一年龄时赚得多。但这一比例稳步下降,对于1984年出生的人来说,只有一半人的收入高于父母。[8]

"如果我们不让工作重新得到回报,美国工人阶层就无法走出困境。"戈登·伯林(Gordon Berlin)说,他是一个名为"人力示范研究机构"(Manpower Demonstration Research Corporation,MDRC)的负责人,这个经济研究组织主要关注减少贫困的方法。伯林表示,如果他能做一件事来应对贫困问题,那就是提高底层人群的工资。"我强烈地意识到这是一个核心的潜在问题,"伯林告诉我们,"如果自20世纪70年代以来,工资继续与第二次世界大战后的经济状况同步增长,那么今天一名全职非管理层男性员工的年平均工资将不会是4.3万美元,而是接近9万美元。想想吧,贫困率很可能不到今天的一半,国家的政治结构也不太可能被种族和阶层撕裂,导致阿片类药物危机的绝望情绪，也不会达到目前的危机水平。"

如今官方公布的失业率极低，但不包括像凯文这种退出劳动力大军的人：每有一个 25 岁到 54 岁的失业者，都会对应有三个既没工作也不想找工作的人。[9] 自 20 世纪 50 年代以来，壮年男性退出劳动力市场的比例飙升了 5 倍多，哪怕近年来有了显著改善。体面的工作消失时，损失不只体现在经济上，还会对劳动者的自尊心、家庭结构产生影响，引发物质滥用、绝望，甚至虐待儿童等问题。一项研究发现，一个县的失业率每增加 1%，儿童忽视问题的发生率就会增加 20%。[10]

工作消失是一个因地区不同而存在很大差异的问题。经济学家对美国经济是否总体上处于充分就业状态进行了充分的讨论，但密歇根州的弗林特市肯定并非如此。2018 年，该市 35% 的壮年男性没有工作。[11] 以技术和教育为基础的"知识经济"枢纽城市已经繁荣起来，但农村地区和工业区仍在苦苦挣扎。今天，全美一半地区的就业人数要少于 2007 年，而旧金山、西雅图、波士顿、纽约则蓬勃发展。随着人工智能和机器学习的普及，未来几年可能会有更多的工作岗位消失。卡车司机和收银员这些对学历要求不高的工作，在很大程度上可能会被自动化设备取代。经合组织估计，富裕国家有 38% 的工作面临风险，10% 的工作将彻底消失，另有 28% 需要新技能和大量再培训。[12] 专家们对这一挑战的严重性分歧很大，但很多人都赞同的一点是，下岗工人需要大量再培训才能在现代化的经济体中找到新工作。

已故经济学家艾伦·克鲁格（Alan Krueger）发现，几乎有一半非在职的壮年男性每天都服用止痛药，大多数人说自己身有残疾，或找不到工作。很多人都像凯文一样，没有受过良好的教育，有犯罪记录，身体不健康，精神有问题，不快乐，感到孤独。左右两派可能在责任归属问题上存在分歧，但调查显示，只有不到三分之一的美国人认为美国正"朝着对的方向"前进，绝大多数人都觉得我们"走错了路"。最近，当民意调查者要美国人用一个词来形容这个时代时，排名靠前的词分别是"令人担忧""混乱""令人疲惫""令人憎恶""忙乱"。[13]

凯文的妹妹辛迪的日子过得也很艰难。她是一名称职的家庭主妇，打理着自家菜园，会做美味的饼干和馅饼。她也很胖，有一个儿子，但从没结过婚，看起来很孤单。她服用过减肥药，最终做了减重手术。手术后需要服药，药物带来的副作用使她感觉疲惫，在工作时瞌睡连连。医院警告她，重症监护室的工作人员负责监控设备时打盹儿是不能容忍的。所以同样的事再次发生后，她被解雇了。52岁的一天，她在下车后往家走的路上突发心脏病去世。

凯文从高中时就开始吸大麻，后来变本加厉，开始酗酒、吸食冰毒。克莱顿说，有了工作上的麻烦和其他困难，"你就开始吸毒什么的，试图让狗屎一样的生活好过一点儿"。凯文的脾气也让他的烦恼变得更加复杂。前女友会不时让孩子们去跟凯文住两天，有时甚至都不提前打一声招呼。有一次，她想让他们在凯文家住一个周末，但凯文要去上班。

母亲艾琳回忆起当时的情景："'不行，'凯文告诉前女友，'你得把他们带走。'"她表示拒绝，并准备离开。就在这时，凯文拿起猎枪，指着她命令道："赶紧把他们带走！"前女友见此报了警。凯文被逮捕并因涉毒被判了刑。在此之后，他更难找到工作，成了儿子们的坏榜样，他的自尊心也进一步被削弱了。

工作机会到处都有，但雇主要的是有高中毕业文凭、没有犯罪记录的人，而非那些学历不高、身材肥胖，还曾经涉毒的人。可就算工作机会出现，凯文这样的人能拿到的薪水也低得可怜，根本不敢奢望得到一份父辈那种可以养家糊口的高薪蓝领工作。

我们越来越相信，社会必须更多地关注就业，原因有二。首先，政府为穷人提供工作比邮寄福利支票在政治上更具可持续性。其次，工人阶层的工作往往不只是他们的收入来源，也是其获得自我价值和身份认同的途径。社会学家米歇勒·拉蒙（Michèle Lamont）在其著作《劳动者的尊严》（The Dignity of Working Men）中这样写道，"工人阶层的白人男性通常根据上班养家的自律生活来定义自身价值，并因此感到自豪"。汤姆·格林就是这样。

因为身份认同和自尊与工作密切相关，哪怕是一份薪水再低的工作，可能也比没有工作强。在调查中，自陈主观幸福感因失业而下降的幅度是因收入大幅减少而下降的 10 倍。长期失业的男性接受抑郁症治疗的可能性是其他男性的 3 倍。失业还与身心健康问题、离婚、阿片类药物使用和自杀相关。这些指标上的关键差距，不是富裕劳动者和贫穷劳动者之间的差距，而是有工作的穷人和没工作的穷人之间的差距。[14]

有入狱前科，身材肥胖，游手好闲，还曾拿枪指着自己的前女友，这样的凯文看起来可能并不招人同情，但正如奥斯卡·王尔德所言，"每个圣人都有过去，每个罪人都有未来"。凯文在很多方面可以说体现了工人阶层所面临的危机，以及经济腾飞多年后仍找不到工作，最终被市场打败的那类人消沉的精神状态。但他们不是霍雷肖·阿尔杰①笔下的角色,而是有着复杂经历,犯过严重错误,只能眼看着自己的尊严、希望和前途破灭的人。

讽刺的是,凯文一方面自暴自弃,一方面又为人异常慷慨。有一次,他路过怀俄明州的谢里登市时,看到了一个无家可归的人。他连衬衫都没穿,肩膀已经被严重晒伤。

"你怎么不穿件衬衫,穿了就不会起水疱了。"凯文建议道。

"我没有。"那个人回答。

"给,"凯文脱下自己的衬衫,"拿着吧。"

如果凯文没有犯过那几次错,这种慷慨可能会成为他生活的主旋律,而不是失业、被捕和贫穷。

尽管凯文没怎么说过,但他也对子女所走的路感到沮丧。从四年级开始,双胞胎儿子就开始惹麻烦,先是在学校里小偷小摸,后来逐渐发展成毒品犯罪、性虐待和违反缓刑规定。两个男孩都没有从高中毕业。20世纪70年代中期,我们上高中时,格林一家前途无量,现在却退步了。朋友们尽量帮他们找活儿干,或者让他们搭便车(凯文有时会来克里斯多夫家庭农场帮尼可的妈妈劈柴),但是他的健康状况让他越来越难保住一份真正的工作。凯文的痛苦在美国数百万家庭中不断重演。正如我国现代诗人兰斯顿·休斯(Langston Hughes)所说的那样,"这片土地上的梦,走投无路"。

---

① 霍雷肖·阿尔杰(Horatio Alger, 1832—1899),美国儿童小说作家,其作品通常有着类似的情节,即穷孩子通过自身的勤奋和诚实最终获得了财富和成功。

本书里的有些故事很悲惨，但本书因希望而诞生。雪莉的祖父母都是移民，尽管遭遇过敌意和歧视，但一家人投资教育，把一个孙女先后送进了三所常春藤盟校，使她在《华尔街日报》找到了一份工作。在那里，她遇到了一个《纽约时报》的年轻记者，对方就在俄勒冈州亚姆希尔附近的一座普通农场里长大。

我们俩是美国进步的果实，是美国机遇的受益者。由于父母对书籍和学习的热爱，我们都能搭乘教育的电梯青云直上，并见证一生中令人惊叹的进步。今天，80%的美国贫困家庭至少有一台空调，[15] 而我们小时候几乎谁家都没有空调。如今，三分之二的贫困家庭拥有有线电视或卫星电视，近四分之三的家庭拥有一辆汽车或卡车。医疗保健仍然严重不平等，但医疗进步意味着，即使是今天的穷人，也比一个世纪前的总统家庭得到了更好的医疗服务。要知道，在1924年，总统卡尔文·柯立芝16岁的儿子在白宫草坪上打网球时起了水疱，后来死于感染。

想想看，我们还是孩子的时候，南方的黑人和白人不能共用厕所和饮水机，同性关系是重罪，在一些州仍不允许避孕，环境污染也很严重（1969年，克利夫兰市被油污污染的凯霍加河居然着火了）。

我们的进步是不可否认的，也促使我们不得不问一问：为什么不能更广泛地分享这些成果？为什么那么多人最终掉队，早早离世？为什么有些统计数据，比如预期寿命，正朝着反方向发展？为什么联合国负责极端贫困问题的官员不仅访问了非洲的莫桑比克和毛里塔尼亚，还访问了我们的亚拉巴马州？为什么这位官员警告说，美国现在是富裕国家中社会流动率最低的国家，而且"美国梦正在迅速变成白日梦"？

我们相信美国能做得更好，部分原因是我们看到了各种可能性。一些组织已经在为应对这些挑战做着振奋人心的工作，提供了政府应该更广泛采用的模式。我们的几个对等国家测试了一些政策，尽管还很不完善，但这些政策确实在使个体变得强大，并在通过个体使整个社区变得强大上发挥了作用。

1962年，一位叫迈克尔·哈林顿（Michael Harrington）的年轻作家写了一本极具影响力的书来揭露美国的贫困，书名叫《另一个美国》(The Other America)。在书中哈林顿将人们的痛苦一一展现出来，但他的创作目的不是责备谁，而是因为他相信改变的能力。虽然我们不赞同哈林顿的某些政治观点，但他的书确实让人们大开眼界，并引发了一场关于不公正和贫困的全国性辩论；几年后，还帮助促成了约翰逊政府的"向贫困宣战"运动。同样，我们希望在本书中提醒我们的同胞，世界上还有一个美国，那里的人们正在苦苦地挣扎，无谓地死去，而且通常死得无声无息。哈林顿指出："世人看不见穷人，这是穷人最大的困境之一。只要这种困境存在，他们的问题就得不到解决。"罗马天主教红衣主教约瑟夫·托宾（Joseph Tobin）这样对我们说："我们得了一种全国性白内障。"

凯文从来不愿意被别人当成什么巨大、客观力量的受害者，也愿意承认自己有时确实搞砸了。他不喜欢被归类为"穷人"或"弱势群体"（低收入社区的人大多如此），他也不寻求他人的同情。他和其他陷入类似困境的人一样骄傲且复杂，内心十分抗拒成为令人同情的漫画式人物。凯文想要的不是同情或施舍，而是尊重和一份体面的工作。

他的孤独感体现的正是这种社会大衰退。他天生爱热闹，想念孩子们，但驾照被没收后，他连去看望老朋友也没那么容易了。他在农场里与世隔绝，失去了支持网络①，缺乏父亲曾经在工作中找到的那种满足感。事实上，整个美国工人阶层都有一种普遍的孤独感。老的社区机构——教堂、保龄球联赛、扑克之夜、"麋鹿"（the Elks）这样的俱乐部，甚至晚宴，都和社会关系一起分崩离析了。人们不再和朋友一起出去看电影，而是坐在沙发上看电视。

"我照顾病人那些年，最常见的病不是心脏病，也不是糖尿病，而是孤独。"美国军医处处长（Surgeon General of the United States）维韦克·穆尔西（Vivek Murthy）说，他将孤独描述为"一种日益严重的健康流行病"，可能会导致焦虑、炎症、肥胖、糖尿病、心脏病和早亡。自杀率居高不下的原因之一可能就是孤独。穆尔西预测，孤独和社会孤立会比肥胖更容易导致早亡，并且对寿命的影响跟每天抽15支烟差不多。[16] 这就是为什么英国在2018年任命了一位孤独大臣（Minister for Loneliness）。

我们可以把这称作"社交贫困"。美国人认为贫穷就是缺少收入，但其实，教育失败、家庭破裂和社会功能失调，会共同摧毁个人的尊严和自尊心，引发焦虑和自毁行为，严重伤害了一个个家庭。而这种贫困造成的后果之一便是信任被削弱，同时孤独感倍增。凯文努力寻找着意义和自尊，尤其是在女朋友离开他之后。对他父亲来说，尊严来自工作和一家之主的地位，但这两样凯文都没有。失业男性的状态

----

① 支持网络（support network）：也称为"社会关系网"，即个人在自己的社会关系网络中所能获得的、来自他人的物质上和精神上的帮助和支援。

通常就是无所事事、闷闷不乐。一项研究发现，他们平均每天花在看电视上的时间有五小时，而照顾孩子或老人只比这多九分钟。失业和离婚有关联，这一点不足为奇。

凯文的问题之所以会加重，是因为在没有妻子和家人的情况下，他更愿意靠甜甜圈和苏打水过活，于是他的体重飙升到了 350 磅[①]。如果在加拿大或欧洲，他的糖尿病和泌尿系统问题或许还可控，但凯文生活在美国，经常无法获得医保，急诊室又不能治疗这些慢性病，再加上酗酒导致的肝损伤和心脏问题，他的健康状况不断恶化。

最终，凯文获得了俄勒冈州的医疗补助，终于能去看医生了，但为时已晚。医生给他开了很多药，但他不愿遵照医嘱服药。他仍然喜欢在亨利·哈格湖和亚姆希尔河上钓鱼，但由于健康问题，他去钓鱼的次数越来越少了。

"他是你的同学吗，爸爸？"我们的女儿看到凯文后说，"他看上去比你老多了。"由于肥胖，凯文走路困难，甚至很难操持基本的家务，更不用说找工作了。后来，他打了一针流感疫苗，不幸的是，这导致了一些并发症。

2014 年到 2015 年的那个冬天，凯文的器官开始衰竭。2014 年圣诞节当天，医院让他回家，并且告诉他可能活不了多久了。

"你为什么流泪？"克莱顿问他。

"我只有两周半的时间了。"凯文含着泪回答。以前经常跟哥哥打架的克莱顿，现在非常关心他，两人会一起看电影，谈论各自的生活和曾经的愿望。凯文回到了从小生活的农舍——这座农舍曾一度体

---

① 1 磅约合 0.45 千克。

现了格林一家对未来会更好的期望——然后准备了一份遗嘱，把工具留给儿子们，希望他们能和睦相处，并取出退休账户里仅有的那一点钱，用于自己的尸体火化。

第四章
美国贵族

> 我们造出的每一支枪,下水的每一艘军舰,发射的每一枚火箭,归根结底都是从忍饥挨饿、缺衣受冻的人那儿偷来的。
>
> ——德怀特·戴维·艾森豪威尔总统

纵观历史,美国最引以为傲的一件事便是没有阶层制度,每个人都有机会。然而,研究我们国家的现状时,首先必须承认的一点却是如今确实存在等级制度,而格林一家、克纳普一家都处于底层。杰夫·贝索斯这样的亿万富翁是美国新贵,而像克里斯多夫一家和邓恩一家这样的人——也许还包括正在阅读本书的诸位——则构成了一个新的特权阶层。封建制度在21世纪的化身不仅基于金钱,也基于受教育机会,以及将继承的利益和价值观传递给子女的能力。最富有的1%家庭的孩子上常春藤盟校的可能性,是最底层的20%家庭孩子的77倍。[1]

作家马修·斯图尔特(Matthew Stewart)指出,在旧贵族社会中,富人营养更好，因此在身体上与营养不良和发育不良的人群不同。在19世纪的英国，年龄在16岁的上层社会的男孩比下层社会的男孩高8英寸。如今，人与人之间的身体差异不在于身高，而在于是否肥胖，是否患有糖尿病、心脏病、肾病和肝病，这些健康问题在低收入美国人中出现的概率至少是富裕美国人的2倍。

在封建时代，农场主住在庄园里，农民在地里干活。在当今时代，与之相似的情况是，一家农业综合企业的首席执行官有私人飞机，流水线上辛苦工作的普通工人却因为在工作时没有时间上厕所而只能穿着成人纸尿裤——据报道，美国的禽肉加工厂就是这样。2019年，对冲基金经理肯·格里芬（Ken Griffin）花2.38亿美元买下了美国有史以来最昂贵的住宅——一栋位于曼哈顿中央公园以南、面积2.4万平方英尺①的顶层豪华公寓，但由于对黄金地段共管公寓业主的税收减免，他所需缴纳的房产税相当于这套房子只值940万美元。在佛罗里达州，一个开发商正仿照凡尔赛宫建造一所住宅，有11个厨房、5个游泳池和一个可容纳30辆汽车的车库。这都是今天不平等的例证，就像原本的凡尔赛宫是古代制度的象征一样。与历史上的封建主义一样，最重要的需求不仅是在不公平的制度下对收入进行重新分配，而且要对规则进行重组，以创造一个更公正的社会，为下层民众创造更多的机会。

一个多世纪前，西奥多·罗斯福总统描述过类似的危机："正如内战前棉花和奴隶制的特殊利益威胁到我们的政治完整性一样，现如今，特殊的商业利益集团往往为了自身利益控制和腐蚀政府的人员和

---

① 1平方英尺约合0.09平方米。

措施……对于不公平的金钱获取方式，各个州以及国家层面缺少有效的限制，往往导致了一小群极其富有且在经济上有权势的人出现，他们的主要目标是掌握并增加手中的权力。我们的首要需求是改变能够使这些人积累权力的条件。"

正如教育家霍瑞思·曼（Horace Mann）所言，教育本应是"不同出身人类的伟大均衡器"。我和雪莉都是20世纪60年代变得更精英化的教育体系的受益者。但后来，我们这代人创造了一个新的精英阶层，这在很大程度上源于父母对孩子的大量投资。今天的年轻人得以进入常春藤盟校，是因为他们在高中毕业生学术能力水平考试（SAT）中取得了优异的成绩，这归因于他们父母的付出——还是婴儿时，父母就给他们读书；还在蹒跚学步时，就被父母送去上"提升"课程；升入高中后，父母又豪掷数千美元帮他们筹备SAT。总部设在纽约的教育咨询公司常春藤教练（Ivy Coach），会收取150万美元的五年套餐费提供咨询，帮助孩子进入适合的寄宿学校，取得优异的SAT成绩，最后被顶级大学录取——这种模式似乎很有效。[2] 而对于那些有进取心又聪明，但家里没有书，父母对学校教育又漠不关心的孩子来说，可腾挪的余地几乎没有多少。大学招生可能是基于看似精英主义的指标，比如考试成绩，但想想看，收入最高的四分之一家庭的孩子中有77%大学毕业。[3] 相比之下，收入最少的那四分之一的孩子的大学毕业率只有9%。这对生活结果和社会流动性至关重要：通常大学学历能让一个人在一生中多获得80万美元的额外收入。[4] 由于加拿大没有如此巨大的教育差异，所以加拿大低收入家庭的孩子获得更高收入的可能性大约是美国孩子的2倍。[5] 正如《高等教育编年史》（The Chronicle of Higher Education）一书中所指出的那样，现在美国的教

育体系是"一台不平等的机器"。⁶

在世界上的大多数地方,公立学校系统给弱势儿童分配的资源比给富有儿童分配得多。在美国,我们依靠地方财产税来资助公立学校,因此,富裕的郊区拥有一流的公立学校,这些学校是向最好的大学输送学生的渠道,弱势儿童则在三流学校里"受苦",那里的教师素质往往也是全国最差的。在"布朗诉教育委员会案"发生65年后,白色人种儿童与黑色人种儿童、棕色人种儿童在公共教育方面依然存在巨大差距,这是21世纪的一个民权问题。自1988年以来,美国学校已经开始倒退,种族隔离现象越来越严重。如今,15%的黑人学生就读于"种族隔离学校",⁷这些学校中的白人学生数量最多占学生总数的1%,且学生毕业率低于综合学校。黑人学生平均比白人学生落后两个年级,贫困地区的孩子比富裕地区的孩子落后四个年级。拉克·C. 约翰逊(Rucker C. Johnson)在关于学校整合的《梦想的孩子》(Children of the Dream)一书中写道:"整合的反对者悄悄且巧妙地取得了胜利。"⁸

1973年,我们来到了一个历史性的岔路口,在当年最高法院对"圣安东尼奥独立学区诉罗德里格斯案"①的裁决中,这一学校资助体系差一票被推翻;如果它被认定违宪,美国的教育体系将看起来更像欧洲和加拿大的教育体系,我们将是一个更讲究平等的国家。法院的

---

① 1968年7月10日,德米特里奥·罗德里格斯(Demitrio Rodriguez)和一群得克萨斯州圣安东尼奥市的拉丁裔父母针对该州不平等的教育提起集体诉讼,要求禁止使用财产税来资助公立学校。但最终,美国最高法院以5∶4的决议裁定得克萨斯州的教育财政分配方案合乎宪法,不存在不平等对待学生的情况,也没有剥夺这些学生受教育的机会。该判决从宪法角度维护了建立在财产税基础上的不平等。

判决部分基于这样一种观点：糟糕的学校不一定会有糟糕的结果——但越来越多的证据表明，这与 1896 年的"隔离但平等"一样是错误的。

加利福尼亚州最好的公立小学在帕洛阿托市，任何人只要能在一个平均房价超过三百万美元的地区买房，子女就可以在此入学。而在邻近的东帕洛阿托，贫困人口和少数族裔比例过高，他们的子女只能上较差的学校，故而未来也不怎么光明。纽约州州长安德鲁·科莫（Andrew Cuomo）告诉我们，公立学校的生均开销从 11000 美元到 33000 美元不等，富裕的郊区孩子分配的金额更高。"我们必须缩小这种差距。"但他也承认，这是一个争议很大的政治问题。自由派的伪善也在暗中作祟，因为富裕的自由派并不急于解决学校资金的不平等问题：他们的孩子可以通过就读资金雄厚的精英学校受益。

美国现代封建主义的某些因素甚至根深蒂固到令人觉察不到。与加拿大或欧洲相比，美国牙医的薪酬要高得多，美国人往往负担不起牙齿护理费用，部分原因是牙科游说团体一直在竭力阻止牙科治疗师提供廉价且简单的服务（在其他 50 个国家也存在这种情况），即使是在牙医很少的农村地区也不例外。

坐经济舱的美国人资助坐私人飞机的大亨，因为空中交通管制由商业机票提供资金。税收折旧规则资助购买私人飞机。人人都知道穷人食品券的成本，但很少有人知道，中等收入的纳税人也在资助公司高管，他们高雅的法式晚餐可以抵税。

公众担心食品券欺诈（欺诈率约为 1.5%），[9] 却不知道亿万富翁们把资产隐藏在海外，[10] 使财政部每年损失约 360 亿美元的税收，这笔钱足以用来支付高质量的学前教育和全民日托。获得诺贝尔奖的经济学家约瑟夫·斯蒂格利茨（Joseph Stiglitz）说过："我们把创造财富的努力工作与攫取财富混为一谈。"[11]

虽然新贵阶层在某些领域向女性敞开大门，但金融等其他领域仍是白人男性的堡垒。风险投资公司中只有2%的合伙人是女性，而风险投资中也大约只有2%针对女性创办的公司，这可能并不完全是巧合。流向非洲裔美国女性创办公司的风险投资则只有五分之一。脸书、谷歌和亚马逊的崛起，部分原因是它们是由锐意进取、才华横溢、有远见卓识的人创立，但另一部分原因是这些人都是有渠道获得资本的白人男性。

封建旧贵族通过结合规则和规范来保有财富，如今的新贵也是。还有针对富人的补贴，比如"附带权益"的税收漏洞，或游艇按揭贷款补贴。一些计算结果显示，公司补贴、信贷和漏洞比给穷人的政府津贴（不包括医疗保险和医疗补助）高出50%。[12] 还有一些补贴很奇怪：在高尔夫球场上放几只山羊，你就可以像特朗普总统那样把球场归类为农田，并节省一大笔税款。

免税代码已经以无数其他方式为富人的利益服务。根据《纽约时报》得到的文件，特朗普总统的女婿贾里德·库什纳似乎年复一年地缴纳零个人所得税，尽管他的净资产翻了5倍，达到三亿多美元。2015年，他有170万美元的收入。这一切都是完全合法的，因为说客们为房地产大亨找到了漏洞。大楼管理员没有这些巧妙的避税选择。类似的情况还发生在亚马逊。2018年，亚马逊支付的联邦所得税为零，[13] 尽管利润是112亿美元；事实上，它设法从未缴纳的税款中获得了1.29亿美元的"退税"。实际税率为负1%。美国的税收结构出了问题，穷忙族纳税，以便联邦政府付款给世界首富所拥有的电商巨头。

此外，州和地方政府还为经济发展提供奖励措施，这些奖励措施往往从不公开。俄勒冈州为耐克的500个工作岗位提供了20亿美元的奖励，相当于每个工作岗位400万美元。与此同时，路易斯安那州为瓦莱罗能源公司的15份工作每份支付1500万美元。截至2013年，华盛顿州在16年内给了波音公司价值87亿美元的补贴，这是有史以来给一家公司最大数额的补贴。截至2016年4月底，波音公司已裁员5600人。[14]

尽管得到的是相同质量的服务，美国人每月为智能手机服务支付的费用却比欧洲人多出约30美元。研究人员认为，这是因为欧洲监管机构更积极地推行反垄断政策，美国的反垄断监管机构却心不在焉、毫无作为。"美国最先设立了反垄断机制，几十年来一直是执行反垄断的先锋，"[15]芝加哥大学金融学教授路易吉·津加莱斯（Luigi Zingales）指出，"但现在不是了。"

富人们还争取不给美国国税局提供足够的资金，并削弱它的权力，这样国税局就没有财力进行审计，或者打击可疑的所得税减免。在收入超过100万美元的人群中，只有大约6%的人的纳税申报单接受了审计，0.7%的人的企业纳税申报单接受了审计。与此同时，有一个群体却是国税局严格审查的，即年收入低于两万美元、接受收入所得税抵免的穷忙族。超过三分之一的税务审计集中于勉强维持收支平衡的群体，[16]尽管国税局减少了对富人的审计——而前5%的纳税人占了所有少报收入的一半以上。总的来说，现今对偷税漏税的刑事起诉少之又少，每38.5个家庭才有一个。在国税局的审计上每投入1美元就会带来200美元的新税收，这就是为什么那么多富人佯称这是一个平民主义的举措,却想断绝它的资金来源。

刑事司法制度是双层制的一个典型例子。开一张空头支票,你可能就会被判重罪,入狱服刑,失去孩子。在大多数情况下,虽然犯罪是要付出代价的,可如果你偷税或从事诈骗等白领犯罪活动,即使你真的被起诉和定罪,也不太可能坐牢。例如,杜威路博律师事务所前首席财务官乔尔·桑德斯于 2017 年被判重罪,因为他在这个已经倒闭的律师事务所工作期间曾进行欺诈活动。但经过一通非同寻常的操作,桑德斯不但没有被判入狱,而且只被判处在三年内缴纳 100 万美元罚款。后来,桑德斯在另一家律师事务所找到了一份年薪 37.5 万美元的首席运营官的工作,并继续持有一套长岛的住宅、一套迈阿密的顶层海滨公寓和大约 100 万美元的流动资产。他还租了两辆豪车,一辆奥迪和一辆奔驰。2018 年,他的律师要求撤销罚款,[17] 声称支付罚款会给桑德斯及其家人"带来不必要的困难"。

正如希瑟·海耶,那位 2017 年在弗吉尼亚州夏洛茨维尔市被白人至上主义者杀害的姑娘在其脸书的最后一篇帖子中所说的那样:"你不气愤,是因为你不关注。"

我们去一些现代的封建国家旅行时,铁丝网围墙内的奢华生活和外面贫民窟的生存竞争之间的差异,令我们感到难堪。大亨们在车辙很深的路上开奔驰车兜风似乎很可笑,但随着公园和图书馆等公共物品的资源被挤压,美国也正在朝这个方向发展。于是,富有的美国人找到了自己的变通方法。

公立学校的教学质量可能会变差,有钱人就把孩子送到私立学校。如果公共安全状况恶化,他们就住在装有大门、有警卫把守的社区里,或者干脆雇私人保镖。如果公共游泳池变得太拥挤,或者有开放时间限制，那他们就在后院自建游泳池，或者买一栋度假屋用于周末度假。当机场变得像动物园一样时，他们就改坐私人飞机。当电网变得不可靠时，他们就买备用发电机。饱受地铁延误困扰时，他们就坐网约车。

联合国极端贫困和人权问题特别报告员菲利普·奥尔斯顿（Philip Alston）访问过世界上一些最贫穷和最不幸的国家，因此一直在呼吁人们关注全球贫困问题。他也对美国进行了调查，但对美国人接受贫困和不平等的态度感到疑惑，遂发表了一番言辞尖锐的评论。他宣称："美国在收入和财富不平等方面已经'领先'于其他发达国家，现在正全速前进，让自己变得更不平等。"他特别呼吁美国，用他的话说，"将贫穷去罪化"。我们在这里有必要详细引用一下他的报告：

惩罚和监禁穷人是 21 世纪美国对贫困的典型反应。[18] 无力偿还债务的工人，无力支付私人缓刑服务费用的人，因为交通违规而成为攻击目标的少数族裔，无家可归的人，精神病患者，无力支付子女抚养费的父亲，以及其他许多人都被监禁起来。大规模监禁让人们暂时注意不到社会问题，并制造某种问题已经解决的假象。

很难想象还有比这更弄巧成拙的策略。联邦、州、县、市政府在管理监狱方面花费巨大。有时，这些成本会从囚犯身上"收回来"，从而加剧后者的贫穷和绝望。穷人被监禁的犯罪记录使他们更难找到工作、住房、稳定感和自足感。家庭被毁掉，孩子失去父母，政府的负担越来越重……在美国，需要阻断的是贫穷，而不是单单因为穷人穷就逮捕他们。

美国对私营企业工会的敌意与其他国家相比要大得多，目前只有不到7%的私营企业工人加入了工会，[19]而这正是美国近一半工作岗位的时薪低于15美元的原因之一。考虑一下这个观点：劳动先于资本，且独立于资本。资本只是劳动的成果。如果不首先存在劳动，就不可能存在资本。劳动优于资本，理应获得更高的重视。这是卡尔·马克思、尤金·维克托·德布斯①、伯尼·桑德斯②，还是哪个社会主义者说的？事实上，这是亚伯拉罕·林肯在他上任后的首次国情咨文演讲中说的。然而，近几十年来，美国的政治体系变得越发亲商，对劳工越发存疑。"这个国家是劳资关系的粪坑，"美国劳工联合会－产业工会联合会（AFL-CIO）主席理查德·特拉姆卡（Richard Trumka）对我们说，"欧洲的情况则要好得多。"他认为，加入工会为白人男性带来了30%的工资溢价，也为女性和有色人种带来了略高的收入。

工会的"超额雇工"真实存在，但已经被企业的"超额雇工"取代，后者对自由市场进行了实质性的干预。竞业禁止协议禁止员工在竞争对手公司工作（甚至包括快餐店的低级工作），[20]限制了大约18%的美国工人，或者3000万人，这已经成为大公司恐吓员工、限制其流动、降低劳动力成本的一种手段。总的来说，据经济学家们估计，收入不平等加剧有三分之一是工会力量弱化的结果。

---

① 尤金·维克托·德布斯（Eugene Victor Debs, 1855—1926）：美国工人运动领袖、社会主义事业先驱，美国社会党创始人。

② 伯尼·桑德斯（Bernie Sanders, 1941— ）：美国参议员、民主社会主义者，也是美国历史上第一名信奉社会主义的参议员，以反对经济不平等和新自由主义闻名。

在丹麦，部分由于强大的工会，麦当劳的员工每小时可以赚 20 美元，有带薪产假、陪产假、加班费、养老金计划和每年五个星期的带薪假期，可以提前四周安排工作。（请注意，虽然税很高，但丹麦人的年平均工作时间比美国人少五分之一。）

我们认为，美国的经济结构越来越不公平，它对企业有利，却伤害了普通公民。我们曾就此咨询已故的普林斯顿大学经济学家、前白宫经济顾问委员会主席艾伦·克鲁格时，本以为他会反驳我们的观点，结果他完全赞同。"经济被操纵了。"他说。

反过来，这反映了一个加剧不平等的政治层面：最高法院对"联合公民诉联邦选举委员会"一案的裁决和相关案件，实际上通过裁定公司和其他参与者可以无限制地在竞选活动中使用"独立"资金，使贪污行为合法化了。行业、国会和联邦官僚机构之间的"旋转门"[①]使这种合法化的贪污行为越来越严重。在参与制定监管金融业的 2010 年《多德－弗兰克法案》的资深国会工作人员中，已有 40% 转而加入其声称要监管的金融公司。[21]"美国人民认为这个体系完全被操纵了，"长期从事政风研究的弗雷德·韦特海默（Fred Wertheimer）告诉我们，"他们的想法是对的。"

有人可能认为，民主国家的经济不平等会得到自我修正，因为公众会对收入差距感到担忧或愤怒，进而制定税收或其他政策来"劫富"或"济贫"。但这种情况并不经常发生。相反，研究人员发现，世界各国的财富积累往往也会导致政治权力积累到一些人手中，而这

---

① 旋转门（revolving door）：一种个人在公共部门和私人部门之间双向转换角色、穿梭交叉为利益集团谋利的机制。

些人反过来又会利用政治权力增加自己的财富。事实上，我们在美国看到的正是这种情况。美国的政治制度对大捐赠人反应灵敏，政客们为富人创造利益，富人则会回报创造这些利益的政客。这与中世纪的国王和贵族之间的共生关系有什么区别吗？提拔那些压制农民的贵族，同时赞美自己的宽宏大量，却对农民的道德准则投以白眼？

第五章
美国是如何步入歧途的

挨饿和失业的人是独裁政治滋生的土壤。

——富兰克林·D. 罗斯福，1944 年国情咨文

2015 年 1 月，凯文·格林出院三周后在家中去世，终年 54 岁。自从他还是一名身材匀称、前途光明的越野运动员以来，情况发生了巨变。

悼念凯文后不久，我们共同的朋友，"弹球"里克·戈夫也走到了人生的终点，他一辈子酗酒、吸毒，医保可以忽略不计。"弹球"很聪明，但八年级时被学校开除后（这是对他逃学的惩罚），他再也没有从窘境中恢复过来。

后来，尼可七年级时迷恋过的玛丽·梅厄步入了歧途。她是一个头发乌黑、惹人喜爱的女孩，父亲是县里的动物猎人。玛丽聪明、勤奋、足智多谋。上完高三那年，父母搬走了，但她想和朋友们一起毕业，便在亚姆希尔的咖啡馆找了份工作，租了间房，自己完成了学

业。可毕业后不久，她就被席卷该地区的失业、绝望、酗酒和吸毒的狂潮淹没了，而且没有得到所需的帮助，最终流浪了七年。有一次，她把枪塞进嘴里，想结束这一切——她的姐姐和其他三个亲戚都死于自杀——但就在要扣动扳机的那一刻，她想起了女儿，于是放下了枪。她决定顽强地活下去。最后，在当地教会的帮助下，玛丽得以从头再来，戒了酒，戒了毒，靠出售自制的鸟屋为生，但由于酗酒多年，她还是患上了胰腺炎。谈起过去生活的细节时，她感到羞愧，但又愿意讲出这些过往，因为她希望美国人能把那些在困境中苦苦挣扎的人视为真正的人。她承认："我不希望我的私生活被公开，但同时又想让其他人知道无家可归的感觉——你连下一顿饭在哪儿都不知道。"

凯文、"弹球"戈夫和玛丽都是善良、有能力、有爱心的人，他们发现自己被更大的经济变化淹没了，然后这种破碎感又传给了下一代，他们的孩子正在与成瘾问题、失业或监禁等魔鬼做斗争。是的，人们做出了错误的选择，有时还选择了犯罪。但问题的本质并不在于这些是个人行为。在每一个案例中，错误的决定都是更大经济问题的征兆。在美国白人中，影响主要集中在20世纪70年代末或之后达到法定成年年龄的人身上。艾琳·格林失去了小托马斯、辛迪和凯文，而她80岁时仍身体强健、精神矍铄。最近，她母亲去世了，享年97岁。格林家的年轻一代多灾多难，每次你环顾格林家的餐桌，都能感受到美国工人阶层的幸福感在下降，看见美国人的预期寿命在下降。我们看到的不仅是一个家庭的悲剧，那么多公民无法发挥他们的潜能也是这个国家的悲剧。

这不仅是一个自由主义还是保守主义的问题。查尔斯·默里

玛丽·梅厄和她制作的鸟屋，她从酗酒、吸毒和无家可归中恢复过来后以制作并销售鸟屋为生。（尼可拉斯·克里斯多夫 摄）

（Charles Murray）和戴维·布鲁克斯（David Brooks）等保守派作家探讨了这些分歧。布鲁克斯认为："我们这个时代的核心问题是中产阶层工资增长的停滞、工人阶层社区的解体，以及随之而来的美国社会的分裂。"至于左翼，参议员伊丽莎白·沃伦（Elizabeth Warren）和其他许多民主党人也提出了类似的观点。值得注意的是，美国白人工人阶层的这种痛苦，在一定程度上说明了右翼的唐纳德·特朗普和左翼的伯尼·桑德斯崛起的原因。

问题到底出在哪里？

在19世纪和20世纪的大部分时间里，美国都在率先努力创造机会。始于1862年的《宅地法》是一项自助计划。政府会给每个家庭 160 英亩土地，若他们在五年内有效耕种或改良土地，土地就属于他们了。《宅地法》改变了西部，把穷困潦倒的工人变成了拥有大片土地的农民。四分之一的美国人可以将部分家庭财富追溯到这一富有远见的举措。另一个具有历史意义的项目是农村电气化。该项目始于 1936 年，为美国各地的农民带来电力（以及后来的电话服务），改变了农村生活，提高了生产力，增加了机会。

美国是世界上最早提供近乎普及的基础教育的地区之一，也是最早为几乎所有孩子创办高中的国家之一。哈佛大学经济系的两位教授克劳迪娅·戈尔丁（Claudia Goldin）和劳伦斯·凯兹（Lawrence Katz）在《教育和技术的竞赛》(The Race Between Education and Technology)一书中写道："到 20 世纪初，美国青年的受教育程度远高于大多数欧洲国家。"他们在书中探讨了人力资本投资如何让美国成为世界领先的国家。"美国的中学是免费的，[1]学生基本都可以上，而在欧洲的大部分地区，中学学费昂贵，学生往往上不了。即使到了 20 世纪 30 年代，美国也几乎是唯一普及中等义务教育的国家。"州立大学和社区学院体系使高等教育得以普及，而前面提到的《退伍军人权利法案》也极大地提高了美国人的受教育程度和住房自有率。四分之三曾在军队服役的男性利用了《退伍军人权利法案》提供的受教育机会，五百万人因此成为房主。《退伍军人权利法案》是对普通美国人的一项重大投资，通过创造现代中产阶层获得了巨大的回报。

20 世纪初，还有很多其他具有历史意义的方案助力美国走上了进步之路。20 世纪 30 年代，美国率先通过《国家枪械法案》来限制枪支，国会议员们还曾认真考虑过禁用手枪。在同一时代，国会批准了社会保障、失业保险等社会安全保障方案，以及民间资源保护队等就业提案。后来，其他国家采用了这些计划中的许多内容。

然后大约在1970年，由于我们将要探讨的原因，美国偏离了轨道，开始沿着错误的方向走了将近半个世纪。在工业化国家中，美国的高中毕业率从最高跌至最低，监禁人数增长了7倍，家庭结构崩塌，单亲家庭数量激增，预期寿命达到峰值，工人阶层的收入即使有所增长，也增长得极度缓慢。1980年以来，扣除通货膨胀因素后，美国最富有的1%人口中有1%收入翻了4倍，其余几乎翻了2倍。90%到99%的收入增长速度与人均国内生产总值（GDP）持平。而底层90%人口的收入则相对减少，1980年以来，他们的收入增长速度低于人均GDP增速。其结果是，现在最富有的1%人群拥有的财富是底层90%人群的2倍。[2] 我们从机遇方面的世界领先者变成了落后者。

教育领导地位的下降意义尤其重大，因为好工作越来越需要坚实的教育基础。全球化、自动化和对削减成本的不懈关注，导致了城市蓝领和文书工作的空心化，而在过去，这些工作往往都是由受教育程度有限的人来做的。麻省理工学院经济学家戴维·奥托（David Autor）发现，其结果是现在只有高中学历的城市劳动者所填补的工作岗位，实际上比20世纪70年代的技能要求更低。

凯文·格林生活艰难的原因之一是他没有从高中毕业。这对包括他父亲在内的前几代蓝领工人来说并不是障碍，因为在20世纪70年代初，美国大约72%的工作只需要高中及以下学历。到2020年，这一比例降至36%。其后果之一是受教育程度有限的人的收入大幅下降。20世纪70年代，男性高中毕业生的平均收入差不多是男性大学毕业生的五分之四，但这一比例后来已降至略高于50%。凯文这种没有高中学历的人收入更低。[3]

过去的半个世纪也是美国开始与加拿大和欧洲背道而驰的时期。20世纪70年代，无论在美国还是在欧洲，最富有的1%人群所拥有的财富份额都为10%。如今，欧洲这一比例小幅上升至12%；在美国则翻了一番，达到20%。[4]这是经济学家托马斯·皮凯蒂（Thomas Piketty）及其同事计算出来的结果；其他人则给出了不同的估算，显示不平等的增幅较小。①

---

① 我们想承认精心挑选统计数据的风险。理性的人可以仔细检查数据，并得出各种各样的结论。例如，我们在此引用了皮凯蒂和赛斯的数据，最富有的1%人群所拥有的财富份额猛增。但这些复杂的计算受制于真正的分歧。经济学家杰拉尔德·奥滕（Gerald Auten）和戴维·斯普林特（David Splinter）进行了各种技术调整，得出的结论是：最富有的1%人群所拥有的财富份额（尤其是扣除税收和转移支付后）有所增加，但增幅要小得多（部分原因是，1960年的不平等比假定的更严重）。所以请注意，数据集和结论各不相同。同样，关于收入中位数也存在争议。人口调查局计算出，自1979年以来，家庭收入中位数的实际增长率仅为7%。但国会预算办公室的数据显示该项指标在此期间增长了51%。不同之处在于看税前收入还是税后收入，如何根据通货膨胀率进行调整，以及是否根据较小的家庭规模进行调整。同样，可以通过官方统计数据（12.3%），或者通常被认为更优秀的补充性贫困衡量标准（13.9%），或者一些保守派人士青睐的统计分析来衡量贫困，这些保守派人士考虑到穷人的支出，认为贫困率要低得多（约3%）。俗话说得好，"在醉鬼眼里，路灯柱是用来支撑身体，而不是用来照明的"，我们会尽量抵制这样使用统计数据的诱惑。我们将关注证据的重要性，这对我们来说意味着，尽管任何一项统计数据都可以有不同的解释，但大量指标趋同，则说明美国工人阶层正面临危机。——原注

美国和西欧占国民收入份额最高的1%与收入最低的50%的对比，1980—2016年。收入不平等的演变轨迹。

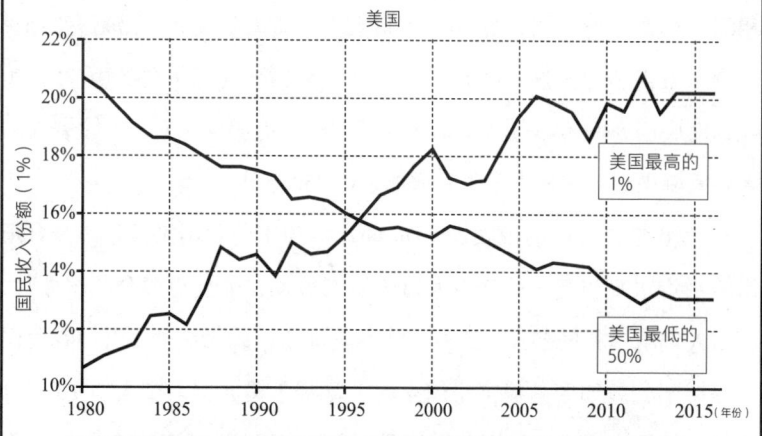

美国

2016年，西欧收入前1%的群体收入占国民收入的12%，该份额在美国为20%。1980年，西欧收入前1%的群体收入占国民收入的10%，该份额在美国为11%。

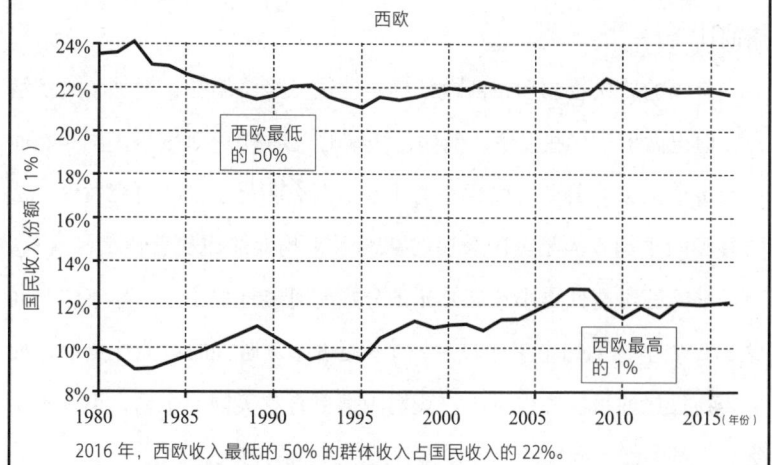

西欧

2016年，西欧收入最低的50%的群体收入占国民收入的22%。

资料来源：世界不平等数据库（WID.world, 2017）。2018年数据序列与注释见《2018年世界不平等报告》（wir2018.wid.world）。

这张来自《2018年世界不平等报告》的图表显示，自1980年以来，美国最富有的1%人群收入猛增，而在西欧仅略有增加。

美国前财政部部长拉里·萨默斯（Larry Summers）提供了另一个看待不平等的视角。据他推测，如果我们现在的收入分配与1979年相同，那么分配中底层的80%人口会多出1万亿美元，最富有的1%会少1万亿美元。这意味着，最富有的家庭平均每年会少赚70万美元，而底层80%的家庭平均每年会多赚1.1万美元。对于一个普通的工薪家庭来说，这相当于收入增加了近25%。

1970年，美国的税收占GDP的比例与工业化国家俱乐部经合组织的平均水平相当。后来当人口开始老龄化，需要更多公共服务时，正如人们所预料的那样，这一比例在其他富裕国家缓慢上升，在美国却保持不变。如今其他富裕国家的人每赚1美元会多交大约10美分的税，但作为交换，他们获得了医疗保险、更好的基础设施，贫困人口和无家可归者数量减少，以及实现了——我们认为的——一个更健康的社会。

美国的放松管制和亲商政策确实促进了经济增长，增加了经济活力，但也做出了一些妥协。例如，法国的人均GDP远低于美国。然而看看每个国家的典型公民，差别并不是那么明显。一项研究发现，法国公民的平均收入是美国公民的92%，平均寿命也比普通美国人长，孩子早夭的可能性更小，产妇死于分娩的可能性更小，一年工作时间少310个小时（每个工作日少一个多小时），遇害的可能性更小，死于药物过量的可能性也更小。我们俩都更喜欢美国的生活，但并不是所有人都会做出同样的选择，尤其是那些掉队的人。[5]

如今，"美国例外论"往往走向错误的方向：我们经常例外，是因为我们遭受的经济和社会病态折磨比其他发达国家都严重得多。如今美国女性死于分娩的可能性大约是英国女性的2倍。每个美国人不该为此感到丢脸吗？在过去的半个世纪里，我们开辟了一条与其他发达国家不同的路，而事实证明，这条路是无数美国人的死胡同。

1980年，罗纳德·里根赢得总统选举，标志着美国开始右倾，并步入一条不同于其他西方国家的轨道。里根反映并塑造了美国20世纪70年代的情绪。他在演讲中经常谴责芝加哥的一位福利领取者："她有80个名字、30个地址、12张社会保障卡，为四个并不存在的已故的丈夫领取退伍军人福利金。"①当选总统后，里根在1981年的就职演说中发表了那句著名言论："政府不是解决问题的方法，政府才是问题所在。"他打压空中交通管制员工会，减少对工人的保护措施，致使商界变得更加强大。

随着对政府的敌意在美国蔓延，政府决定减税，尤其是为富人减税，然后"让野兽挨饿"——利用减少的税收证明减少对弱势群体服务的合理性。这个做法既虚伪又残忍，而且跟不上先进世界的步伐。近几十年来，其他国家扩大了医保的覆盖面，采用了家庭休假政策，推动公共交通，并实施儿童津贴以减少贫困，美国却逆势而行，大幅减税，缩短公共图书馆的开放时间，提高州立大学的学费，并任凭基础设施老化（不加以维护修缮）。颇有影响力的共和党低税率倡导者格罗弗·诺奎斯特（Grover Norquist）的言论，就充分体现了"小政府"

---

① 里根的谴责未免有些夸张，但人物的原型是一个真实的芝加哥女性——琳达·泰勒，⁶她至少用过33个化名，诈骗政府项目和个人钱财，还涉嫌谋杀和拐卖婴儿。所以，福利欺诈可能是她的罪行中最轻的。她确实开着凯迪拉克车，穿着皮草，《芝加哥论坛报》称她为"福利女王"，但大多数研究发现，公共援助项目中存在的欺诈行为并不常见，可能只占2%，比富人的逃税行为少。——原注

思想:"我的目标是在 25 年内把政府砍掉一半,使其规模缩小到我们能将它淹死在浴缸里。"

为什么美国如此右倾,而其他国家多半不会?我们想知道,其中一个原因是否始于 20 世纪 60 年代中期国家对种族、暴力和动荡的焦虑。那是一个约翰·F. 肯尼迪、罗伯特·肯尼迪和马丁·路德·金遇刺的时代,是芝加哥发生政治骚乱,洛杉矶、纽瓦克、底特律等城市发生种族骚乱的时代,是一个有"气象员"等国内恐怖分子的时代,是一个谈论革命的时代,是一个嬉皮士和雅皮士的时代,是一个全美家庭会激烈辩论的时代。反复的心理学实验表明,恐惧会使我们的政治信仰变得更保守,理查德·尼克松在 1968 年竞选总统时就利用了这种恐惧,采用"狗哨政治"①,故意利用白人对黑人骚乱的忧虑。

这种"南方战略"将美国南部地区变成了共和党的堡垒,而制造恐慌的行为也经常延伸到社会政策中。福利被描述成对懒惰黑人的施舍,移民则是对美国文化和就业的威胁。当时,社会支持政策的缺乏导致了某种程度的绝望和传统社区的瓦解,加剧了人们对传统价值观正在丧失的担忧,并将艾奥瓦州和俄克拉何马州等曾经有进步倾向的州坚决地推向了共和党阵营。得克萨斯州政治家肯特·汉斯(Kent Hance)曾在 1978 年国会竞选中击败小布什,他告诉我们,那场胜利给小布什上了一课,"基督徒或者好老弟②不会不接受他了。"这在美国南部和中部的大部分地区基本上符合事实,因为"上帝、枪支和同

---

① 政治暗语。在竞选时为争取或不得罪中间选民,使用隐语或模棱两可的话来向特定人群传递政治信息,称为"狗哨政治"。

② 指美国南方各州的典型白人男子。

性恋"成了对保守派有利的主要议题。

另一个因素是20世纪70年代的通货膨胀,以及人们认识到美国企业变得过于自满,对效率和股东回报过于漠不关心,因此经济确实需要一针强心剂。欧洲和日本的公司正在壮大,一些工会的规则确实抑制了创新和节省劳力、提高效率的方法。放松管制有合理依据,对风险投资和私募股权等新行业的需求也真实存在,这些行业迫使臃肿的私营部门提高效率。但美国在放开对自由资本主义的限制上走了极端。20世纪70年代,我们削弱了自己的国际竞争力,因为我们的公司要照顾所有的利益相关者,包括员工。而如今,我们又走到了另一个极端:残酷无情的公司急于听从股东资本主义的召唤。美国的国际竞争力受到损害,因为我们的经济创造了一个霍布斯式的世界:在这个世界里,生活是"孤独、贫困、污秽、野蛮、短暂的"。[7]正如商业作家史蒂文·珀尔斯坦(Steven Pearlstein)所言:"一开始那些有用、能纠偏的东西,25年后变成了道德败坏、弄巧成拙的经济教条,威胁着美国资本主义的未来……我们目前的繁荣不可持续,因为它没有创造出大多数人渴望的那种社会。"[8]

20世纪中期,大企业受到大政府和大劳工的制约,但这种平衡已经逐渐消失,现在企业面临的约束少了。随着社会分裂,大家同舟共济的感觉逐渐消失,炫富变得越来越被认可。的确,有钱成了值得庆祝的事。1984年,电视系列片《富人和名人的生活方式》(*Lifestyles of the Rich and Famous*)首播。作家迈克尔·托马斯基(Michael Tomasky)这样说:"美国人变得更贪婪了,再直白一些的话,是更自私了。"[9]

1965年时首席执行官的平均收入大约是普通工人的20倍,现在是普通工人的 300 多倍。[10] 沃尔玛员工的年平均工资是 19177 美元，[11]他必须工作 1188 年，才能赚到首席执行官 2018 年一年的收入。公司还改变了运营方式，将物业类工作外包，取消养老金。这些做法提高了股价，但也让许多家庭变得更加脆弱。历史上，蓬勃发展的公司会向工人返还大量收益，但越来越多的投资者反对关怀员工。2017 年，当美国航空宣布要将第一季度的巨额收入部分用于员工加薪时，曾引起华尔街的一阵嘲笑。花旗集团的一名分析师嘲讽道："又优先支付劳动报酬了。剩下的才归股东。"摩根士丹利以"令人担忧的先例"为由，下调了美国航空的股票评级，该公司股价两天暴跌 8%。

奥伦·卡斯（Oren Cass）是贝恩咨询公司的前管理顾问，曾担任米特·罗姆尼总统竞选团队的国内政策总监。他非常理解支持企业效率的理由，指出削弱旧劳动力市场的结果是引起整体经济的强劲增长和产出廉价产品，但又补充说，这种妥协不值得。他在《曾经和未来的劳动者》(The Once and Future Worker) 一书中警告说："留给我们的是一个建立在遭到侵蚀的根基上、缺乏结构完整性、摇摇欲坠、正在走向崩溃的社会。"[12]

尽管过去政府曾通过《退伍军人权利法案》等措施帮助处境困难的美国人，但随着工作岗位消失、吸毒人数激增和家庭解体，对社会服务的需求增加了，政府却退缩了。面对这些黑暗的新势力，教会、学校和社区组织不能做出恰当的反应，政府官员便本能地用大规模监禁进行反击，让问题变得更严重。在中世纪的欧洲，村庄通过烧死女巫来应对"小冰河期"引发的令人费解的作物歉收；到了 21 世纪，我们改成了建造监狱。这两种策略都不成功。

政府不仅越来越拒绝提供更多帮助，而且似乎将"轻微的残忍"

作为治理原则。例如，更多的州和地方对轻罪者处以一系列罚款，以此作为资助机构的一种方式，然后把付不起钱的人关进监狱。早在19世纪30年代，文明世界就开始关闭债务人监狱，认为这是一种野蛮的象征。然而，有一天我们去塔尔萨监狱时，却发现有23个人只是因为没有向政府缴纳罚款和费用便被监禁于此。53岁的罗莎琳德·希尔是一位白发苍苍的女性，长期患有精神疾病，而且常年吸毒，因未能缴纳一大笔费用和罚款被监禁了一年半。加上罚款和利息，她的欠款总额高达11258美元，但因为患有抑郁症和双相情感障碍，她找不到工作，只能因无支付能力被定期监禁，旧罚款上又添新罚款。

塔尔萨监狱，有一天，我们发现有23人是因为无力支付政府罚款而被监禁。
（琳西·阿达里奥 摄）

在俄克拉何马州，刑事被告要缴纳66种不同的费用，从"法院保安费"到"治安官追捕逃犯费"。就连穷人申请公共辩护律师也要收费，尽管穷人根本付不起。一旦他们通过无力付款来证实自己的贫困，就会被捕。欠款金额不断累积到惊人的水平。塔尔萨监狱里被监禁的一名办公室职员辛西娅·奥多姆告诉我们，她欠了17万美元，并且经常面临被迫入狱、离开两个孩子的风险。就连塔尔萨地区检察官斯蒂芬·昆茨韦勒也对我们说，"这是一个功能失调的系统"。

这种情况并不只存在于俄克拉何马州。在纽约市，被拘留者也经常因未能支付1美元的保释金而被监禁。这种情况通常发生在有人因多项指控被捕时，主要指控的保释金是500美元，次要指控的保释金是1美元。但后来主要指控撤销了，此人仍被关在监狱里，因为电脑显示有1美元的未缴债务。即使囚犯在银行账户里有可观的存款，也无法使用这些账户来支付任何款项。有时，他们甚至不知该向谁求助，钱并不是障碍，而是找到一个有时间、懂英语的朋友或亲戚来面对这个系统并支付保释金。一位母亲错过孩子葬礼的原因，竟然是她必须支付1美元的保释金。一些囚犯则因未能支付1美元而被关押几天、几个星期，甚至几个月。最后，一群纽约大学的学生想出了解决办法，他们成立了"1美元保释队"（Dollar Bail Brigade），志愿者会定期去监狱，用1美元把囚犯保释出来。即使对顶尖大学的学生而言，官僚主义的挑战也令人震惊：有位志愿者花了24个小时，跑了三趟监狱，才为一名囚犯交上1美元的保释金。

令人费解的是，许多政客似乎担心穷人试图从体制中攫取利益，却并不担心富人榨取更多的利益。在一些立法者中间，打击被压迫者的最新时尚是"要求必须工作才能获得医疗补助等福利"。从理论上讲，要求某些人以工作换福利，可能是促进长期失业者重返劳动力市场的有效方法之一。但实际上，这些要求往往只是切断福利的借口。2018年，阿肯色州成为第一个对医疗补助强加工作要求的州，还要求参与者用电子邮件地址和一个邮件发送的代码在线记录工作时间，并连续浏览几个网页。可惜，阿肯色州在互联网接入方面在全国各州中排名第48位，很多接受医疗补助的人也没有电子邮件地址或互联网。甚至在几个月后的2019年年初，阿肯色州的医疗补助网站也没有明确解释这个新的工作要求，没有说明如何重新申请工作或录入工作时间。在第一组被要求以工作换福利的人中，72%不符合要求。于是，一些家庭失去了医疗保险，一些人无法获得药物，进而旧病复发，失去工作。这提醒我们，工作要求往往是一种经过伪装的卑鄙举措，目的是将人们赶出"安全网"。[13]与此同时，从2007年到2016年，美国根据一项"经济发展"计划，向包括惠普和卡特彼勒在内的企业提供了1.56亿美元补贴。可研究人员发现，该计划与提高就业率几乎毫不相干。[14]

即使选民要求扩大社会项目，一些地方领导人也拒绝这么做。2018年11月，犹他州和爱达荷州的居民投票支持增加医疗补助后，共和党立法机构曾试图取消这些投票。美国的风气在这半个世纪里发生了变化。许多美国人开始把财富作为衡量成功的主要标准来庆祝，并对失业、破产、吸毒，或其他失足的人更加挑剔。这种不断变化的风气到达顶峰的事件是2016年一名"亿万富翁"当选总统，而他最为人熟知的便是他浮夸的生活和真人秀里那句反复说的台词："你被解雇了！"

经济困境的成因包括自动化和全球化，这影响到许多国家的工人，低技能工人的实际工资不仅在美国下降了，在英国和德国也下降了。因此，作为理解到底哪里出了大问题的一个环节，我们想知道：在边境另一边的加拿大，受到全球化力量冲击的工人们的处境是否也同样悲惨。

巧合的是，在2008—2009年的大衰退后，一位名叫维克多·谭·陈（Victor Tan Chen）的社会学学者正好研究了这个问题。陈教授任职于弗吉尼亚联邦大学，曾花费了数周时间与底特律的通用汽车和加拿大安大略省温莎市的福特公司那些被解雇的汽车厂工人进行了交谈。全球化经济力量扰乱了这两个国家的汽车工厂，但陈教授发现，底特律的下岗汽车厂工人的处境更糟。一部分原因是加拿大有更好的安全保障，如全民医保体系，另一部分原因是加拿大为减轻冲击做出了积极的努力。大规模裁员24小时内，加拿大政府就设立了"行动中心"，帮助下岗工人求职，获得政府福利，参加重点再培训项目。朋辈助手会帮他们准备简历，寻找解决方案。福特公司在温莎解雇工人时，有些人希望学习护理专业，但地方院校护理专业的申请人数过多，行动中心便说服院校立刻增设了一门护理课程。

加拿大做得比较好，是因为加拿大政府没有坚定地接受"结果只关乎个人责任"的说法，而这种观念常使美国工人感觉自己是个失败者，或者用陈教授的话来说，"陷入冷漠、绝望和自责中"。他认为，失业（我们认为，还有流离失所）的心理打击尤其令人气馁，主张政府采取更多的支持性政策，比如设立加拿大那种行动中心，或增设再培训项目和增加教育福利。他呼吁通过"恩典的道德观念"回归社会平衡[15]——这种道德观念源于一个神学概念，即每个人都可以依靠上帝的恩典得救，即使是那些不配得到恩典的人、没有受过教育的人、失业者、成瘾者和无家可归者，所以主张更多地依赖同情心和平等主义，而不是谴责个人的不负责任。

加拿大在就业方面的努力并不稀奇，稀奇的是美国的做法。作为GDP的一部分，美国在就业培训和援助项目上的支出，仅为工业化国家平均水平的五分之一。此外，近几十年来，美国大幅削减在这些项目上的支出，却大幅增加了在监狱上的花费。

我们得到的教训是，发生在这么多美国工人身上的悲剧并非不可避免。诺贝尔经济学奖获得者、普林斯顿大学教授安格斯·迪顿（Angus Deaton）告诉我们："很多人把这归咎于全球化，但全球化的问题是它是全球性的，可这些事并没有发生在德国、法国和西班牙。绝望之死也没有发生在欧洲，所以是美国出了问题。我认为在过去的40年里，很多政策是针对工人阶层的。"加拿大和欧洲也受到贸易中断和全球经济衰退的影响，但它们为工会保留了一些空间，征收更高的税，用更全面的社会安全保障机制、就业再培训、全民医疗保健和限制处方止痛药销售的严格法规来保护公民。因此，加拿大和欧洲的失业工人不太可能失去家园、经历家庭破裂、死于服药过量，经济复苏后也更容易找到新工作，重新开始生活。可美国政府做了什么？

美国走了半个世纪的弯路，在创造包容性增长方面做得尤其失败。20世纪的大部分时间里，美国的贫困地区一直在追赶富裕地区。密西西比州占马萨诸塞州人均收入的比例，从20世纪30年代的30%上升至1975年的近70%，[16]类似的趋势在南部其他州也很明显，但增速有所放缓，有些地方还发生了逆转。现在，密西西比州的人均收入已降至马萨诸塞州人均收入的55%。原因似乎在某种程度上是自作自受。劳动力市场对受过教育的工人提供了越来越多的优待，但密西西比州和南部各州在教育和其他形式的人力资本上投资不足，不光是对黑人，对白人也是如此。南方的战略是减税，依据的理论是低税率可以吸引企业，从而提振经济。但在知识经济时代，这种做法不是很有效。高薪、高科技雇主当然希望税率低，但首先需要的是受过教育的劳动者，因此最终往往会去加利福尼亚州、马萨诸塞州和纽约州等高税率、高教育水平的州投资。南方的右翼政客捍卫南方邦联的雕像[17]或妖魔化同性恋者及跨性别人士时，这种情况就会加剧，进而导致经济更加落后、更受挫败，并循环往复。

自经济大萧条以来，美国还是首次经历我们近几十年来看到的这种工人阶层的停滞。这种停滞不但加剧了两极分化，助长了种族主义和偏见，还破坏了社会结构，人们对拉丁裔、穆斯林和非洲裔美国人的怨恨在增加，有时这种怨恨还会朝向往社会更高层流动的女性。白人至上主义者越来越多，在网站和社交媒体上大肆宣扬偏见。据联邦调查局报道，仇恨犯罪数量已连续三年上升。在我们访问的一个极右网站上，有人发表关于穆斯林的极端言论，并呼吁将他们大规模驱逐出境。一名女性甚至提出："任何想进入美国的穆斯林男子都必须先被阉割。"

这还是美国吗？

白人工人阶层有真正的委屈。由于不平等加剧、实际最低工资下降，以及华盛顿政客的忽视，他们深受其苦，遭受了巨大的损失。也许正因如此，他们才对政客和政治解决方案极不信任——93%的人说他们反感政客。

经济学家伊莎贝尔·索希尔在其著作《被遗忘的美国人》(The

Forgotten Americans）中指出："这给民主党人造成了一种两难的困境。任何激进的议程都有可能将更多工人阶层推向共和党阵营，尤其是如果该议程依赖于华盛顿领导的决策和各种新税的话。"[18] 到目前为止，这些选民更坚定地支持那些想让美国远离西方世界趋势的政客。

2016年特朗普当选总统就是这一趋势的体现。特朗普在40岁至64岁白人死亡率较高的地区大受欢迎。这些白人工人阶层选民中有很多人支持过奥巴马和克林顿，但现在转而支持起特朗普来。"人们感觉自己被忽视了，"民调专家弗兰克·伦茨（Frank Luntz）告诉我们，"特朗普会和他们交谈。"当然，特朗普一上台就试图逐步废除《平价医疗法案》，导致投保的美国人更少了，而更少的保险反过来意味着死于心脏病、宫颈癌和肝病的人会更多，能得到成瘾治疗的人会更少。这对支持他上台的工人阶层来说是一个可悲的错误。

我们在俄克拉何马州遇到了一个叫朗达·麦克拉肯的幼儿园老师。她热心支持当地的家庭暴力干预中心，说这个中心帮助自己摆脱了殴打她、掐她脖子的残暴前夫。"我记得当时心里想的是，他要杀了我，"她回忆道，"他对我拳打脚踢，掐脖子更是家常便饭。"家庭暴力干预中心的工作人员帮助麦克拉肯摆脱了这段关系，她获得了从头再来的机会。

"他们救了我的命，也救了我儿子的命。"说着，她的眼眶就湿润了。

那么，麦克拉肯又是如何投票的呢？"我把票投给了特朗普总统。"她告诉我们，并指出她拥护共和党，支持他似乎理所应当。"我是保守派，他是保守派的选择。"她解释说。特朗普上台后不久就试图削减家庭暴力干预中心的资金，麦克拉肯对此感到震惊。她告诉我们,"我希望国会介入",以保护家庭暴力干预项目。但她并不后悔把票投给特朗普,因为她基本赞同特朗普削减开支的举措。她还说可能会支持他连任。

很多读者可能会觉得不可思议,那些遭受重创的地区竟然会支持共和党,于是我们请我们在亚姆希尔的朋友、邻居戴夫·佩珀阐述一下他的政治观点。我们稍后会看到。戴夫有过艰难的时期,曾七次无家可归,但他是特朗普的铁杆粉丝,其中一个原因是他是持枪权的坚定捍卫者,而且随身携带一把上膛的手枪。戴夫说,他受够了纳税支持某些社会项目,在他看来,那些项目是为了支持那些不想工作的二流子。

"我认为我们需要福利改革,你可能不信,"他说,"我相信很多人想把这个制度榨干。我对为此买单感到很厌烦,厌烦透顶。我的税总在涨,路却从来都修不好。"他举例说明了攫取制度利益的人,比如这个地区的人似乎对努力工作不怎么感兴趣,却得到了食品券或者伤残津贴。戴夫曾试图帮助当地的一名冰毒成瘾者,一个无家可归的建筑工人,让他留在他们的地盘上,待在他的卡车里。后来,那名男子不肯搬出去,继续吸毒,还跟他对着干。五个月后,戴夫用枪指着那个人,才把他赶走。

"我还真挺喜欢那家伙的,也很同情他,因为我也有过类似的经历。"戴夫回忆道,"他让我想起了我自己的过去。"他摇了摇头说。"我们很想帮助他,但他的毒瘾似乎比给他自己找个住处更重要。"

我们和戴夫有不同的政治观和世界观,一部分原因是他对现实的看法在很大程度上依赖福克斯新闻。"对,我看福克斯新闻,"他告诉我们,"不过,我也看有线电视新闻网(CNN),因为我很喜欢换个角度看问题。但说实话，我看不下去，我觉得他们在撒谎。"戴夫这种生活在保守派新闻影响范围内的人，会被自由派从没听说过的问题激怒。比如，谷歌家庭音箱会立刻答出"真主是谁"或者"佛陀是谁"，却不能马上回答"耶稣是谁"，这种事就会激怒戴夫。这是2018年右翼媒体界的一场风暴，引发了对谷歌反基督教或试图推广伊斯兰教的指责。而谷歌的回应是调整算法，以同样的方式回答所有关于宗教的问题："宗教很复杂，我还在学习。"

尽管戴夫坚定地支持特朗普，但也承认当今的两极分化和政治的肮脏令他困扰。"我不知道有什么解决办法，"他补充说，"但每天晚上我都会为我的国家和家园祈祷。"戴夫反映了当地人的情感。2016年，特朗普在亚姆希尔赢得了57%的选票，希拉里·克林顿赢得了32%（其余大部分选票投给了自由党候选人加里·约翰逊）。就像很多在困境中挣扎、生命岌岌可危的人一样，格林一家也支持特朗普。和亚姆希尔一样，美国很多白人工人阶层生活的地区也是如此。在任何一个县，预测特朗普支持率最有力的指标之一是只有高中或以下学历的白人比例。我们在亚姆希尔的朋友通常把特朗普看成局外人，认为他会为他们排忧解难，把制造业和第一产业的工作机会带回国内，让美国回到工人阶层生活稳步改善的时代。

工人阶层选民的观点并非一律保守。民调显示，他们支持对富人增税、增设带薪家务假、提高最低工资。穷忙族尽管有时候也要依赖政府福利，但原则上还是蔑视政府福利的，部分原因是他们经常亲眼见到这些福利被邻居滥用。人们对此类行为的愤怒远远超过对更大金额的私人飞机补贴的愤怒。当周围的人篡改规则、不公平地获益时，他们产生的怨恨更发自内心。

亚姆希尔的朗达·克罗克牧师也有同样的忧虑,她也支持特朗普。"人们只是想要更简单的生活,"她告诉我们,"希望美国再次重返光荣,就像我们小时候那样。也许他们只是相信这个人能帮助实现这个目标。"当被追问那种简单的生活到底什么样时,她想了想,说:"就是我们小时候的那个美国。我为自己是一个美国女孩感到骄傲。家庭很重要。上学很重要。有工作很重要。尽量为你的家庭做正确的事。我不知道。也许他们在特朗普身上看到了这一点。"

我们认为怀旧情绪普遍存在,也完全同意学校、工作和家庭都极其重要。但我们还认为,那个所谓的"黄金时代"也有它的阴暗面。20 世纪 60 年代初,在美国变革浪潮来临前,女性几乎没有什么机会,非洲裔美国人生活在"吉姆·克劳法"①的禁锢之下,大多数州禁止未婚女性实行计划生育。即使到了 1987 年,也只有一半美国人认为男人用皮带或棍子殴打妻子是绝对错误的。[19]1963 年的一项民意调查显示,[20]59% 的美国人认为黑人与白人通婚应属非法。到 1967 年,最高法院通过"洛文诉弗吉尼亚州案"将此类法律推翻后,仍有 16 个州禁止跨种族婚姻。其中一些法律只禁止黑人与白人通婚。截至 1950 年,有 15 个州明令禁止[21]与亚裔的跨种族婚姻。

任何喜欢怀念"黄金时代"的人都应该记得加里·克纳普曾朝迪伊蜷缩的那片田地开枪。但那个时代确实有一些重要的元素不复存在了。那时候,不平等程度更低,工人阶层家庭在教育、收入和生活水

----

① 泛指 19 世纪中叶至 20 世纪中叶美国(尤其是南方各州)实行的一系列严格的种族隔离法律。

平方面获得了巨大的好处。每个家庭都有自己的问题，但孩子们更有可能在完整、健全的双亲家庭长大，而且几乎没有人无家可归。"自杀率比今天低得多"是衡量幸福的一个简单标准。我们的朋友中很少有人比玛丽·梅厄更发自肺腑地理解那些穷人的困境。玛丽是尼可的老朋友，曾经有很多年无家可归，有一次还把枪口塞进嘴里，想一了百了。所以，我们问了玛丽是否会支持那些采取不同方式解决美国问题的政客，她说"会"，尽管也承认自己对政治不是特别感兴趣，而且直到最近才真正投票。"太复杂了，"她告诉我们，"这个那个的，总把我搞得晕头转向。"但最后，她说自己在2016年大选中投票支持改变，因为赌注太大了。这是她这辈子第一次投票，投给了特朗普。

"特朗普是我们唯一的希望，"玛丽告诉我们，"那个人很卑鄙，但他仍奋力前行。"她说，她希望特朗普远离推特，但接着又说，随着就业机会增多，经济正在好转。她说，媒体对特朗普不公平，同时给民主党开绿灯。

2018年秋，当美国歌手泰勒·斯威夫特支持两位民主党候选人时，玛丽在脸书上写道："泰勒·斯威夫特，很多年来我收集的你的所有唱片都变成了火引子。"

当特朗普丑闻缠身时，我们问玛丽她认为特朗普到目前为止做得怎么样。她若有所思地停顿了一下，然后坚定地说："他做得很好。"

"他相信美国人民，"她补充道，"能再次称自己是美国人，我感觉很棒。"

第六章
穿实验服的毒贩

奥施康定是我们登月的门票。[1]

——普渡制药公司，雷蒙德·萨克勒博士

丹尼尔·麦克道尔，32岁，危地马拉裔，体格健壮，皮肤呈橄榄色，胳膊粗壮如大力水手。他也对海洛因上瘾，因为他住在巴尔的摩。几十年来，巴尔的摩一直因毒品交易而臭名昭著，所以你可能认为他上瘾是因为某个街头毒品贩子。但事实上，对此负责的人身穿西装三件套和实验服，从没见过牢房长什么样。但丹尼尔见过。我们去了巴尔的摩，作为一个有大量黑人人口的城市，它与亚姆希尔形成了鲜明的对比，但我们发现两座城市的苦难有许多相似之处，还发现了一个美国独有的关于背叛的故事。

高中毕业后，丹尼尔于2004年参军，并立刻成了士官学校的明星人物。他在班上名列前茅，晋升得很快，没过多久就开始指挥那些和他一起接受基础训练的士兵。军队生活对丹尼尔很有吸引力，让他一度展现出自己最好的一面：他很勇敢，看重战友情，富有军人使命感，高级军官们认为他为人可靠、目标明确。他曾在阿富汗和伊拉克服役，在巴格达时又续签了服役合同。他决定做一名职业军人，妻子尽管为他担心，但也很支持他。

2006年的一个夏日，在阿富汗南部，丹尼尔的悍马车触发了塔利班埋设的反坦克地雷。十多年后，丹尼尔在巴尔的摩一个廉租房区一间没有窗户的狭小房间里给我们讲了这个故事。丹尼尔浑身发抖地回忆起当时的情况：先是传来一阵突如其来的震荡声，然后疼痛穿透他的身体，悍马车里浓烟弥漫。"我的腿疼得厉害，我记得当时根本不知道腿还在不在。因为什么都看不见，我只好伸手去摸，摸到腿后心想，感谢老天。"

丹尼尔的膝盖遭受了永久性损伤。这场事故让他获得了一枚紫心勋章，但也使他对阿富汗人怒火中烧。不到一个月，他参加了一场为期九天的残酷枪战。在交火中，他的朋友、34岁的罗伯特·J. 奇奥门托上士胸口中了一枚火箭推进榴弹。丹尼尔对阿富汗人的愤怒变得难以遏制。他的职责是操作一挺0.5英寸口径的机枪，这是一种每秒发射十发子弹的可怕武器，射程为四英里。战斗中，丹尼尔疯狂向所有移动的东西开火，向每一个土坯院子，向附近任何看起来像人的东西开火。

那一刻，丹尼尔只想对敌人和阿富汗人发泄满腔怒火。"我们是坏人，我们搞砸了，"他告诉我们，"我朝院子里开枪，朝所有移动的东西开枪，你明白我的意思吗？我是一个愤怒的人。他们杀了我的朋友，他们伤害了我，所以当时我杀了所有会动的东西。"

战斗结束后，怒气消退，羞耻感增加。丹尼尔并不是故意要用机枪瞄准并杀害妇女儿童的,但他确实朝阿富汗人家里开了枪,他想象着枪炮将那些吓得蜷缩在屋子里的孩子炸成了两半。交火结束很久后,被他杀死的人仍时常出现在他的噩梦中。"这就是我在想的事,也是困扰我的事,"他轻声说,"我给人的感觉是心肠很硬,但我其实是个有感情的人。"

  2009 年,丹尼尔以教官身份回到美国,发现膝盖和良心都在困扰着他。此外,他还患有创伤后应激障碍,经常做噩梦,吓坏了妻子。他告诉我们:"我一直在做特别可怕的梦,梦见自己还在那儿,被枪杀,我会在睡梦中哭泣,有时还会在睡梦中尖叫。妻子打我,试图把我弄醒。"

丹尼尔·麦克道尔,巴尔的摩的一名退伍军人,正在努力克服药物过量,以一种不同的方式为生存而战。(琳西·阿达里奥 摄)

丹尼尔的膝盖接受了治疗，还做了半月板手术。医生给他开了一种叫曲马多的强效合成阿片类药物①，他也接受用药物来减轻肉体和精神上的痛苦。军医们很快将他转到一家外面的疼痛诊所，而该诊所又给他开了大量羟考酮和其他阿片类止痛药。换了医生后，丹尼尔的病历把新的内科医生吓了一大跳。

"你吃的药比晚期癌症患者都多。"他为丹尼尔减少了剂量。但丹尼尔需要止痛药，药快吃完时，他只好急忙寻找替代品，心中对新医生充满了愤怒。他自言自语道："那个该死的家伙，不准我吃药。他根本不知道我都经历过什么。"

丹尼尔知道自己需要帮助，但向军医求助，解释说自己依赖药物是很丢脸的一件事，而且这可能对他的军旅生涯不利。于是，他接受了一个颈部受伤的战友的建议：将药片碾成粉末，跟水混合在一起，然后将混合物注射到静脉里。那个人的成瘾阶段比他稍早一点。这确实管用了一阵子，但很快药又要用完了。有一段时间，他在黑市上购买处方止痛药，但价格极贵。于是，那个战友给丹尼尔介绍了海洛因，一种获得阿片类药物更便宜的方法。

"我就这样开始了与魔鬼的斗争。"丹尼尔告诉我们。他不知道，但这是当今美国最常见的海洛因成瘾途径：使用处方止痛药，上瘾，争相非法购买。而当这种"瘾"变得负担不起时，就转向街头海洛因。

———

① 指任何天然或合成的、对机体产生类似吗啡效应的一类镇痛药，主要作用于中枢神经系统，长期使用有可能导致患者出现成瘾性和耐药性。

类似丹尼尔染上毒瘾这种情况在全国范围内大规模地重演,造成了无数的个人悲剧,降低了国民的预期寿命。以丹尼尔为例,他的职业道德崩塌了,衣冠也变得不整,绩效考核受到影响,还因不服从上级而面临违规。

"你不能再吃那些药了,"妻子对他说,"必须就此打住。"

"听着,我经历了那些破事,而且刚做完手术,后背很疼,"他生气地反驳道,"我还要整天工作。"

最终,他的妻子,那个他眼中"世上最好的妻子",离开了他。

"我基本上毁了我们的婚姻,"他解释道,"对我来说,药片比她重要。"

丹尼尔吸毒成瘾,每天必须吸食价值150美元的海洛因,所以很快,他就发现自己欠了债。随后,军队强迫他提前退伍。为了购买毒品,他又开始贩卖海洛因,不久后就被捕了,并因毒品指控在监狱待了八个月。可出来之后的第一个晚上,他就又嗑嗨了。

最终,丹尼尔找到了一个愿意接收他的戒毒所。虽然他只在里面待了28天——时间太短——但他还是戒除了六个月的毒瘾,情况开始好转起来。他和新女友梅根有了一个儿子,名叫布雷登。丹尼尔很疼爱他,对他的关心胜过世间的一切——除了自己的毒瘾。

"我特别喜欢嗑嗨,"他告诉我们,"老实说,这才是最重要的。我就是喜欢那种感觉,其他感觉根本比不了。我会选择嗑嗨,而不是性爱、吃饭和陪伴家人。"另一个不顾危险,继续吸食海洛因的原因则更平常:避免戒断反应带来的痛苦。对于任何依赖阿片类药物的人来说,不服药带来的身体痛苦非常可怕。一名海洛因吸食者肖恩·普赖斯告诉我们:"那种难受的程度是十倍的流感再加生孩子。你控制不了肠胃，会把吃的东西全吐出来。我中过枪，但我宁愿再次中枪，也不愿因为戒除海洛因受罪。"

丹尼尔深爱着梅根和布雷登，但海洛因颠倒了他的生活重心。他告诉我们："为了得到毒品，我会做一些不得不做的事：撒谎，骗人，偷窃。"果然，丹尼尔很快就复吸海洛因了。他偷梅根的钱，对她撒谎，最终被她赶出家门。丹尼尔成了巴尔的摩又一个无家可归的人，但他有很多同伴——据美国政府的估计，全美大约有四万名退伍军人无家可归。

丹尼尔曾是一名做事一丝不苟的教官，现在却发现自己睡在大街上，吸食可卡因，注射海洛因。"我又臭又饿，"他曾两次试图通过吸毒过量自杀，但连这个都做不到，"到了一生中的某个时刻，你会觉得不想活了。"丹尼尔语气沉重，"我的感觉是，我受够了疼痛，我受够了痛苦，我受够了为了勉强活下去而做我一直在做的这些破事。我受够了。"

他想蒙骗布雷登，但失败了。"他发现我进了监狱，"丹尼尔一边低头盯着自己的鞋，一边告诉我们，"我是个糟糕的父亲。"丹尼尔想给儿子买生日礼物和圣诞礼物，但吸食海洛因是他的头等大事，在给最在乎的人买礼物之前，钱已经不知怎么就没了。"我恨自己，"他说，"恨我现在这副德行。"

丹尼尔当警察的父亲则和他断绝了关系，自2013年以来，父子之间再也没有说过话。唯一支持丹尼尔的是他的母亲，她曾多次长途驱车来拯救儿子，并试图把他送进戒毒所。他承认，为了得到买毒品的钱，他操纵了她，并对她撒了谎。

"我妈爱我，她是我的天使，"他解释道，"任何时候，我都可以依靠我妈来帮我摆脱困境。我知道我辜负了她的爱。"急需毒品时，丹尼尔会管她要钱，并编造各种借口。"我有一张罚单，不交钱的话，我就得坐牢。"还有一次，他说："有人偷了我的钱。""我可以给你礼品卡。"她试图阻止他吸毒。"不行，我需要现金。"

他们会争论一番，最后妈妈会心软，因为她不想看儿子受苦。然而，正是他母亲用无条件的爱拯救了丹尼尔，并且是多次拯救，还为他找到新的戒毒所。最终，她帮他转诊到了"巴尔的摩站"（位于一个古老的消防站，故得名），一个为有毒瘾的退伍军人提供两年住宿的项目，由退伍军人事务部提供支持，是结束退伍军人无家可归状态运动的一部分。

巴尔的摩站在帮助人们戒毒并恢复生活方面有良好的记录。这是我们需要在全国范围内设置的项目典范，而且不仅是针对退伍军人。在这里，丹尼尔接受了心理咨询，并服用了赛宝松——一种阿片类药物，可以使成瘾者的情况稳定下来并开始逐步恢复正常生活。我们去巴尔的摩站的宿舍看望他时，他已经三个月没有吸食街头毒品了，不过依然很脆弱、很羞愧。对于一个自豪的军人来说，谈论自己堕落到这步田地是一种耻辱，但他也想让人们了解成瘾者的困境。

"说实话糟透了，"丹尼尔对我们说，"以我年轻那会儿的潜力，我本可以成为上士。可现在的我是个重罪犯，没有房子，除了楼上的一袋子衣服，什么都没有，所以这是一场战斗。每天都是一场战斗，每天都想吸毒。但你知道，那么做的话，你哪儿也去不了。"

丹尼尔这么做的动机是，他想和梅根重归于好，和儿子布雷登在一起。"她爱我爱得要死，"谈到梅根时，他说，"但她不相信我。这是我的错。"他停顿了一下，又满怀渴望地说，"我想重新和他们成为

丹尼尔·麦克道尔在为退伍军人设立的戒毒所"巴尔的摩站"参与一个关于控制成瘾的小组讨论。（琳西·阿达里奥摄）

一家人。我想带布雷登去打橄榄球。"他希望自己最终能重返大学，成为一名药物顾问，帮助其他处境艰难的退伍军人。

我们问丹尼尔成瘾这件事应归咎于谁，埋设反坦克地雷、导致他膝盖受伤的塔利班？不小心给他开了曲马多，并将他转到外面诊所的军方？销售阿片类止痛药，并宣称成瘾性不高的制药公司高管？还是那些给他开药，让他上瘾的医生？这些观点，丹尼尔都不赞同。

"怪我自己，"他说，"任何时候我都可以说我不想这么做，"他解释说，"这都是我自己的选择。"

在某种程度上，丹尼尔的自责可能有用。"草根成瘾项目"强调，参与者必须对自己的行为负责，永远不要找借口，因为患者接受这种个人责任的真言时，通常会有更好的结果。正如古希腊历史学家普鲁塔克所说："我们内在的成就将改变外在的现实。"

但从更广泛的意义上讲，丹尼尔对自己不公平。他是被自己冒着生命危险为之效劳的政府背叛了。据官方估计，210万美国人有阿片类药物成瘾问题，[2] 一些学者估计的数字则要高出很多倍。[3] 当这么多美国人同时做出同样的错误选择时，这应该是一种暗示，说明问题不只是个人的道德失败，而是一种系统性的失败。

我们可以这样看待这件事：丹尼尔受了工伤，然后军队内外的医生给他开了有高度成瘾性的阿片类药物。这是因为政府通过松懈的监管，授权制药公司从不计后果的营销中获利。丹尼尔上瘾后，军队没有尽力帮助他，而是把他赶走了。之后，他不再是公共卫生工作的目标，反倒成了刑事司法系统的目标。政府不但辜负了他，还指责他，并将他监禁。几代人以前，美国通过向退伍军人提供教育和住房福利来奖励他们。但最近，美国帮助退伍军人吸毒成瘾，然后将他们投入监狱。

当前的成瘾噩梦始于20世纪90年代。当时，制药行业正在寻找一种全新的畅销药推向市场。阿片类药物当时被认为具有高度成瘾性，只对极度疼痛或晚期癌症患者有用，但企业高管们认为可以将其推广到一个利润丰厚的市场。于是，由普渡制药公司及其所有者萨克勒家族领导的制药业，组织了一场复杂且巧妙的运动：用他们的阿片类处方止痛药更积极地治疗疼痛。那些让丹尼尔上瘾的奥施康定药片，就是普渡制药公司的产品。

由制药公司委托撰写的报告称，医生让患者承受了不必要的痛苦。这种批评有其道理，所以一定程度上帮助药品营销活动获得了支持。

一直以来，人们将体温、脉搏、呼吸、血压视作"四大生命体征"，但 1995 年，美国疼痛协会（部分由普渡制药公司资助）敦促将疼痛作为第五种生命体征。随后，这五大生命体征成了美国退伍军人医院和美国医学会采用的标准。在医院评估中，消费者会被问到"你的疼痛多久能得到很好的控制"，以及"医院工作人员多久会尽力帮助你缓解一次疼痛"。报销水平后来在一定程度上取决于患者满意度，结果止痛药处方在美国激增，相比之下，在国外则要少得多。美国疼痛协会承认，在实践中，许多机构的做法是"询问患者是否感觉疼痛，疼的话就开阿片类药物"。

不计后果的不只是普渡制药公司。全球咨询公司麦肯锡曾为普渡制药公司如何"大幅增加"阿片类药物的销量，如何抵抗毒品执法机构，以及如何"应对服药过量的青少年的母亲们的情绪信息"提供过建议。[4] 据称，因西斯制药公司给了俄亥俄州医生格雷戈里·格伯 17.5 万美元回扣，[5] 以推广一种处方药——强效合成阿片类药物芬太尼。从 2012 年到 2013 年，因西斯制药贿赂医生，让他们参加演讲活动推广这种药品，还给积极推销芬太尼的销售代表发奖金，使芬太尼的销售收入增长了 1000%。[6] 因西斯制药有效地操纵医生让病人上瘾。

"每次医生告诉你他们开了药方，你的下一个问题就应该是开多少单位、多少剂量。"[7]2012 年，地区销售经理弗兰克·塞拉这样指导他的销售代表。国会调查人员获得了因西斯制药的内部文件，其中强调了"拥有"一名医生或护士的重要性。

医务人员不仅出卖了自己的灵魂，还卖得相当便宜。一项研究发现,从 2013 年到 2015 年,制药业向 6.8 万名医生推销了阿片类药物,平均在每个医生身上花费了 588 美元,包括餐费和旅费。三年算下来,这个金额并不多,在增加处方和死亡人数上却颇有效果。该研究发现,在某一个特定的县,向医生支付的费用与该县一年后因处方药服用过量死亡的人数相关。[8]

希瑟·阿方索,这位在康涅狄格州开出海量芬太尼处方的执业护士在认罪协议书中承认,她参加了因西斯制药的演讲活动,每场演讲收费 1000 美元,一共做了大约 70 场演讲。但参议院的一份报告显示,这些其实并非真正的演讲,没有任何演示,只是在高级餐厅吃饭,而且在场的人通常都不能开这种药。那份参议院报告还说,仅 2015 年一年,阿方索就开出了 1162 份芬太尼处方。我们只能猜测这最终给多少人造成了痛苦。她为颈部、背部、腿部、肩部疼痛的患者完成了芬太尼处方的文书工作,这种药确实有合理的用途,比如治疗癌症晚期患者的疼痛,但用在治疗慢性背痛上,就相当于开了一张导致成瘾的处方。[9]

另一家药企巨头麦克森公司,在短短两年内就向西弗吉尼亚州人口仅有 400 人的克米特镇的一家药店运送了将近 900 万盒处方止痛药。[10] 可想而知,结果只会是民众药物成瘾、药物使用过量和死亡,麦克森公司却不计后果,只想获利。最终,政府对麦克森公司处以 1.63 亿美元罚款。[11] 不过在计算公司利润,以确定首席执行官的奖金时,公司董事会却明确将这笔罚款排除在外——在过去的十年里,那位首席执行官的收入已经超过 6 亿美元。

我们联系了给丹尼尔看病的那个诊所的医生,他曾给丹尼尔开了大量阿片类药物。我们告诉他,丹尼尔已经对海洛因上瘾了,问他是否后悔这种开处方的做法。他拒绝发表意见。

普渡制药公司后来被判重罪，罪名是通过淡化成瘾风险，欺诈推销其阿片类药物。特朗普总统的私人律师鲁迪·朱利安尼为该公司进行了辩护，但与奥施康定带来的350亿美元的收益相比，6亿美元的罚款简直不值一提。普渡制药公司的个别高管也被判有罪，并被处以巨额罚款，但他们从未服过一天刑。普渡制药公司获准继续销售阿片类药物，而萨克勒家族现在的身价是130亿美元。

阿片类药物成瘾的美国人中，大约有80%是从处方止痛药开始上瘾的，而非非法的街头毒品。从本质上来讲，制药公司高管和哥伦比亚毒枭一样，但他们的行动获得了法律的批准。包括巴尔的摩在内的很多城市和州，都在起诉普渡制药公司和其他制药公司，要求追回治疗阿片类药物滥用的部分费用，但没有人能把丹尼尔失去的东西还给他。

卡内基梅隆大学的乔纳森·考尔金斯（Jonathan Caulkins）和斯坦福大学的基思·汉弗莱斯（Keith Humphreys）指出："最大的毒贩穿着白色实验服或细条纹西装，而不是连帽衫，或者街头毒贩的帮派服装。"[12]

没能监禁普渡制药公司的任何高管，我们并不觉得意外。美国很少起诉白领罪犯。即使在2008年金融危机后，尽管普遍存在的非法行为毁掉了全国各地人的生活，但只有一名银行家入狱；对比20世纪80年代，储贷丑闻后有近900名银行家入狱。没有经过太多讨论，我们就创建了一个双轨制司法系统。你在杂货店偷东西，可能会被关进监狱，但如果你从税务机关偷逃数千万美元税款，或者用欺诈手段兜售企业集团的危险药物，却会被夸奖有商业头脑。

政府当局对普通吸毒者和毒贩完全没有表现出这种宽容。我们想亲眼看看像热纳瓦·库利这种小毒贩会有怎样的遭遇，便去亚拉巴马州了解情况。热纳瓦是一名71岁的黑人女性，她举止温和，头发灰白，嗓音沙哑，在纽约的哈林区长大，十几岁时就成了孤儿。她生活在一个毒品泛滥的社区，半个世纪前经历了残酷的性暴力和家庭暴力后，开始吸食海洛因。没过多久，她就每天都在吸毒了，并开始贩卖海洛因。她在纽约两次因伪造罪被判刑，罪状是开空头支票购买毒品。

2002年，热纳瓦在长岛的一家会计师事务所当秘书期间，前往亚拉巴马州伯明翰市看望一位朋友。她说，这位朋友在火车站和她碰

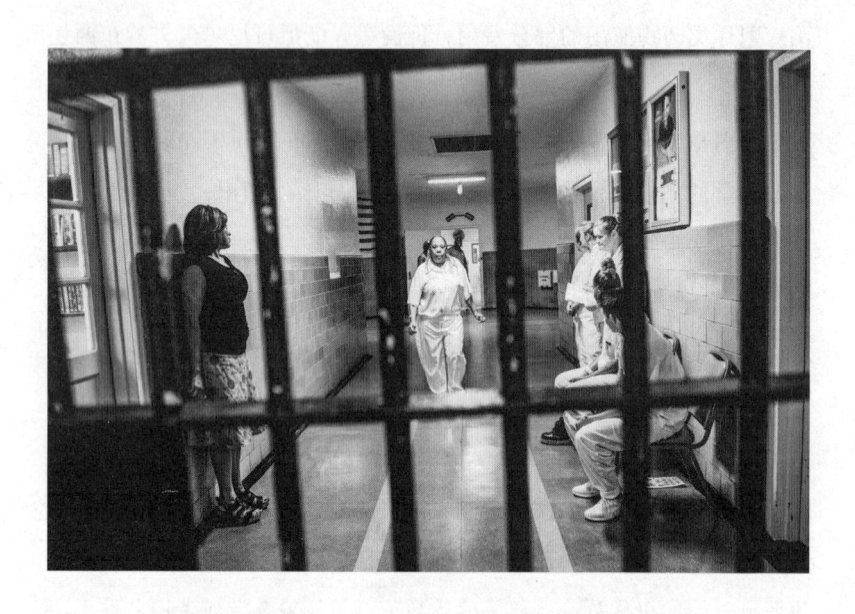

热纳瓦·库利在亚拉巴马州的女子监狱。她因贩毒被判处终身监禁，不得假释。（琳西·阿达里奥 摄）

面，然后递给她一只绿色的袜子，让她把袜子送到他母亲家。她意识到里面肯定是毒品。回想起来，她认为那个朋友设计陷害了她，因为一个便衣警察立刻上前质问："你是热纳瓦·库利吗？"

"是。"

"我们可以搜查一下你的包吗？"

"当然。"一个女人开始搜她的包。

"我们可以搜查一下你的衣服吗？"

"不行。"热纳瓦冲进洗手间，把鼓鼓囊囊的袜子扔进垃圾桶，但为时已晚。

"我们是警察！你被捕了。"

那只袜子里装着5600片阿片类药物和90克海洛因。控方称，热纳瓦是从纽约运送毒品来的"毒骡"，毒品的黑市价值为25万美元。2006年，热纳瓦仅仅被审判了大约一个小时，便因涉嫌贩毒以及之前的其他重罪被判处终身监禁，不得假释。亚拉巴马州立监狱计算机系统记录显示，她的刑期是999年99个月零99天。

"我觉得那是我生命的终点，"热纳瓦告诉我们，"当时我想自杀。"

我们去亚拉巴马州的茱莉娅塔特怀勒女子监狱探望了热纳瓦。她所在的牢房空旷宽敞，里面放了双层床，共可容纳50名女性犯人，她睡在下铺。这是给那些有良好行为记录的人的"荣誉宿舍"，热纳瓦把自己的床铺保持得很整洁。里面还有一排健身器材，但她很少使用。

她是那里最年长的囚犯之一，很会安抚其他犯人的情绪，所以经常在人们脾气变得火暴、争吵失控时出面调解。她去监狱图书馆主要是阅读小说，尤其喜欢戴维·鲍尔达奇的悬疑作品。她有时还会上愤怒管理课、戒毒课和历史课,也喜欢逛监狱的花园,但除此之外,监狱生活是单调、乏味、看不到头的。①

热纳瓦说儿子和家人都不吸毒,在面对孙子孙女时她总是一副乐观的样子。"我给他们写信,告诉他们在生活中要做哪些积极的事。"虽然会定期与家人通电话,但她从不让其中任何一个人来探监——因为她受不了他们离开。

热纳瓦当然犯了罪,但对比是残酷的:一名被边缘化的黑人女性被判处终身监禁,关在亚拉巴马州的监狱里,整个世界就围绕着整洁的双层床运转;而促成美国阿片类药物泛滥的富裕白人却成了亿万富翁。我们询问普渡制药公司的萨克勒夫妇对这种对比有何看法,但他们拒绝发表意见。

---

① 由于亚拉巴马大学法学院助理教授考特尼·克罗斯矢志不渝的法律工作,热纳瓦于 2019 年 3 月被改判无期徒刑,并有可能假释。克罗斯教授正在为她争取假释。热纳瓦的案子得到了苏珊·伯顿的支持,她在洛杉矶经营"新生活方式",是她提醒我们俩和克罗斯留意这个判决。——原注

第七章
输掉禁毒战争

　　1968年的尼克松竞选和此后尼克松主政的白宫有两个敌人：反战左派和黑人。你们明白我的意思吗？我们知道，不能将反对战争或反对黑人定为非法，但通过让公众将嬉皮士与大麻联系起来，将黑人与海洛因联系起来，再将二者都定为重罪，就可以瓦解这些社区。我们可以逮捕他们的领导人，突击搜查他们的住宅，中断他们的会议，在《晚间新闻》上夜复一夜地诽谤他们。我们知道自己在毒品问题上撒谎了吗？当然知道。[1]

　　——约翰·埃利希曼，理查德·尼克松总统的国内政策顾问

　　美国50年来的毒品政策，是从悲剧中诞生的悲剧，而这最先是从伦·拜厄斯（Len Bias）等案件给人的挫败感中浮现出来的。拜厄斯从未进过美国职业篮球联赛（NBA），但可以说是最伟大的篮球运动员之一。他在马里兰州的郊区长大，是马里兰大学连续两年的全美最佳前锋，有时他被比作迈克尔·乔丹。他能像杂技演员一样跳跃，

曾在大学生涯的最后一场比赛中拿下过 35 分。赛后，体育馆的球迷们还为他的大学生涯结束而流下眼泪。

拜厄斯是一个成功的黑人男孩，是华盛顿地区的家乡英雄。他外表整洁，在学校表现良好，每个礼拜日都去教堂，从不抽烟喝酒，也不吸毒。"他很爱惜身体。"他的母亲洛妮丝·拜厄斯告诉我们。所以他从不会玷污自己的身体，还为身上的肌肉感到骄傲，时常向母亲炫耀他的六块腹肌。

"妈，你用拳头打一下我的肚子。"他问她敢不敢这么做。

"我就会用拳头打他的肚子，"洛妮丝回忆说，"就像打在一堵砖墙上。他会哈哈大笑。"

1986 年，波士顿凯尔特人队用榜眼签选中了拜厄斯，锐步追着他签一份巨额代言合同。他被选中两天后，洛妮丝·拜厄斯接到了一个电话。这个电话将毁掉她的生活。

"早上 6 点半，我躺在床上，那是我生命中最美的早晨之一，"她回忆道，"然后我接到了那个电话，说'伦病了'。"

洛妮丝和丈夫急忙赶到医院。"他还活着吗？"她问一位护士，对方告诉她，伦在靠机器维持生命。没过多久，医生出来宣布：他们的儿子死了。经调查发现，伦在宿舍和朋友们聚会时，可能是第一次吸食可卡因，结果因吸食过量死亡。

伦·拜厄斯之死震惊了全国，包括他在国会的粉丝，而其带来的结果就是 1986 年的《反毒品滥用法》(*Anti-Drug Abuse Act*，有时被称为"伦·拜厄斯法")，以及 1988 年进一步加大惩处力度的《反毒品滥用法》。我们走遍马里兰州，了解了这些有缺陷的法律的起源。这些法律对毒品犯罪，甚至涉及大麻，设定了最低五年的强制性最低刑期,但事实证明,它们更多反映的是发自内心的呐喊,而不是对政策建议深思熟虑的研究。

"没有对这部法律可能起到的作用进行评估。"为国会工作的年轻律师埃里克·E. 斯特林(Eric E. Sterling)曾参与起草这两部禁毒法。"只是感情用事,是发自内心的,但与理不理解这类法律可能影响到的人无关。"斯特林回忆说,大家讨论的要点只是通过严厉的禁毒法来"传递信息"。

20世纪八九十年代,葡萄牙曾是欧洲毒品问题最严重的地区之一,那里的立法者也讨论过要如何应对此事。但最终,美、葡两国走上了完全相反的道路。美国加大力度发动了禁毒战争,在刑事司法手段上采取"零容忍"态度。相比之下,葡萄牙召集了一个委员会,最终在时任总理、现任联合国秘书长安东尼奥·古特雷斯的领导下,采用了公共卫生方法。葡萄牙将吸毒成瘾视为一种疾病,而不是犯罪。葡萄牙将所有毒品(包括海洛因和可卡因)持有非罪化,并通过公共教育关注预防以及对成瘾者进行治疗,使他们逐步戒除了药物滥用。

世界上有很多人对葡萄牙这样的国家放弃禁毒战争和将吸毒非罪化感到震惊,担心这么做会导致使用"硬毒品"① 的人数激增。对于这两种截然不同的方法,我们已经有了近20年的经验。哪一种方法更有效,也显而易见了。

美国吸毒和死亡人数激增,部分原因是街头贩卖的芬太尼。1980年,美国有6100人死于非法药物,[2]2018年时达到6.8万人。每15分钟就有一个患有阿片类药物成瘾症的婴儿出生。相比之下,葡萄牙的

---

① 指毒性较强、容易成瘾、对身心伤害大的毒品,如海洛因、冰毒,等等。

实验取得了巨大的成功，吸毒成瘾人数下降了大约三分之二，与毒品有关的死亡率目前在西欧排名最低。葡萄牙15岁至64岁的人口中，每100万人只有6人的死因和毒品有关；在美国，这个数字是348。

美国对小毒贩的严惩摧毁了许多低收入家庭，尤其是非洲裔美国人社区的低收入家庭，而由此产生的犯罪记录使得黑人男性更不容易找到工作和结婚。美国在禁毒战争上的支出已经超过一万亿美元，但是主要用来关押微不足道的吸毒者，而非教育儿童。发动禁毒战争或许是半个世纪以来美国最严重的政策失误。

根据布伦南司法中心（Brennan Center for Justice）的数据，这一政策失误的一个遗留问题是，现在有7000万美国人有犯罪记录，比拥有大学学位的美国人还多一点，我们的监狱和拘留所也比四年制大学多。禁毒战争甚至波及学校。在俄亥俄州，一个叫金伯莉·斯马特的14岁女孩在1996年被公立初中停学四个月，原因是她给了一个13岁的朋友一片治疗痛经的美多尔（一种温和的非处方止痛药）。

葡萄牙的经验促使我们相信，美国和其他国家也应该尝试公共卫生方法。令人鼓舞的是，越来越多的地方正朝着这个方向努力。原因很简单，阿片类药物危机虽然仍对低收入家庭造成极大影响，但对中产阶级社区的冲击也日益加剧。比如俄亥俄州的副州长就发现，自己的两个儿子都在与毒瘾做斗争。公众对为此挣扎的中产阶层白人孩子所表现出来的同情，远远超过他们对热纳瓦·库利这样的黑人孩子的同情，而应对准则也从"把他们关起来"，变成了"像治疗疾病一样治疗成瘾"。鉴于白人孩子大量服药过量，所以人们越来越重视治疗，而非惩罚。这个做法很受欢迎，而且早该如此——当然，在黑人社区看来，这种做法实在是虚伪至极。

埃里克·E. 斯特林参与起草了严厉的禁毒法，丹尼尔·麦克道尔违反了这些法律，而像巴尔的摩警督史蒂夫·奥尔森这样的警察，则负责执行它们。从20世纪90年代到21世纪初，巴尔的摩和许多城市一样，都对毒品采取零容忍的态度，奥尔森参与过一波又一波的缉毒行动。

"我们逮捕了很多人，将很多人投入监狱，但情况并没有任何改善，"他开着巡逻车，载着我们穿过治安很差的街区时说，"绝大部分逮捕行动都没起到什么作用。"

史蒂夫体格健壮、爱开玩笑，喜欢骑着自行车从事警务工作，也爱跑马拉松。他来自一个讲究秩序和礼仪的军人家庭，他鄙视毒品世界的混乱和暴力。2013年时，一名罪犯骑摩托车将他撞倒，他受伤后留下的疤痕至今还在。史蒂夫认为，严惩的做法弊大于利，因为他很喜欢出国旅行，发现其他国家经常以比较宽松的方式处理毒品，但引发的问题似乎更少。

史蒂夫有了这些疑问后，个人生活中发生的一些事也改变了他对这个问题的看法。2016年，史蒂夫曾通过为他人做家务来给他最喜欢的慈善机构"人类家园"筹款。如果史蒂夫愿意把父亲的卡车收拾干净，他妹妹就捐款。于是，他像往常一样一丝不苟地收拾起来，却没想到在车上发现了吸毒用具。他很震惊，但意识到问题不是出自父亲，而是自己34岁的弟弟马克。马克也经常用那辆车。

对史蒂夫来说，以前他搞不懂马克的地方突然全懂了："他为什么付不起房租，为什么保不住工作，为什么总是邋里邋遢，为什么行为那么反常，为什么会勃然大怒……"马克没有申请哥哥给他推荐的

巴尔的摩的史蒂夫·奥尔森警督为他在街上遇到的一名女子写下信息。过去，史蒂夫经常逮捕有吸毒问题的人，但现在，他意识到这不是一个很好的解决办法。（琳西·阿达里奥 摄）

工作，个中原因也一下子清楚了：他知道自己过不了药检。史蒂夫曾在一个臭名昭著的毒品区发现过马克的车，但在手机信号发射塔工作的马克解释说，他正在检查当地的发射塔。"瘾君子都是大骗子。"史蒂夫无奈地说。

于是，他给弟弟打了电话。"马克，"他说，"我在收拾爸爸的卡车。"马克立刻明白了。在过量服用药物，自杀未遂后，他和史蒂夫进行了一番推心置腹的谈话，承认了自己每天要吸食 300 美元的毒品。家人想让他参加一个长期康复计划，但花了好长时间，才找到一家愿意接收马克医保的戒毒所——这种情况很普遍。马克有三个半月没碰毒品，不断和自己的毒瘾做斗争。他每天要给哥哥打好几次电话，有一次还解释说，清醒的坏处是需要面对一个痛苦的世界，"清醒"（sober）实际上是"狗娘养的，一切都是真实的（son of a bitch, everything is real）"的首字母缩写。

后来，在马克进戒毒所几个月后，史蒂夫在马拉维为"人类家园"做志愿者时收到一条紧急短信，要他给妻子回电话。

"我知道那条短信意味着什么，"他说，"意味着我弟弟死了。"

毒瘾犯了之后，为了买一袋20美元的海洛因，马克在高速公路上以90英里的时速行驶，车突然失去控制，他也在车祸中丧生。这场悲剧让史蒂夫对家人的遭遇更加敏感。当同事轻蔑地提到"瘾君子"时，史蒂夫会说："哦，你是说像我弟弟那样？"

这场悲剧也让他更加意识到治疗的障碍。他明白人们获得帮助有多难，他更加理解，除了刑事司法手段，还需要公共卫生手段来解决成瘾问题。

"我弟弟第一次走上那条路时，做了错事，"史蒂夫严肃地告诉我们，"违犯了法律。他做了一个决定，一个道德决定。而在他吸毒的过程中，在过那种生活时，那就不再是一个道德问题，而是健康问题了。"

"当你像我弟弟那样感觉自己迷失方向时，你不会去寻求应对的方法。而且这不是一件容易的事。你要面对很多不同的漏洞、障碍和门槛。"

马克去世后的第二年，巴尔的摩启动了一个名为"执法协助转移"（Law Enforcement Assisted Diversion，LEAD）的试点计划来设法清除这些障碍。LEAD 不是用逮捕和监禁来对付吸毒者，而是给他们提供社会服务，与吸毒者合作，而不是给他们戴上手铐。LEAD 创立于西雅图，并使那里的复吸率下降了 60%。现在全国有很多城市都在效仿 LEAD 的模式，标志着从传统的美国方式向葡萄牙式的毒品去罪化迈进了一步，我们早该如此。我们跟着史蒂夫巡逻，在大街上寻找成瘾者。他并不逮捕他们，而是引导他们去找 LEAD 的顾问。

"乔！"他兴高采烈地对一个外表邋遢、胡子拉碴、肩扛烟枪的男人喊道。乔热情地跟史蒂夫打招呼，但心里可能有点愧疚，他说烟枪是在垃圾箱里捡的，这听着不太可信。后来，史蒂夫解释说，过去警察无论如何都会逮捕乔，但现在会致力于让乔接受治疗。

寒暄几句后，史蒂夫说出了自己的想法："乔，我希望你跟那个人谈一谈，如果我告诉你，他会帮你回到家人身边，你觉得怎么样？"

"把名字和电话给我，我会打电话的。"

"我带你过去。"

"我知道你一直在帮我。"乔回答，但犹豫了一下，说他太忙了。

"我的同事可能会来找你。你能在这里多待几分钟吗？"

乔来回挪脚，看起来很不自在，试图找个借口搪塞史蒂夫。

"我会去的，"他指的是在未来某个不确定的时间，"你知道迈出第一步有多难。你知道，奥尔森先生。"

"我有件重要的事。你能给我 15 分钟吗？就 15 分钟。我不会带你去任何地方，也不会要求你去任何地方。我会带个人来见你。只要 15 分钟。我知道你得走了。我知道 15 分钟对你来说多么重要。但同时，15 分钟也可以改变你的一生。你知道你现在感觉不舒服吗？你希望它怎么消失？"

"我希望一切都消失。"

史蒂夫打电话请一位社工过来。我们趁此机会问了问乔为什么对去 LEAD 办公室怀有戒心。"迈出那一步是最难的,"乔紧张地说,"你走进一个地方,谁都不认识。你不知道他们是会欢迎你,还是把你当成一坨狗屎。"

很快,史蒂夫就垂头丧气地回来了。他解释说,社工们很忙,要带另一个年轻人去理发,这样那个人就可以去面试了。但他恳求乔去一下 LEAD 办公室。

"我会去的,"乔保证,"真的会去。"当史蒂夫告诉他,有些社工自己也曾吸毒成瘾,对这个圈子很了解,他似乎受到了鼓舞。乔又说,他更希望史蒂夫陪他一起去,因为在陌生的环境里他会不知所措。

"乔,你给我打电话,我马上就到。"史蒂夫保证道。

乔在冒汗,可能毒瘾犯了,需要毒品,这可能就是他急着要走的原因。史蒂夫目送他扛着烟枪离开了。

"目送他们离开,最难受的是每次都这样。"我们回到巡逻车里,史蒂夫告诉我们,"这几个星期,我跟乔聊了很多,越来越接近成功。今天是最接近成功的一次。"

我们问史蒂夫,这种监管是否有巨大的回报,他点了点头,说他确信自己在拯救生命。接着,他叹了口气,"这个工作也挺累人,"他说,"一天喊叫八个小时,还不能嗓门儿太大,这令人身心俱疲。而且我知道,当我晚上回到家,那些抗拒的人、不让我进门的人,或者不想和我说话的人还在外面。"他停顿了一下,摇了摇头说,"这不是能干一辈子的事业,我做不到,身体上、精神上都做不到。"

巴尔的摩倡导一种针对毒瘾的公共卫生方法,部分原因在于其

史蒂夫·奥尔森背对着镜头，照顾一名警方认为吸毒过量的男子。根据LEAD项目的计划，史蒂夫不会逮捕吸毒者，而是设法引导他们接受治疗。（琳西·阿达里奥 摄）

前卫生专员莉娜·温（Leana Wen）博士。和该领域的许多专家一样，她认为我们应当将成瘾视为一种类似糖尿病或心脏病的慢性健康问题。但并非所有人都赞同这种说法。确实，成瘾在一定程度上取决于环境和行为，应该鼓励吸毒者对毒品说"不"，就像糖尿病患者应该拒绝肉桂面包一样。有很多人全凭个人意志力就戒除了毒瘾，不治而愈。但吸毒成瘾就像糖尿病，和身体的神经网络有关，也和行为有关。正如莉娜·温所指出的那样："我们永远不会对糖尿病患者说：'为什么你离不开胰岛素？'我们永远不会问高血压患者：'你为什么需要药物？你为什么不少吃多运动？'"

葡萄牙推行的合理有效、以公共卫生为重点的禁毒政策，业已逐步被加拿大和其他欧洲国家采用。在美国，这种方法将包括三个关键步骤。

第一步，必须向2100万有此需求的美国人提供治疗，包括社会心理咨询和药物辅助治疗。据政府估计，18岁到25岁的年轻人中有七分之一需要治疗，这个数字实在惊人。早在1971年，尼克松总统就曾下令向所有吸毒者提供治疗，[3]吸毒者不必担心受到刑事处罚。尼克松还从国会获得大量资金来提供治疗，在对抗海洛因方面也一度取得了真正的进展。但令人遗憾的是，在随后的几十年里，成瘾者越来越难得到治疗。现在只有十分之一患有药物滥用障碍的美国人能接受治疗。[4]这是我们的政府和医疗保健体系惊人的失败。毋庸置疑，特朗普政府逐步废除《平价医疗法案》和医疗补助计划，也使情况变得更糟。"如果我们说，只有十分之一的癌症患者能接受化疗，或者十分之一需要做透析的患者能接受治疗，这是无法想象的，"温告诉我们，"但药物成瘾就是这样。"

《平价医疗法案》将精神卫生保健和药物使用障碍治疗列为基本健康福利，但成瘾治疗和精神健康的报销额度很低，而且很多吸毒者根本没有医保。我们需要一个更全面、资金更充足的国家级计划。我们和试图进戒毒所的人谈过，但他们被告知不够格，成瘾程度还不够严重——实际上，他们被告知要等待、恶化，然后再尝试一次。这显然是目光短浅的做法，尤其是因为研究人员发现，增加获得戒毒机会的回报是减少犯罪。门诊花在药物滥用援助上的费用约为每人每年4700美元；根据国家药物滥用研究所（National Institute on Drug Abuse）的数据，监禁的费用是这个数字的5倍。报告称，在戒毒项目上每投入1美元，就可以在减少犯罪和法庭费用上节省12美元，还可以节省医疗费用。[5]"巴尔的摩站"帮助丹尼尔的项目是一个可复制、有成效的项目典范。

第二步是使吸毒对抗拒治疗的人来说不再那么致命。在美国，获得纳洛酮（一种阿片类药物服用过量的解毒剂）已经变得更容易了，所以史蒂夫·奥尔森这样的警官会随身携带这种药物并立即给吸毒者使用。纳洛酮确实是一种神奇的药，给因服药过量昏迷不醒的人打一针，他们通常就会神奇地苏醒过来，再过几分钟，看起来就和没事一样了。温博士给巴尔的摩全市的 62 万名居民开了纳洛酮处方，并力争把纳洛酮分发到红灯区等高危社区。

促进针具交换对减少艾滋病和肝炎的传播也有帮助，这在美国已被广泛接受。有争议的是安全注射点，在那里，使用者可以在护士或健康助理的监督下使用自己的海洛因或其他非法麻醉品。注射场所提供针头，但不提供药物。如果使用者服药过量，他们可以立刻得到治疗，而不是死在公园的长椅上。在包括加拿大在内的其他国家大约有 90 个安全注射点，尽管注射了数百万次，但没有一例因用药过量死亡的报告。许多研究发现，安全注射点不仅可以挽救过量用药者的生命，还可以让卫生部门与毒品使用者建立联系，并逐步引导他们接受治疗。[6] 北美首个安全注射点设在加拿大不列颠哥伦比亚省的温哥华，而成果便是该地区致命的服药过量人数减少了 35%。一项研究估计，在美国城市设立一个安全注射点，不仅可以挽救生命，还可以节省大约 350 万美元。[7] 可惜，特朗普政府扬言要起诉试图经营安全注射点的地方官员。

第三步是最复杂的，重点在于预防、教育和减少阻碍吸毒者获得帮助的羞耻感。"社会需要改变对吸毒者的态度，"温重申了她的观点,"他们是需要治疗的疾病患者。"预防的一个要素是,让医生和牙医少开阿片类药物处方,这一姗姗来迟的举措已经开始发挥作用,但美国的阿片类药物处方数量仍远高于其他国家;2016年,密歇根州的医生开出的阿片类药物处方比该州的人口还多。[8]

2017年,温生孩子的时候,医生给她开了30天剂量的羟考酮。

"我为什么要吃这个?"她问。

"没准儿用得上,"医生解释说,"我们不想让你忍受疼痛。"

预防还意味着对大毒品走私犯进行刑事起诉,但预防工作最广泛的挑战是要认识到成瘾是一种征兆,反映了更深层次的问题,应对策略还必须包括提供就业、教育和希望。无论在巴尔的摩还是在亚姆希尔,吸毒往往不只是一种迷幻的感觉,也意味着吸毒者想逃离一个难以忍受的地方。

2018年的《第一步法案》是获得两党支持的刑事司法改革的范例,可能会通过减刑使数千名联邦囚犯受益,但它应该只是监禁政策发生更大变化的开端。埃里克·E.斯特林曾参与起草了1986年和1988年严厉的禁毒法,现在他的观点完全变了,正在争取废除这些法律。"国会多次未能修改这些法律,这是对其不愿解决不公正问题的真正控诉。"

"完全搞错了,"谈到禁毒战争时,他说,"一切都需要改变。"

第八章
自力更生

对没有靴子的人说他应该拽着靴襻把自己拉起来是一个残忍的玩笑。

——马丁·路德·金博士

举办凯文·格林葬礼的亚姆希尔教堂里挤满了人。朗达·克罗克牧师从13岁起就认识凯文了。她指出，这群人的出现证明了他作为朋友到底有多么忠诚。然而，谈到毒品的代价时，她也直言不讳："可惜，使用这些药物已经成了一种生活方式。毒品带走情感上的痛苦和身体上的痛苦，将它们搁置一旁。但这一切只是暂时的。"

克罗克牧师说，主持凯文的葬礼很难，一部分原因是她的情绪很激动。"我很生气，"她告诉我们，"气的是多年来他选择吸食毒品，让他身体衰竭。气的是他做的那些错误的选择，把他自己送进了这个哭泣的人群面前的小盒子里。我早就知道这群人中有跟他一起玩的人，他们跟他一起吸毒，还免费给他提供毒品，我生这些人的气。"

2018 年,克莱顿·格林在他自己的店里。他是一名熟练的机修工,什么都会修。(琳西·阿达里奥 摄)

朗达很了解这个世界。她 13 岁、还在上八年级时,就从亚姆希尔小学辍学了,因为她怀了第一个孩子,后来还酗酒、吸毒。她跟克纳普家和格林家的关系很近,结婚时克莱顿·格林是伴郎。后来,她和丈夫放弃享乐,皈依了基督教。他们与克纳普家和格林家依然保持着友好的关系,但戒除了毒瘾。

尽管朗达没上过高中,更不要说神学院,但她成了一名无宗派牧师,而且偏爱信仰疗法(她称自己靠触摸就能治愈癌症)。后来,她开始领导"天父的家庭教会"(My Father's House Church),她从一个借来的地方搬到另一个借来的地方,并管理祝福室免费商店,从公众那里收集、捐赠物品提供给穷人。每个月大约有 1000 人来这里领取食物、衣服和玩具等物品,在亚姆希尔这种农村地区,1000 人已经算很多了。白天朗达在附近的纽伯格市做汽车销售，但也热衷想办法帮助亚姆希尔地区生活艰难的人。

继辛迪和小托马斯之后，这是艾琳·格林第三次在葬礼上哀悼自己的孩子了。朗达用颤抖的声音说，她不希望在场的任何人成为下一个被放进盒子里的人。她不想再主持过早举行的葬礼。"人群中充满心灰意懒的人，"朗达回忆道，"我讲完后，他们就坐在那儿看着我，没有人动地方。我意识到他们需要更多的东西。我开始为他们唱歌，为他们祈祷。接下来的20分钟里，我都在帮助这群人。"

尼可在社交平台上发帖讲述凯文·格林的故事并哀悼他时，有些人的反应很轻蔑。"这都是凯文自己做出的选择，"莉比在推特上嘲笑道，"他是自愿的。导致他死亡的是肥胖，不是不平等。"

在脸书上，何塞说："指责体制不过是为你犯下的错误找借口罢了。"艾登同样没有同情心："这个人选择以那样的方式生活，并做出了从根本上讲对他自己有害，也对后代有害的决定。"

"他是个食物和毒品成瘾者，"南希说，"还是个游手好闲的父亲。他做了错误的决定。"当脸书上的另一个人抗议她的说法太严厉时，南希关注了他，并留言道："我是不是漏掉了这个游手好闲的爸爸抬起他的肥屁股，站起来养活孩子那部分内容？"南希说她努力工作，从来没有接受过施舍，并且靠着在晚上学习拿到了工商管理硕士学位，还投资了孩子们的大学基金，她永远不会像凯文那样。"我完全不同情他，"她说，"一点都不。"

南希，我们希望更多人有你的干劲和勤奋。你也有著名的同道，特朗普的住房和城市发展部部长、负责监管穷人住房的本·卡森（Ben

Carson）博士，他认为，贫困"实际上更多是一种选择"。确实，有一些像卡森博士这样的杰出人物，尽管童年生活很苦，但还是成功爬上了顶峰，但这些只是个例。经济学家艾伦·克鲁格指出，在美国，收入和身高一样是可以遗传的，"一个人如果出生在收入分配最低的10%的家庭，那么成年后上升到收入分配最高的10%的概率，与一个身高5英尺6英寸的父亲有一个身高超过6英尺1英寸的儿子的概率大致相同。"克鲁格发现，"这种情况会有，但不常有。"

对凯文这类人的苛评偏离了目标，反映了一种越来越残酷的观点，即工人阶层在困境中挣扎都是因为错误的选择、懒惰和恶习。在过去50年里，贫穷不仅被看成经济上的失败，也被看成道德败坏，并引发了一种普遍的怀疑，即穷人正偷偷地靠政府福利过安逸的生活。皮尤研究中心的一项民意调查发现，富有的美国人大多同意"今天的穷人过得很舒服，因为他们可以获得政府福利，而不需要做点什么回报社会"。音乐家泰德·纽金特认为，那些享受福利的人是"接受者"，是"享受政府补助的笨蛋""贪吃、没有灵魂的蠢货"。保守派作家尼尔·布尔茨将穷人比作"脚上的真菌"。这种"自力更生的说法"，即要想成功就必须提升自己，是我们未能采取本可以帮助国家和给儿童机会的政策的根源。如果你认为贫穷是一种选择的话，你就会试图污蔑和惩罚它，而不是专注于采取干预措施来缓解它。回顾过去，自力更生的说法好像是从20世纪70年代流行起来的，大约在同一时期，美国开始推行与欧洲和加拿大不同的误导性政策，从那时起，关于穷人的言论变得愈发恶毒，美国并开始采取严厉的措施，将涉毒罪犯终身监禁。

多年后，前众议院议长保罗·瑞安也认为解决穷困的最佳方法是让穷人"拽着靴襻把自己拉起来"。事实上，这种表达方式最初的含义恰好相反：19世纪早期，它的意思是"做不可能的事"，因为拽着靴子把自己拉起来是人力所不能及的。直到20世纪，美国人才开始赋予这个说法如今的含义。

随着关于自力更生的说法流行起来，逃避对幼儿项目或药物治疗的投资变得更容易了。这种说法变成了消极主义和严厉的社会政策的借口，成了一种观念。这就是为什么哈佛大学的戴维·埃尔伍德（David Ellwood）教授说，解决贫困的第一步必须是挑战一种观念，即主要问题是个人的失败带来的。"一切始于改变说法。"

从某种角度来说，这种说法是有缺陷的。当然，有些人确实很懒惰，但其他人则不然。凯文·格林整天骑着自行车，拉着一个小拖车在路边捡易拉罐，挣大约20美元。他还做过家具，打过零工，比如做伐木工。为了增加收入，他还要照顾一个巨大的菜园，不停地除草浇水。凯文确实领过食品券和伤残津贴，但他的早亡意味着，尽管他为联邦医疗保险和社会保障做出了贡献，却从未拿到过退休养老金或健康保险。

"我们是地球上最富有的国家，却有着最糟糕的贫困状况。"普林斯顿大学社会学家马修·德斯蒙德（Matthew Desmond）教授告诉我们，"没有一个发达的工业社会有我们这样的贫困和贫困水平。因此，如果我们要接受这种个人主义的贫困理论——美国这么多人贫困的原因是他们做的一些事——那么，我们必须接受这样一种观点，即美国人这个种群出了极大的问题。但我认为事实并非如此。我相信是有些决定导致了贫困，但不只是那些遭受贫困之苦的人做出来的决定。"

然而，对掉队者的残忍不只是容易出问题，也反映出一种扭曲的道德罗盘,更不用说还有那么一点虚伪,因为富人也获得了大量的财政补贴。美国人过去经常赞美善良的罗宾汉劫富济贫,现在我们却成了"诺丁汉治安官"。作为一个社会,当我们对生活在美国低收入家庭中的 3000 万儿童置之不顾,一边削减他们的福利,一边敦促他们自力更生时,我们应该照照镜子,跟自己好好谈谈。

米歇尔·瓦夫里克是一名年轻女性,在获得帮助后战胜了毒品、酒精和犯罪,现在在俄克拉何马州的塔尔萨出色地做着一份新工作,她说:"我并不是一天早上醒来就决定要做一名吸毒者的。我遭受过严重的性虐待,我唯一的应对方法就是吸毒。"

自力更生的说法源于美国日益扩大的同理心差距,[1] 其后果之一是对那些掉队者的蔑视。福克斯新闻主播斯图尔特·瓦尼(Stuart Varney)赞同个人责任的说法,并大肆宣扬。他喜欢攻击美国的掉队者,称这些人为"所谓的穷人"。他指出很多人有汽车和电视,"我们对穷人的印象是忍饥挨饿和生活在脏乱的环境中,这是不准确的。他们中的很多人都拥有财物,他们缺少的是丰富的精神生活。"在另一个场合,他也承认"我对穷人很刻薄"。

瓦尼虽然是英国人,却对美国梦深信不疑,相信成功会降临在那些努力工作、按规矩办事的人身上。2011 年,他邀请康奈尔大学经济学家罗伯特·弗兰克(Robert Frank)上节目,当弗兰克说运气是成功的重要因素时,他气愤不已,因为这不符合他对自己人生轨迹的看法。下面是他们的一段对话。

瓦尼:成为现在的我,处在我现在这个位置上,我是幸运的,还是不幸的?

弗兰克：幸运的。

瓦尼：我很幸运吗？我很幸运吗？

弗兰克：是的，你很幸运。我也是。

瓦尼：这太离谱了。这太离谱了。那我冒的那些风险呢？你知道一无所有地来到美国有什么风险吗？你知道一个外国人，操着英国口音，为美国的主要电视网络工作有什么风险吗？你知道这个级别的成功意味着什么风险吗？

弗兰克：我知道。

瓦尼：你有终身教职是运气好吗？

弗兰克：是的。

瓦尼：无稽之谈。你的话侮辱了我。你违背了美国梦。听我说，如果你一无所有地来到美国，你按规矩办事，你努力工作，你懂得自律，你结婚生子，按照这个顺序走下去，好吧，你做所有这些事，你按规矩办事，你就会在美国获得成功，这和运气毫不相干。

弗兰克：不是这样的，先生。

瓦尼说得没错。他努力工作，勇于冒险，按规矩办事（根据他妻子提出的离婚诉状来看，不包括他花在一个情妇身上的数十万美元），我们并不是嫉妒他的成功。但他似乎不明白，他的好运一生下来就有了：他生在一个中产家庭，父母没有离婚，也都很爱他，母亲还是一名教师。后来，他从世界顶尖学府伦敦政治经济学院毕业，来到美国时并非"一无所有"，而是拥有大量的人力资本。当然，他凭借自己的智慧和勤劳扩大了资本，也值得称赞。但瓦尼成功的人生轨迹，始于偶然孕育他的子宫。[2]

这并不是说个人责任无关紧要。富裕的自由派谈论这些问题时，可能采用一种"反叙事"手法，认为每个穷人或罪犯都是环境的牺牲品，被剥夺了所有机会，并被卷入一个不可抗拒的旋涡。这是高人一等的态度，剥夺了人的主观能动性，因为穷人也可能和富人一样卑鄙、愚蠢、自恋。

在一定程度上，自由派往往爱用艰苦环境和社会缺陷来解释不良行为，保守派则往往强调个人的错误选择。因此，自由派注意到被剥削的受害者，保守派则鄙视懒惰的寄生虫。事实上，人总是复杂的，艰苦的环境和糟糕的选择都真实存在，且互相影响。凯文承认自己的选择很糟糕，其他人不应该这么做。在基层工作过的人都看到过很多不负责任的行为，但也明白这比个人不负责任的说法所传达的内容要复杂得多。

社会达尔文主义的一个危害是，它甚至会被那些自身处于底层的人接受，导致他们轻贱自己。在巴尔的摩的一条街道上，我们和一个叫小杰克逊·菲利普斯的男子聊了几句。他28岁，身材瘦削，胡子蓬乱，站在路旁的一座帐篷边上。杰克逊说过去八年他一直无家可归，那个帐篷就是他的住所。他认为，这在一定程度上是他自己的错。"我有过很多机会，"他告诉我们，"我做了一些糟糕的选择。"

但在我们看来，他的自责似乎承担了太多个人责任。当我们问起杰克逊的人生背景时，他的"选择"似乎非常有限。他母亲是个瘾君子，所以他可能在子宫里就接触了毒品。他的兄弟姐妹都患有急性铅中毒，因此，他也可能因为接触铅而出现认知和行为问题。3岁时，他亲眼目睹哥哥被枪杀。两年后，他被一名毒贩开枪击中头部。"这就是那个疤。"他指给我们看。他八年级时正式辍学，一辈子没受过多少教育。

我们开导小杰克逊,他确实做过一些错误的选择,但大多数经历过这些磨难的人也会如此。麻省理工学院著名经济学家埃斯特·迪弗洛(Esther Duflo)教授告诉我们,她不知道美国这种社会流动的思想,即任何人都能做成任何事,能否使一些穷人掌握自己的命运,但这种思想让其他人觉得自己很失败,而且更容易做出错误的选择。

凯文死后,克莱顿·格林试着接管并经营农场,但他和兄弟们有很多相同的问题。克莱顿跟自己的体重做斗争;他找不到好工作,偶尔会因毒品犯罪入狱,这一切都使他不太可能被雇用。克莱顿还有言

2015年,克莱顿·格林(右)和我们共同的朋友"弹球"戈夫在一起。此后,克莱顿的麻烦接踵而至。(尼可拉斯·克里斯多夫 摄)

语障碍,有时他说的话别人听不太懂;他在学校时也从未接受过言语治疗。这种障碍有时会让人们觉得克莱顿头脑迟钝,但其实他很聪明,在机修方面尤其有天赋。

有时,克莱顿来克里斯多夫农场干活,帮忙修理拖拉机和履带式推土机。尼可开着拖拉机冲进羊舍后(这是第二次),是克莱顿帮忙修好了羊舍。还有一次,尼可落荒而逃时,是克莱顿杀死了数百只大黄蜂,并捣毁了蜂巢。

克莱顿的问题之一是脾气,还有他喜欢用拳头而非语言来解决问题。这反映了工人阶层文化中的一种自毁的因素——对荣誉问题的敏感,对拳头的依赖,以及认为只有软弱之人才会向老师、警察或法庭求助。孩子们在暴力中长大,捣蛋了就会挨打,所以将这视为一种常态。从这种斗殴中感知到的高贵,也许是 19 世纪的决斗在当代的再现,你会从人们吹嘘自己打架后留下的伤疤和养育儿子的方式中看到这一点。

"我爸告诉我:'不要逃避任何事情。不要输掉战斗。'"克莱顿回忆道。他听从了这个建议。在 6 号校车上,大多数孩子想坐哪儿就坐哪儿(通常是高中生坐后面,小学生坐前面)。但克莱顿实在是个捣蛋鬼,他有一个靠前的指定座位。上九年级那一年,他就参与了五次斗殴,最终被开除,学校教育就此结束。

克莱顿交了个女朋友,后来二人有了儿子伊森。他们很快就结了婚,伴郎是当时还是小孩的伊森。几年后,他们婚姻破裂,妻子带着伊森去了爱达荷州。克莱顿以他惯常的方式解决问题,开车去了爱达荷,接上伊森准备回家,结果妻子的一群朋友追上克莱顿,把他打了一顿,又把伊森带了回去。经过进一步的谈判,克莱顿获得了伊森的监护权,将他带回亚姆希尔的家庭农场抚养,但父子俩的关系时常很紧张。

不顾一切的莽撞作风时常伴随单身汉,克莱顿也一样。他把摩托车开得飞快,结果车子失控,冲出了公路。还有一次,克莱顿与一名男子就一辆拖车的归属问题产生分歧,那个人解决问题的办法是把拖车挂在自己的卡车上,开走了。

"那不是你的拖车!"克莱顿朝他喊道,并试图挡住车。混乱中,卡车和拖车从克莱顿身上碾了过去,消失在路上。受重伤的克莱顿跟跟跄跄地走到邻居家打了911。到了医院,他得知自己断了28根骨头,肝脏受伤,肺部破裂。"我伤得很重。"克莱顿带着一丝骄傲回忆道。

克莱顿一直富有创业精神,体面的工作不好找时,他就想别的办法赚钱。退学后,他种过一段时间大麻,有时就种在别人家的犄角旮旯里,即使被发现也不会轻易追查到他身上。但有一次,他还是被抓了,原因是一个农夫在拖拉机里睡着后,车子溜进了克莱顿的大麻田。后来,从没学过高中化学的他开始制造并贩卖冰毒,和尼可的同学法伦·克纳普成了当地的制毒大王。克莱顿告诉我们,21世纪的头三年,他做冰毒生意赚了12.5万美元(有人估算真实收入其实更高)。他在毒品圈的绰号是"糖果人",甚至被誉为"天才化学家",既能制造简单的冰毒粉,也能制造高品质的冰毒。手头宽裕那些年,他买了一块定制车牌:NAST-1——与 nasty[①] 谐音。他还竖起一系列禁止外人入内的标志牌,即使现在进入格林家的车道,仍能看见矗立着五块

――

① 有污秽下流、肮脏危险等意思。

"禁止擅入"和两块"小心恶犬"的标志牌。无论如何，被判了几次重罪后，贩毒的商业模式似乎不再那么吸引人了，克莱顿便放弃了他的实验室设备，转行干别的，但犯罪记录阻碍了他的求职之路。

正如哈佛大学教授罗伯特·帕特南（Robert Putnam）在《独自打保龄》(*Bowling Alone*)一书中指出的那样，亚姆希尔和美国其他地方前几代的工人阶层可以在教堂或社会组织中，甚至在正在消失的保龄球俱乐部中找到支持和寄托。亚姆希尔曾经有一个怪人秘密兄弟会、一个妇女协会、一个海外作战退伍军人协会和一支大型乐队，还有一本名为《卡尔顿-亚姆希尔每周评论》的杂志，报道各种社交活动，比如威西科姆夫人拜访了劳克林夫人。有很好的证据表明，这种社会凝聚力对我们有益。宾夕法尼亚州的罗塞托镇是一个关系紧密的意大利裔美国人社区，一项著名的研究发现，紧密的社会关系可以缓解压力，心脏病的发病率也会大幅降低。罗塞托社区的人抽烟、喝酒、吃油腻的香肠，但他们很少有心脏病，这种关系紧密的社区对生命的保护作用被称为"罗塞托效应"。

同样值得注意的是，拉丁裔美国人的自杀率明显低于其他美国人，死亡率也较低，特别是考虑到他们较低的平均收入。换句话说，拉丁裔工人阶层，尤其是在国外出生的人，在某种程度上受到了保护，免受那些在白人工人阶层中造成严重破坏因素的影响。有时，这种现象被称为"拉丁裔悖论"。关于为什么会这样及其真实性，有很多种说法。一种解释是拉丁裔家庭和社区的力量，尤其是在新移民中创造了凝聚力和保护性的社会结构，使工人摆脱孤独、沮丧和压力，而这些问题极大地削弱了白人工人阶层社区的力量。

亚姆希尔曾是关系紧密的农场小镇的典范，如今社会结构却开始

2015年，克莱顿·格林和尼可拉斯·克里斯多夫在亚姆希尔的克里斯多夫农场。尼可开着拖拉机冲进后面那座羊舍，克莱顿帮忙把羊舍修好了。（照片由尼可的家人提供）

分崩离析。亚姆希尔虽然仍有四座教堂和一支志愿消防队，但其他机构已经不复存在，旧的社会黏合剂也在急速干涸。克莱顿和他那代人一样，从不积极参加教堂或其他社区组织的活动。现在，那些社交网络和当地机构已经散架了，所以尽管克莱顿有朋友，但他并不真正属于任何地方，也没有被赋予一个能给他满足感和意义感的社会角色。

渐渐地，克莱顿似乎步了凯文的后尘，也蓄起了大胡子，而且胖到无法工作了。他的体重已经超过400磅，医生说他患有糖尿病和充血性心力衰竭合并胸腔积液。他想做腹腔镜胃旁路手术[1]，但被告知首

---

[1] 一种治疗肥胖症的外科手术，通过改变食物经过消化道的途径，达到减少热量吸收从而减重的目的。

先要改善健康状况。我们送给他一本减肥书,但他的体重一直没能减下来。

保罗·瑞安大概从克莱顿身上看到的是一个不肯自力更生的形象,我们看到的却是一位无比忠诚的朋友。他没有受过多少教育,一直苦苦挣扎,尽管病恙缠身,却经常长时间从事艰苦的体力劳动。有一次,克莱顿心脏病发作,差点死掉,可出院没几天,他就步履蹒跚地来到克里斯多夫农场,因为他之前答应帮忙修理一台拖拉机。我们对他完全有信心,因为克莱顿对尼可的母亲和老朋友,比如"弹球"戈夫,都表现出了极大的忠诚。为了体现他的忠诚,他曾因戈夫的儿子表现出吸食冰毒的欣快感,而把他从我们农场的一个工作组开除。鉴于克莱顿本人在冰毒界的"崇高"地位,这一举动颇具讽刺意味。克莱顿时不时向我们保证,他警告过毒品圈的人,谁要是敢招惹克里斯多夫太太,他就亲手杀了他。我们含混地表示感谢,但又说希望情况不会发展到那一步。确实,有时他招呼也不打一声就从我们农场的油箱里取油,但也会给需要钱的朋友现金。我们无论什么时候需要他,他都会出现。回想起来,学校在开除克莱顿和未能提供言语治疗上的态度是不负责任的,而他则以不负责任地制造冰毒来回应。但如果你认为一个拥有过时的蓝领技能、九年级就退学的胖子可以自力更生的话,那你的想法可就太神奇了。

和凯文一样,克莱顿也因为没有支付子女的抚养费被吊销了驾照。但凯文对无证驾驶很谨慎,克莱顿却不管那一套,公然开着他的黑色皮卡到处转悠。有一次,他因无证驾驶被传唤到麦克明维尔市的地方检察官办公室。"你不是一个人开车来的吧?"检察官问。

"不是,我才不会那么做,"克莱顿回答,"我带着我的狗来的。"

第九章
绝望之死

贫穷会带来恐惧、压力，有时还有抑郁。它意味着无数小羞辱和艰辛。靠自己的努力摆脱贫穷，确实令人自豪，但只有傻子才会将贫穷本身浪漫化。

——J. K. 罗琳，《美好的生活》

19世纪早期，全世界最富有的人是内森·梅耶·罗斯柴尔德——罗斯柴尔德银行王朝的创始人之一，曾在1826年帮助英格兰银行摆脱困境。扣除通货膨胀因素后，他比约翰·D. 洛克菲勒、比尔·盖茨或杰夫·贝索斯都富有。然而在1836年，他的臀部长了个疖子，医生将疖子切开后引发了感染，于是他又经历了一次更痛苦的手术，但也干事无补。因为当时没有现在那种1美元就能买到的抗生素，最终，现代历史上最富有的人死了。

在过去的150年里，在抗生素、输血、疫苗接种、消毒、公共卫生和其他对医疗保健产生惊人影响的新事物的帮助下，全世界的预期寿命都在飙升。即使最穷的美国人，如今也不会死于杀死罗斯柴尔德的感染性脓肿。美国人的预期寿命从 1860 年的不到 35 岁，提高到 2000 年的近 77 岁，而后继续攀升，直到 2014 年达到 78.9 岁的峰值。[1]

但从 2015 年开始，令人不安的事情发生了：美国人的预期寿命再次开始并且连续三年下降——这是 1918 年以来的首次。而 1918 年的人口预期寿命下降的原因，是当时暴发了现代史上最严重的大流感。人口预期寿命下降表明，即使在整体经济蓬勃发展的时期，也存在严重的问题。

"我们应该非常认真地对待这件事。"[2] 美国疾控中心的鲍勃·安德森（Bob Anderson）说，"如果你看看世界上的其他发达国家，会发现他们没有这种情况。"事实上，一度贫穷的韩国人已经能平均活到 82 岁，比美国人的人均寿命长得多。人口统计学家预测，到 2030 年，墨西哥人的寿命也将更长。

一切都取决于你的社会阶层。低收入美国男性的预期寿命与苏丹或巴基斯坦的男性相当，而富有的美国男性比其他国家的男性都长寿。美国人的平均寿命下降，是因为美国存在像格林家和克纳普家这样只有高中或更低学历的白人。与此同时，黑人的预期寿命持续上升，尽管仍低于白人的整体预期寿命。最先强调这一趋势的普林斯顿大学经济学家安妮·凯斯（Anne Case）和安格斯·迪顿（Angus Deaton），将预期寿命下降归因于"绝望之死"，其主要因素有三：毒品、酒精和自杀。

"这些是更深层问题的征兆——工人阶层的生活意义似乎已经消失了。"迪顿教授告诉我们，"经济似乎不再为那些人提供服务。"想到 6 号校车上克纳普家孩子们的人生轨迹，这个说法就似乎是正确的。

每当加里·克纳普毒打妻子迪伊并伸手去拿步枪时，迪伊都会跑出门去，躲在黑暗中。然后，他就乱开枪。她说："我只能蹲下来，一动不动地躲起来，向上帝祈祷不要被打到。"

当加里拿起霰弹猎枪指着她时，情况更令人不安。一颗 0.22 英寸口径的子弹打在身上，人可以活下来，但一颗 12 号口径的霰弹打在胸部，活下来就没那么容易了。迪伊担心的不只是死，她更担心孩子们如果亲眼看到自己的母亲被枪杀，会给他们带来多大的心灵创伤。看到加里殴打她，孩子们的内心已经伤痕累累了，法伦还曾恶狠狠地说要杀了他的父亲。

为了让孩子们免受这种创伤，迪伊去治安官办公室投诉并寻求帮助。然而在 20 世纪 70 年代，警官对家庭暴力不感兴趣。"不，这是家务事。"其中一人解释说。因此，加里对迪伊和孩子们愈发粗暴。他经常让孩子们站成一排，用皮带抽打他们。迪伊便想办法转移他的注意力，但成功的代价就是她自己挨打。家里的门也被换过三次，因为加里会一把将她从门里推到外面去。

一天晚上，迪伊给孩子们做饭时，加里让她开车送自己去加斯顿的酒吧。"我不会因为你想去酒吧就扔下孩子们，让他们在家饿肚子，"她回答说，"孩子们要在我走之前吃上饭。"她已经开始做饭了，煎锅里放好了热油。加里怒不可遏，抓起煎锅朝她扔去，嗞嗞作响的热油烫到了她。接着，他抓起一把刀说："站在那儿别动，不然我就杀了你。"说完便开始用刀割她的衣服。

迪伊不想让孩子们看到她受辱，只好无助地对他们喊道："上楼去。"孩子们走了，留下加里有条不紊地用小刀割开她身上的每一件衣服，然后用拳头揍她，把她推到墙上。

一个复活节的早上，迪伊和加里打了一宿架后，准备开车带孩子们去参加寻找复活节彩蛋的活动。加里喝了一夜威士忌，没过一会儿又吃了药。这种混合作用使他的身体不堪重负，脸色发白，双目也暂时失明，身体直接往墙上撞。迪伊和法伦把加里拖进车里，送他去了医院。两小时后，他死了，终年39岁。

迪伊的主要反应是解脱。"我知道他不会再回来伤害我了。"她说。在他的葬礼上，她面无表情地坐着，用发青的眼眶和裂开的嘴唇纪念这段感情。令人惊讶的是，唯一真正哀悼父亲的人竟然是法伦，他对曾谋划杀死父亲深感内疚。因为他很迷信，怀疑他对父亲的死也负有一定责任。

"我觉得，法伦会想办法杀了他父亲，他太恨他了。"迪伊说。

加里死后，克纳普家平静下来，前景似乎也变好了。贫穷不该被浪漫化，但贫穷也不意味着一直凄凉。其他孩子注意到克纳普一家有时玩得很开心。困难是真实存在的，但恶作剧、钓鱼的快乐、一大家子人围坐桌旁的温暖，也是真实存在的。

从装番茄罐头到鼓捣化油器，孩子们凡事都一起做。尽管家庭内部会吵吵闹闹，但也有深厚的感情。家庭成员之间激怒彼此，有时还会让对方流血，但也会互相保护、互相依赖。孩子们是彼此最好的朋友，都知道母亲对他们无条件地付出。迪伊收入微薄，但东拼西凑为16岁的法伦买了他的第一辆车——福特野马。这份礼物所体现的爱与牺牲令全家人惊叹。

克纳普一家又乐观起来了，但成功是一件很复杂的事。上学是通向更好生活的自动扶梯，可迪伊五年级就辍学了，没法辅导孩子，也不能经常监督他们学习。她是一个疲惫的单身母亲，整天开着拖拉机，努力抚养五个孩子。后来，自动扶梯坏了，孩子们一个接一个地辍了学。法伦上完九年级，就开始帮妈妈一起养家。西伦基本上是个文盲，正式退学前已经有好几年没怎么学习了。内森经常逃学，对纪律感到厌倦和不满，十年级时退了学。罗吉娜退学时只有16岁。

基伦经常惹麻烦。三年级时，他把致幻剂苯环利定带到亚姆希尔小学，跟西伦和一个朋友一起吸食，结果被送到医院。不过，基伦的数学课和科学课成绩非常出色。五年级时，老师让他上八年级的数学课，他坐在大椅子上，两条腿来回晃荡，可成绩比大多数八年级学生的都好。也许在那个时候，一位好的老师本可以培养他对数学的爱好，并让他走上读大学之路。可现实是，他厌倦了挑战，觉得这些都很无聊。

迪伊抱怨说，学校不太关心她的孩子们，认为他们是搞破坏的"白人垃圾"，很乐意把他们从学校扫地出门。她的抱怨也许是对的。从校长的角度看，没有克纳普家和格林家的孩子，学校会运转得更顺畅。但开除问题儿童的政策，只是把他们变成了社会的问题。

克纳普家有枪，但没有书；孩子们在家里学会的是如何鼓捣汽车，而不是读书。迪伊从没学会跟学校这种机构谈判所需的那种中产阶层才拥有的技巧。"他们说没有人力来帮助那些学得慢的孩子。"迪伊不知道如何反击。

而当她的家人反抗时，抗议方式又错了。按照他们家的"文化荣誉准则"，对侮辱行为应以暴力回击。所以基伦才因为心情不好便掀翻了老师的讲桌，被处罚停课三天；他的叔叔为了报复，跑到学校把老师摁在墙上。学校当然更希望看到克纳普家的孩子退学了。

其他问题的根源则可能是缺少榜样和自信。克纳普一家住在亚姆希尔以北的科夫奥查德，一个围绕着带加油站的小商店建起来的小村子。科夫奥查德的地下水含盐量很高，所以井水的水质不太好，除了户外厕所和化粪池外，没有污水处理系统。人的排泄物直接流进水沟，水又黑又臭。"很多水沟里都流着未经任何处理的污水，对健康造成了极大危害。"当时的县卫生官员乔·彼得罗维奇回忆说。因此，那里房价很低，吸引了许多社会底层的人。克纳普家的邻居中，有好几个家庭的父亲都酗酒，一个被人们称为"酒鬼"的老头儿、几个住在没电没水的棚屋里的寡妇，还有一个年轻的单身母亲——男孩们来追求她漂亮的女儿时，她竟然会主动向他们求欢。想起这件事，尼可就脸红。

"如果你住在科夫奥查德，亚姆希尔的那个粪坑，那你就是垃圾。"基伦回忆道。

这种被侮辱、被贴上低人一等的标签的感觉，是穷忙族旋涡的核心特征。诺贝尔经济学奖获得者阿马蒂亚·森（Amartya Sen）说过，羞耻是贫困体验中"不可约的绝对核心"。贫困不仅关乎收入，也关乎羞辱、社会排斥和永远处于社会底层的压力。

有些人会说——或者至少会这么认为，因为公开表达下述观点属于政治不正确——穷人之所以穷，是因为他们继承了低下的智力。但我们有理由对此表示强烈的怀疑（不仅是因为关于遗传缺陷的争论曾在历史上被毫无根据地用来为种族主义和偏见辩护）。

研究人员曾仔细研究过与在校时间长短有关的遗传因素——一定程度上是因为教育方面的数据已经被广泛收集，而且相对客观——然后发现它们尽管可能与认知能力、毅力、专注力和神经元之间的关联有关，但影响并不大。2018年发表在《自然遗传学》(Nature Genetics)杂志上的一项针对110万人的大型研究发现，1271种基因变异与上学时间的差异有关。在基因变异与教育关联度最高的五分之一的人群中，57%大学毕业；在关联度最低的五分之一中，12%大学毕业。研究发现，这些遗传因素只对有欧洲背景的白人起作用，并不能预测黑人的在校时间。更重要的是，即使对白人来说，这些遗传因素在决定上学时间方面也不如父母的财富或教育水平等环境因素重要。因此，虽然基因因素可能起作用，但还是不如地理环境、家庭经济状况、上好学校的机会和其他因素重要。[3]

希望也很重要。近年来，有一项重要的学术研究表明，当人们对自己的处境感到绝望、看不到出路时，更有可能屈服并采取自毁行为，使绝望自我应验。如果他们觉得自己无法摆脱贫困，那就会摆脱不了。相反，如果给他们有出路的希望，[4]正如麻省理工学院教授埃斯特·迪弗洛所表明的那样，他们就会更加勤奋，而希望就会自我应验，让他们摆脱贫困。

达到期望或辜负期望的说法，会被用来解释成功和失败，尤其在男性身上（由于某种我们不知道的原因，这对男孩的影响似乎比对女孩大）。但有证据表明，这是种族主义最阴险的后果之一，会滋生不安全感和绝望，但就像在科夫奥查德一样，处境艰难的白人也会受其影响。在某种程度上，克纳普一家和格林一家接受了这样的观念：他们把事情搞砸了，所以不会成功，然后就更倾向于用酒精和毒品聊以自慰，也更容易违反准则和法律——原因一方面是"体系"本身看起来不那么合理，另一方面是如果你已经是一个弃儿，那坐牢就没那么丢人了。

于是，法伦和克莱顿·格林一样，成了自学成才的"化学家"，并制造出了亚姆希尔地区的第一批冰毒。他在加斯顿租了一栋楼，成了一名以制造高品质冰毒而闻名的"成功企业家"。"我生来就是干这行的。"他对克莱顿说。不幸的是，法伦得试用这些毒品，所以最终有了毒瘾。此外，他还和他父亲一样开始酗酒。

法伦是个很棒的木工，会做家具，梦想开一家自己的家具店，名字就叫"法伦的非凡奇异怪诞家具店"，但这个梦想没有实现。因为酒精和毒品不断损伤着他的肝脏，年近50岁时，肝硬化和肝功能衰竭已经让他生命垂危。他两颊凹陷，憔悴虚弱。

"妈，你多大岁数了？"有一天，他问迪伊。

"70岁。"她回答。

"我为什么活不到那么大？"他满怀渴望地问。那时他49岁。2009年去世时，他刚过完51岁生日。

西伦在俄勒冈州吸食海洛因多年，后来和母亲以及大部分家人一起搬到了俄克拉何马州的路德镇。他的移动房屋就是在那里神秘起火的。里面的其他人都逃走了，只有醉得不省人事的西伦被烧死。他的尸体最终在后门附近被找到。迪伊认为是西伦用来制造冰毒的化学品引起了火灾。她给移动房屋和制毒设备拍过照，但最近把那些照片扔了。

"你为什么要这么做？"基伦抗议道，"我还想看呢。"

"都是不好的回忆，孩子。"

悲剧继续上演，内森也在路德镇，就住在迪伊家旁边的一个拖车屋里，他和儿子一起用危险的"振荡烘焙法"制造冰毒，结果混合物发生了爆炸。内森摇摇晃晃地朝迪伊走去求助。"他都要融化了。"她

迪伊·克纳普给五个孩子中的四个扫墓,照片是从她家俯拍的。(琳西·阿达里奥 摄)

回忆道。被直升机送到医院后,内森在当天晚些时候不治身亡。

罗吉娜和她的兄弟们一样喜欢酒精和毒品,但精神疾病使她的情况变得更复杂。而滥用药物和酒精,反过来又加重了她的精神疾病。她总担心飞机跟着她,有一次开车从俄勒冈州去俄克拉何马州时,她忘了要去哪儿,开了几百英里,一直到汽车发动机熄火才停下来,那时她已经开到了密苏里州。还有一年的国庆日,她去参加一个派对,但被告知只能吃一个热狗,因为剩下的热狗不多了。她大发雷霆,甚至要动手打人。警察来了之后,她想离开,但警察怕她逃跑,早就把车横着停在了车道上。罗吉娜愤怒不已,开车撞向警车,接着又撞了一下。警察把她从车里拖出来送进了监狱。因为长期滥用药物和酒精，罗吉娜已经罹患丙型肝炎和肝癌很多年，最终在2016年去世。她是迪伊五年来埋葬的第四个孩子。孩子们的墓地就在屋后，她每天都会去看望他们。

美国疾控中心称，与酒精有关的死亡在不断增加，罗吉娜只是这波浪潮中的一员。酒精是"绝望之死"的重要组成部分。《英国医学杂志》(British Medical Journal)的一项研究发现，1999年至2016年，美国死于肝硬化的人数增加了65%，死于肝癌的人数则翻了一番。[5] 研究发现，这种增长主要是酗酒造成的。虽然药物滥用受到更多关注，但根据美国疾控中心的数据，美国每年死于饮酒过量的人（8.8万人）要多于因用药过量而死的人（6.8万人）。

为什么"绝望之死"夺去了法伦、西伦、内森、罗吉娜等很多人的生命？我们看到了四个重要因素。第一，由于科技、自动化、贸易、对工会的政治压力，以及权力向富人的普遍再分配，好的工会工作岗位消失了。随着教育程度较低的人越来越难找到高薪工作，失业者的自尊心越来越弱，导致一些人获得了针对健康状况的处方止痛药之后，很快就开始滥用药物。

第二，各种药物和毒品，如羟考酮、冰毒、海洛因、强效可卡因和现在的芬太尼，数量正在呈爆炸式增加。其部分原因，是贩毒集团的专业化和制药公司不计后果地推销处方止痛药。

第三，禁毒战争意味着与过去涉及酒精的物质滥用相比，吸毒成瘾更难与日常生活调和。过去，加里·克纳普这样的酗酒者基本上还可以正常生活，可以保住工作，避免被判重罪，也买得起酒喝。相比之下，法伦这代人使用非法的毒品，所以更易拥有犯罪记录，进而更难找到工作，更难结婚。此外，尽管冰毒实验室有爆炸风险（比如内森·克纳普就是因此而死的），但制造或贩卖非法的毒品赚钱的诱惑也更大。不管怎样，每天花 20 美元就能满足酒瘾，可要满足毒瘾，得花 10 倍的费用。孤儿更容易导致抢劫或卖淫的发生。

第四，大规模监禁涉毒罪犯会导致家庭破裂，让数百万男孩在没有父亲或任何其他男性榜样的环境中长大，最终把问题传给下一代。

政府对克纳普家的孩子进行干预，不是为了把他们留在学校，而是为了逮捕他们。这些孩子都很聪明，如果有社会工作者的帮助或经济支持，或许能读完高中，甚至上大学或者参军。基伦能活下来，部分原因是他和内森因持械抢劫加油站被判监禁，在俄勒冈州立监狱待

基伦·克纳普正在安慰与他住在一起的母亲，他是克纳普家唯一健在的孩子。
（琳西·阿达里奥 摄）

了九年。他们曾在那里共住一间牢房——一定程度上体现了克纳普家牢固的家庭纽带，但也象征着一个误入歧途的家庭。基伦在监狱的金属加工车间工作，并投资股票，他说在服刑期间靠炒股赚了大约2.5万美元。

但一出狱，基伦便又开始胡作非为了。他买了一辆轮子很大的巨型皮卡。"我一路上能让所有汽车警报器响起来。"他通常在凌晨三点这么干。警察在他的车里发现冰毒后，他又在监狱里待了47个月。获释后，他去俄克拉何马州与母亲团聚。他来的时候只带了35美元和两条牛仔裤，后来在建筑工地找了一份活儿。

2018年，基伦又碰上一件倒霉事，展现了他爱冒险的倾向：他在屋顶干活时，从45英尺高的地方掉下来，摔坏了骨盆、臀部、双腿和右臂。医疗费累计达70万美元。他本该在医院和康复中心待三个月，但只待了一个月就出院了。几个月后，我们遇到他时，他走路还有些僵硬，不过已经准备回去工作了。

基伦浑身散发着魅力、智慧和随性的态度。如果他能有一个不同的起点，人们很容易想象他最终会是一名成功的工程师或销售主管，而不是成为一名持械抢劫犯和终身吸毒者。他身上有一种与他的现实生活不符的轻松的幽默感，以及一种令人惊讶的乐观态度。"我很幸运，"他告诉我们，我们不会用这个词来形容他的人生轨迹，"我不知道上帝为什么爱我。"

时间不早了，我们只有最后几个问题。

"你戒毒了吗？"

"戒了，除了大麻。我是说，我还是很喜欢大麻。"

"除此之外呢？"

"我偶尔会逃出去,吸点冰毒。"

"我明白了。还酗酒吗?"

"我不酗酒,"他顽皮地说,"我只是每天喝酒。"

第十章
有效的干预措施

> 做对了惹麻烦,做错了不麻烦,工资都一样,你学着做对有什么用?
>
> ——马克·吐温,《哈克贝利·费恩历险记》

这17名女性总共有260年毒瘾,平均每人15年,外加长年犯罪、贫困和无家可归的经历,所有人都在缓刑期。多年来,她们几乎骗过身边的每一个人,对他们撒过谎,偷过他们的钱。但有300名观众起立,为她们长时间鼓掌欢呼。

2018年的那个晚上,在俄克拉何马州的塔尔萨,这17名女性自豪地站在人群面前,她们穿着漂亮的衣服,梳着优雅的发型,做了精致的指甲,面对家人甚至之前逮捕和嘲笑过她们的警察,发出了喧闹的欢呼声。这是"女性康复计划"(Women in Recovery)的毕业典礼,一个针对非暴力毒品罪犯的司法分流计划,从这里毕业的女性将以生产效率高的工人、纳税人、有投票权的公民和母亲的身份回归社会。

我们来到塔尔萨并不是为了参加一次可怕的人类灾难之旅，而是为了庆祝一场胜利，探索一个在帮助遭受过沉重打击的人们重建生活和家庭方面取得惊人成果的项目。

几位经常在法庭上遇到这些女性的法官坐在前排，热烈地鼓着掌；治安官也满面笑容。地方检察官告诉我们，这些女性激励了他。俄克拉何马州总检察长在毕业典礼上发表讲话，称这些女性为"英雄"，这让一群更习惯被骂作"瘾君子"或"妓女"的女性笑中带泪。"我原以为我们会安排一场葬礼。"一位观众说。她妹妹从12岁开始吸食冰毒，而现在35岁的她就要毕业了。

经营乔治·凯泽家族基金会（George Kaiser Family Foundation）的肯·列维特参与发起了"女性康复计划"，他告诉观众，该计划为俄克拉何马州节省了7000多万美元的监狱开支。"你们和你们的故事一手改变了这个州刑事司法政策的轨迹。"

典礼快结束时，观众再次起立为这些毕业生鼓掌，而她们则高呼道："谢谢法官们。"并起立为他们鼓掌。这令人眼花缭乱的一幕给我们上了至关重要的一课，但这个国家的其他地方还没有明白这一点：即使是被社会抛弃的吸毒者，如果得到正确的帮助，也是有希望的。

"让他们坐牢是非常不公平的，"小威廉·J. 穆斯曼法官告诉我们，"这不公平，因为制度没有意识到，治疗可以提供足够的行为楔子，可以改变他们的生活轨迹。"

"女性康复计划"只是一座城市里进行的一个规模不大的项目，但它不仅可以被复制，还表明了只要给很多掉队的美国人鼓励和适当的资源，就会有希望。我们写这本书时，同事们时常感慨："一定很令人沮丧吧。"是啊，当然有令人沮丧的时刻，但我们也看到了令人振奋和鼓舞的东西。我们担心太多美国人认为吸毒成瘾、无家可归和犯罪是痼疾。但参加"女性康复计划"毕业典礼的人,都感受到了巨大的喜悦和兴奋,看到了通往更美好未来的道路。我们这些关心改善结果的人不能只是蔑视和责骂,还必须指出,如果我们贯彻始终地提供机会的不同政策,就有可能取得成功。

希望之光在意想不到的地方闪现,让我们对可能实现的目标感到乐观。近年来,我们最兴奋的时刻之一,便是看着8岁的塔尼托卢瓦·阿德乌米(后简称"塔尼"),一个无家可归的男孩,拖着一个几乎和他一样大的奖杯回到他所住的曼哈顿无家可归者收容所。一年

塔尼托卢瓦·阿德乌米是来自尼日利亚的难民,无家可归的他喜欢趴在收容所的地板上学下国际象棋。赢得2019年纽约州国际象棋比赛同年龄组冠军后,他笑嘻嘻地同奖杯合影。(罗素·马科夫斯基 摄)

前，塔尼刚到纽约，他的家人因为恐怖组织博科圣地对基督徒的恐怖袭击而逃离了尼日利亚。一位牧师帮助他们在无家可归者收容所安顿下来后，塔尼去了附近的小学 PS 116 就读，该校有 10% 的学生都无家可归。热爱国际象棋的肖恩·马丁内斯，每周四都会来这里教二年级学生下棋。塔尼以前从没接触过国际象棋，而且是学年过半时才入学，但他很快就赶上了其他同学。塔尼刚开始学下棋，就给马丁内斯教练留下了深刻的印象，所以他便鼓励塔尼加入学校的国际象棋俱乐部。俱乐部要求交参赛费，但塔尼的母亲奥卢瓦托因·阿德乌米给国际象棋项目负责人发了一封电子邮件，解释说他们一家住在无家可归者收容所，无力支付任何费用。结果，俱乐部就免除了这笔费用。塔尼出现在国际象棋俱乐部的会议上时，所有人都看出他会有前途，但没有人想到他的前途会有这么大。

"女性康复计划"的宏伟目标是改变女性的生活轨迹，而项目的毕业生则证明了这可以做到。在"女性康复计划"毕业典礼上发表演讲的人中，有一个人叫丽贝卡·黑尔。她有一头棕色的秀发和一双明亮的绿棕色眼睛。在塔尔萨长大的她告诉我们，自己一路跨过了被忽视、心理创伤、身体虐待和性虐待等障碍，以惯常的方式不知不觉就进了监狱。从记事那天起，丽贝卡的母亲乔伊斯·金就在家里贩卖冰毒，很多人不停地进进出出。乔伊斯也吸毒，还经常嗑嗨。丽贝卡大约 6 岁的时候，乔伊斯因涉毒被关进监狱，她只得由父亲照顾。但丽贝卡说，当时父亲不光酗酒，还吸毒，结果在她读完一年级的那个夏天，父女俩就无家可归了。

乔伊斯出狱后，丽贝卡搬去和她同住，但她又开始贩毒，并再次入狱。13岁时，丽贝卡发现自己基本上成了孤儿，因为父亲也因入室行窃而进了监狱。丽贝卡被安置在一个儿童之家，但过得并不开心，就偷跑出去和朋友住。她想继续上学，所以九年级开始时，她自己去当地学校注册，拿着入学手续去监狱找妈妈签了字，再回到学校报名上课。

"你妈妈呢？"教务处的一位女士问。

"她在上班，今天来不了。"

那个女人又追问了几个问题。丽贝卡最后只得说实话。

"听我说，我无家可归，"她承认，"我父母都在监狱里。请让我注册吧。"

"哦，亲爱的，我们不能这么做，"那位女士回答，"我们要遵守法律法规，但我可以打电话给能帮助你的人。"

那位女士给警察打了电话，丽贝卡趁她解释情况的时候，借口说"我去一下洗手间"，然后就溜了。

丽贝卡在不同的朋友家借住，遇上母亲的一个毒品供应商后，她自己也成了运毒者和吸毒者。周末时，她会去监狱探望乔伊斯，母女的关系慢慢变得更牢固了。后来，丽贝卡向母亲透露了一个她五六岁时发生的秘密。当时，她们住在廉租房里，丽贝卡经常自己出去玩，有个年近70岁的老人会给她冰棍和糖果吃。一天，他把她诱骗到自己的公寓，开始亲吻她，对她动手动脚，还让她摸他。

"我知道那种感觉不对，"她说，"但我要告诉你，其中病态扭曲的部分是，他给了我很多我真正需要的关注。"

"他告诉我，爸爸们就是这样对待女儿的，这是个秘密。"她回忆道，"因为爸爸在我的生活中进进出出，所以我想，也许他说的是真话,父亲们真是这样对待女儿的。"那种事发生过六七次。后来,父亲从监狱里出来后,丽贝卡还试图给爸爸一个长长的深吻。

"但爸爸告诉我:'不能这么做。我是个成年人,你是个小女孩,我是你爸爸,这样不行。'"丽贝卡当时没把那个男人的事告诉父亲,但现在告诉了乔伊斯。听到这个秘密后,乔伊斯哭了。

乔伊斯的朋友把丽贝卡带回家,并给她重新办理了入学手续。后来,丽贝卡找到了一份工作,还买了一辆车,晚上就睡在车里。无家可归期间,她高中毕业了。18岁的丽贝卡站在了人生岔路口上。靠着非凡的主动性和适应能力完成了学业后,她在阿贝兹快餐店找到一份收银员兼厨师的工作,并租下了人生中的第一套公寓。但后来,丽贝卡还是走错了路,继续吸毒、贩毒,20岁时生了女儿克洛艾,一年后又生下了儿子内特。两个孩子的父亲不是同一个人。内特的爸爸不赞成她吸毒,并试图让她戒毒,但她不听。

"我认为任何人说的任何话都不能让我戒毒。"丽贝卡被性虐待的耻辱感困扰着,没有自我价值感,越来越沉迷毒品,多次被投入监狱。后来,内特的父亲离开了丽贝卡,还和她对簿公堂,夺得了儿子的监护权,克洛艾则交由乔伊斯照顾。"那时,我真的失去了理智。"丽贝卡说,"孩子们从我身边被带走时,我真的疯了。"丽贝卡开始疯狂犯罪,最终因洗钱、银行欺诈和身份盗用在联邦监狱蹲了三年。获释后,她凭借母亲的良好信用贷了款,零首付买下一套两居室的小公寓,并在学校注册,攻读刑事司法副学士学位——毕竟,她在这个领域也算是"专家"了。

丽贝卡想从头再来。她打电话给保释官,说自己想接受戒毒治疗,但没有钱(没保险)。对方说帮不了,除非她再次因州法院的指控被捕。

"你的意思是,我必须惹上更多麻烦才能得到帮助?"丽贝卡问。

"差不多吧。"

很快,丽贝卡再次走上吸毒犯罪之路,并重新回到了监狱。这次,她面临 28 项重罪指控。在立案室,她拿到两套橙色狱服。这时的丽贝卡,在美国监狱和拘留所里相当具有代表性。看看她们的记录,你会发现那些顽固的职业罪犯似乎是果断地选择了这条路,但深入挖掘一下,又可以看到大多数人其实从童年时就开始往监狱的方向走了。一项研究发现,南卡罗来纳州 81% 的失足女孩曾遭受过性暴力,而俄勒冈州的另一项研究发现,当地青少年司法体系中有 93% 的女孩遭受过性暴力或身体暴力。[1] 而把这些女孩关进监狱,有可能会让她们的下一代也重复这一轨迹,因为 79% 的女囚都育有 18 岁以下的孩子。[2]

丽贝卡现在身穿橙色狱服,经历着戒断反应,但她的人生观也在慢慢地改变。她每天读《圣经》,还经常祷告。"当你戒毒后,哪怕有一分钟的时间来反思你的生活,也会意识到你对最爱的人都做了些什么。"

克洛艾此时已经 13 岁了,丽贝卡从监狱里给她打电话,但她拒绝接听。这让丽贝卡很难过,并促使她做出了决定性的改变:"我厌倦了那种生活,厌倦了远离我的孩子们。我只是在重复同样的病态循环。"就在那时,她发现了"女性康复计划",并下定决心要参加,并将这件事告诉了所有人。"哪怕他们跟我说,如果你想戒掉毒瘾,必须倒立,而且要倒立着走一辈子,我都愿意。"

让我们回到纽约市。2018年，塔尼参加了人生中的第一场比赛，在所有参赛者中，他的国际象棋评分最低，只有105分。但他很努力，参加了纽约市学校开办的免费暑期国际象棋课，很快就开始赢得各种比赛。无家可归者收容所里堆满了他的奖杯。他还赢得了一套国际象棋，随时随地可以练习。"他很有动力，"马丁内斯教练告诉我们，"玩象棋游戏的次数比一般孩子多10倍。他只想下得更好。"

不过，对塔尼来说，生活依然艰难。有一天，他哭着从学校回来，因为有同学嘲笑他无家可归。在一次移民听证会上，他误解了法官的意思，以为要被遣返尼日利亚，于是大哭起来。不过，生活也有好的一面，塔尼有一个非常勤劳的家庭，家人们都支持他。爸爸卡约德·阿德乌米打着两份工：一边开着租来的车做优步司机，工作时间很长；一边通过了房地产考试，成了一名持证房地产销售员。妈妈奥卢瓦托因·阿德乌米则报名了课程，想成为家庭保健助理。这个男孩的勤奋和抱负是从哪儿来的显而易见。同样，这个家庭尽力培养塔尼，并为他的成绩感到骄傲。每周六，妈妈都会带塔尼去哈林区的免费国际象棋班上三个小时的课。他爸爸还会把笔记本电脑给他用，里面有学校免费提供的国际象棋软件。就连塔尼15岁的哥哥、将来打算当工程师的奥斯汀，也经常抽时间陪塔尼参加国际象棋比赛。这家人是虔诚的教徒，但即使有一丝不情愿，也还是允许他错过周日的教堂礼拜，去参加国际象棋比赛。

"塔尼的未来不可估量。"负责国际象棋项目的罗素·马科夫斯基告诉我们，尽管这个男孩的家庭并不富有，但从家人那里得到了爱和支持。2019年，塔尼的评分上升到1587，还参加了州锦标赛。虽然才下了一年国际象棋，但他已经成长为一名有悟性的进攻型棋手。在一个回合中,他大胆地用一个象换了一个实力弱得多的兵。学校的教练们担心他走了愚蠢的一步棋,但当他们将这步棋输入计算机模拟器时,模拟器显示塔尼的胜率更大了:和塔尼一样,计算机也看到占先的策略在几步后提高了他的位置。在这个阶段,塔尼的主要对手是精英私立学校的孩子们。他们有每小时收费一百美元的私人国际象棋教练,最终却是塔尼赢得了比赛,成为同龄组的州冠军,并且保持了不败战绩。

"这是一个鼓舞人心的例子,说明生活中的种种挑战并不能定义一个人。"校长简·许(Jane Hsu)告诉我们。国际象棋负责人马科夫斯基摇着头惊叹地说:"在家庭没有财力的情况下,仅用一年时间就达到这个水平,爬上了这座山,成为顶尖选手,我真是头一次见到这样的人。"

不过,大部分成瘾者还是需要外部资源的支持,尤其是成年人。许多共和党人和民主党人现在都呼吁进行刑事司法改革,并加大对毒瘾的应对力度,司法分流计划也变得越来越受欢迎。人们普遍认为刑期代价高昂,除了让囚犯暂时不流动和拆散家庭外,通常收效甚微,而"女性康复计划"这类项目在帮助人们改变生活方面有着良好的记录。从"女性康复计划"毕业的女性,三年累犯率仅为4.5%,远低于监狱出狱者累犯率。

"女性康复计划"的基础是大量的心理咨询,我们发现这是全国各地涌现的成功项目共同拥有的秘诀。"女性康复计划"成了我们了解这些项目如何运作的窗口。参加项目的女性每天大部分时间都待在现场,与人合住,因此每天被治疗师、顾问和许多专业人士围绕着。

这些人的主要目标是让这些女性进入下一个阶段，然后毕业。他们建立起了同道情谊，有时还会通过集体投票的方式让学生们进入下一个阶段。

该项目的临床主任凯瑟琳·克莱布鲁克说："如果不说出'我要对此负责，我不是受害者'，她们就通不过考试。"我们记得巴尔的摩站的丹尼尔·麦克道尔也学过这个原则。但其中也有一个矛盾之处：每个罪犯都需要更彻底地接受个人责任的说法，但美国政界和社会必须对此持更怀疑的态度。

"女性康复计划"所采用的另一种有效治疗方法是教导女性如何做决定、免于牢狱之灾，并引导她们形成在成长过程中没有习得的道德罗盘。咨询师会帮助这些女性抵制诱惑，并解释为什么她们最好接受一份时薪 8 美元的枯燥工作，而不是靠性交易获得 150 美元，或者为了 800 美元去运送毒品。每期"女性康复计划"大约持续一年半，比大多数康复计划的时间要长得多。但这样的时长和强度对其成功也至关重要。如果通不过定期药检，这些女性就会回到监狱，这是促使改造成功的强大动力。

参加项目的女性不需要付钱，食宿、教育和咨询全部免费。一年半的费用为每人 2.8 万美元，由乔治·凯泽家族基金会提供。2.8 万美元虽然看起来不算是一笔小数目，但比监禁的成本要低很多。而且同样重要的是，该项目还将儿童纳入计划，打破毒品和贫困的代际循环，从而降低这些孩子在青少年时期被逮捕的概率。

"女性康复计划"是一个典范，显示了该项目既充满人道主义精神，又节省纳税人的钱。它提供了一个已经经过验证的工具箱，只要我们愿意，就可以用它来帮助那些处境艰难的人。此外，这类项目也是可复制和可扩展的。事实上，2017年，俄克拉何马州的共和党人州长便将"女性康复计划"作为"为成功付费"（Pay for Success）计划的核心，使其能为更多女性服务。从本质上来讲，这个扩展计划的费用就是从原本用于监禁她们的资金中省下来的。

不过，丽贝卡对抽象的政策不感兴趣，她只想获得救赎。预审那天的凌晨四点，丽贝卡听见牢房外有人叫她的名字，然后自己便被带到大厅接受搜查，戴上手铐脚镣。她和其他妇女一起坐上了面包车，被带到法院的一间拘留室。丽贝卡闭上了眼睛。

"请赐给我这次机会，"她祈祷道，"我厌倦了一遍遍做同样的事。请为我打开参加这个计划的大门吧。"

开庭后，丽贝卡看到地方检察官走上前去。之前的听证会上，那个人把她吓坏了。"他们很生气，说她有多个重罪记录。"她回忆道，"她有这么多罪名，对社会是个威胁。"蕾切尔·德尔库是"女性康复计划"的联络员，与当地法院和监狱有着密切合作。丽贝卡在面试时，还特意向她展示了自己努力工作、改变生活的决心。所以这次法院审理丽贝卡的案子时，检察官宣布："我们查阅了她的档案，认为她符合加入'女性康复计划'项目的条件，她被录取了。"丽贝卡争取到了她梦寐以求的重新开始的机会。

"我想是上帝帮了我，"她说，"我妈妈祈祷，我也祈祷。连我女儿每个星期天都去教堂。"

丽贝卡全身心地投入"女性康复计划"，参加了所有课程，并在治疗课上敞开心扉，深入且深情地回顾了自己的过去。治疗师帮助她评估了过去做出的种种决定，并就如何避免将来做出错误选择给她提供了建议。

米米·塔拉施是一位精力充沛、激情洋溢的社会工作者，是"女性康复计划"的发起人和管理者。她说："我们认真研究了使女性走上犯罪之路的途径，她们走上这条路的首要原因是家庭功能失调。"当女性受到心理创伤、遭到虐待，或者被父母强迫卖淫时，一个月、两个月，甚至三个月的康复计划并不足以使她们戒除毒瘾。然而，大部分康复项目只有三个月，这还是在最好的情况下。相比之下，累犯重罪的默认刑期却是以年为单位的。摆脱旧的生活方式需要时间。

丽贝卡在"女性康复计划"项目中学会了如何设定以及实现目标。这是一种基础训练，就像军队训练士兵那样，反复将其灌输给学员。丽贝卡和同学们接受的培训主要包括：决策和承担责任、做预算和解决冲突、学习营养学知识、预防复发、撰写简历。此外，她们还会在取得普通高中同等学历证书、住房和工作等方面得到帮助。

丽贝卡学完课程后，开始通过愿意雇用"女性康复计划"毕业生的商业伙伴网络找工作，并最终被一家空调公司聘用，负责处理账单和客户服务。为了把工作做好，她还报名了相关课程，学习供暖、通风和制冷方面的技术。如果客户变得恼火，她就会利用自己在"女性康复计划"课堂上学到的那些平复情绪、管理愤怒的技巧，让他们冷静下来。任何看过丽贝卡的犯罪记录的人可能都会觉得她是一个无可救药的惯犯，但现在，任何和她一起处理空调问题的人，见到的却是一个适应能力很强、心情愉悦的员工和可靠的美国公民。

37岁的丽贝卡有生以来第一次不再依靠任何政府援助，但她也确实需要时常支付、补缴各种费用，比如抵押贷款和学生贷款，以及两万美元债务在地方法院累计起来的分期付款。不过，丽贝卡也明白自己和别人不一样,比如一些新同事在过去20年里一直在公司的401K①计划中往自己的账户里存钱,还获得了分红,而她才刚刚起步。"因为我选择走不同的路,"她说,"在过去的四年里,我才开始重建生活,为未来做准备。这一切真的很富有挑战性。"

扩大"女性康复计划"这类项目的一个阻碍,是这种强化治疗成本很高,至少比传统的单月项目成本高——但后者的效果也要差得多。另一个阻碍是人们认为戒毒是一项徒劳的西西弗斯式的任务,通常会失败,即使投入大量时间和金钱,大多数人仍然会复吸。确实,复吸通常是康复的一部分。但不要忘了,"女性康复计划"实现的低得惊人的累犯率:在完成该项目的人中,只有4.5%三年内再次犯罪。这是显著的成功,也预示着一种可能性。当然,成功的原因部分是自我选择,部分是害怕尿检不合格而面临牢狱之灾,所以这种成功可能没法复制到任何项目身上。但它确实显示了通过密集的长期项目,我们可以改变无数正与成瘾问题做斗争的人及其子女的生活。有太多人得不到可能改变生活的帮助了。

此外,虽然费用的确高昂,但成功后也节约了巨大成本。比起治疗费用,犯罪、监禁和寄养的成本更高。一项研究发现,如果州立监狱的犯人都接受了必要的药物治疗,美国将能多出360亿美元的储蓄和福利。[3]

----

① 原义是指美国1978年的《国内税收法案》第401项条款的K项条款。401K计划是一项养老金计划,职工设立专门的401K养老金账户,每月从工资中拿出一定数额的资金存入该账户,企业则按照职工投入工资的比例往账户内存款。

如果高质量的治疗项目能在更多城市和县区得到扩展和推广，或许可以为美国摆脱大规模监禁提供一条途径，同时还能帮助毒品罪犯获得治疗、心理咨询和工作。穆斯曼法官告诉我们，他办理过的大部分案件都与毒品有关。每当有孩子的妇女被监禁时，其子女的生活往往也会被毁掉，使之踏上一段可怕的人生旅程。"我们最在乎的是两代模式。"塔拉施说。

当丽贝卡·黑尔幸运地在塔尔萨利用"女性康复计划"帮自己走上正轨时，大量吸毒者却仍被关在牢房里，因为他们所在的地区没有这样的项目。我们需要全国各地都有"女性康复计划"和"男性康复计划"，在那些灾难肆虐的地方创造希望。但我们也要承认，仅靠慈

丽贝卡·黑尔（右）在家中。现在，她和女儿克洛艾（左）的关系好多了。（琳西·阿达里奥 摄）

善团体的地方性解决方案还不够。更重要的是，我们需要可扩展的制度性宏观解决方案，如就业培训和就业安置等措施，使收入再次增长。

"女性康复计划"两代模式的影响，可以在丽贝卡的孩子身上看到。克洛艾现在已经17岁，长着一张圆脸、蓝灰色的眼睛和棕色的头发，是一名高二学生。虽然她和闺密一样，都有家庭作业和男朋友的问题，但她也有大多数十几岁的女孩所没有的问题：她妈妈在缓刑期，她称为爸爸的那个男人也被关在三小时车程外的监狱里。她面无表情地告诉我们，他因为吸毒和用棒球棍绑架成年人被判了五年。至于亲生父亲，她说现在跟他没有联系。

"我们通过电话，"克洛艾说，"但他显然喝醉了，说我不是他女儿，骂我妈妈是个婊子。他不想和我有任何关系，还说我应该去自杀。"

孩子们也接受了心理咨询，因为他们的精神创伤会让他们在以后的生活中容易受到药物滥用和健康问题的影响。有一次，克洛艾和内特在家时，妈妈的男朋友开始怒气冲冲地殴打她，还割破了她的喉咙和脸。还有一次，他拿起锤子砸断了她的胳膊和手，还威胁要砸碎她的脑袋。每当爆发暴力事件时，克洛艾和内特都会冲进卧室，爬出窗户，沿着街道跑到外婆家求助。

"我早就知道他是坏人，"克洛艾说，"他威胁过我，说如果我告发他，他就把妈妈从我们身边带走。"

被问到毒品问题时，克洛艾的态度很坚定。"我不吸毒。"她说到目前为止，自己一直坚持这么做。当相处了六年、14岁的好友开始吸毒时，克洛艾直接选择了和她绝交。"她现在已经是一个孩子的妈妈了。"她告诉我们。

克洛艾在卡乐星汉堡店当收银员。顾客们常常因各种原因对食物不满,所以她在工作中也磨炼了自己与顾客打交道的技巧。顾客把饮料泼在她身上,朝她吐口水,或者对她破口大骂,她都会尽量忍耐。"你必须试着让他们冷静下来,"她说,"我一般会说:'我们会尽快办好。''我们正在尽最大的努力。'"

克洛艾说,她在学校没有因为父母坐牢而受过欺负和侮辱,部分原因是她和内特没把这件事告诉任何人。"我们会编故事,"她说,"比方说,我和外婆住在一起,因为妈妈不在这个州。我说我们的生活很完美。"克洛艾还想专注于提高学习成绩。她在九年级时的绩点是3.89,但和男朋友分手后,成绩下滑了一些。她和内特都参加了"俄克拉何马的希望"(Oklahoma's Promise)计划。这是一个由州政府设立的计划:只要绩点保持在2.5以上,他们就可以免费读州立大学。克洛艾想在当地的动物收容所做一名志愿者,她在生日那天得到了一只叫德克斯特的宠物猪。大腹便便的德克斯特就待在她的卧室里,但后来她发现养猪太辛苦,便把它送去了表哥的农场。

至于职业,克洛艾渴望以后从事和艺术有关的工作。尽管她打趣说午餐是她最喜欢的课,但她的高中生活其实过得非常充实。她告诉我们,她即将加入学校的戏剧俱乐部,最近还读了《蜜蜂的秘密生活》,以及一个她称为"有布鲁图斯和恺撒这两个角色的经典剧本"。

"Et tu, Brute?"[①] 内特高声地说。他是个书迷。

[①] "布鲁图斯,你也在内吗?"出自莎士比亚的剧作《尤利乌斯·恺撒》。恺撒遇刺后,发现好友布鲁图斯也在刺杀者的行列中,便问出了这句话。

内特是个体格健壮的高二学生兼足球运动员,爱嬉笑打闹,经常胳肢姐姐,用手指对她又戳又捅。童年创伤的一个潜在后遗症,是他对噪声很恐惧。在内特小时候,家里人不是在争吵就是在打架,然后克洛艾会跑进卧室,用手或枕头捂住内特的耳朵,唱歌哄他入睡。

内特很喜欢上学,无论是来学习,还是参加各种活动。他尝试过很多种体育运动——网球、足球、田径、摔跤,还有橄榄球。他还一心想取得好成绩,上一所好大学。他说自己打算申请斯坦福大学或耶鲁大学,也在考虑加入海军或空军。过了很多年走钢索式的生活后,内特和克洛艾现在似乎更有安全感,也更快乐了。内特承认自己被妈妈和姐姐"宠坏了"。克洛艾说:"我喜欢现在的生活,真的很好。"

就这样,一个以毒品、性虐待和无家可归开头的故事,变成了一个关于适应能力和家庭团聚的故事——因为丽贝卡碰巧是生活在塔尔萨的女性,而那里的"女性康复计划"提供了拯救生命的干预措施。丽贝卡承认,要是换成其他任何地方,她可能早就进监狱了,家里也可能是一团糟。不过,她眼下只想关注自己在这里取得的成就。"我们的处境依然艰难,"她说,"但那种循环在我们这儿停止了,不会传下去。"

内特也同意:"我相信我们会打破那个循环。"他姐姐点了点头,补充道:"我们会打破它,然后继续生活,就像什么都没发生一样!"

我们相信勇气一定能战胜脆弱。在曼哈顿,塔尼拖着奖杯,和我们一起往他所在的无家可归者收容所走去。街上一个白人老太太看到这个骨瘦如柴的黑人男孩拖着一只特大号的奖杯,就问他:"这是干什么得到的?"他没有停下脚步,只是轻描淡写地答道:"国际象棋,我赢了全州国际象棋锦标赛。"那个老太太的眼睛睁得更大了。"国际象棋?"她惊叹道,"哇!"

塔尼的成绩反映了他的才华和勤奋,同时也反映了各种天时地利人和。当然,塔尼的家庭很强大,努力让他加入了国际象棋俱乐部,参加了每一次练习和比赛,这无疑给他带来了巨大的帮助。但国际象棋俱乐部愿意免除所有费用并接纳他,这同样至关重要。如果 PS 116 学校不教国际象棋,没有聘请一流的国际象棋老师帮助他提高棋艺,这一切都不会发生。大多数无家可归的孩子没有塔尼的天赋,也没有塔尼的机会或动力。"我想成为最年轻的国际象棋大师。"塔尼告诉我们。

尼可在《纽约时报》的专栏里写了塔尼的故事,结果引发了大量令人震惊的善意之举。几个小时内,就有几个家庭愿意为塔尼一家提供住处。一位女士说自己有一套带家具的空房子,愿意让他们住进去。另一位女士有一套可以俯瞰中央公园的公寓,家里还有富余空间。还有一位女士想帮助这家人在塔尼的学校附近租一间公寓。有些人提出给塔尼的爸爸买辆车,这样他就不用租车做优步司机了。一家公司为塔尼的父母提供工作。几所私立学校要给塔尼提供全额奖学金。律师为他们全家提供移民建议。比尔·克林顿邀请塔尼和家人造访他位于哈林区的办公室,塔尼还为此请了一个上午的假。数百名读者在"来资助我"慈善网站捐款,很快便为塔尼及其家人筹集了超过 **25 万美元**的善款。

几天后,我们帮塔尼一家搬进了新居。那是一套舒适的两居室公寓,位于曼哈顿,离他的学校不远。一位慷慨的读者付了第一年的房租,另一个家庭提供了家具。"我有家了,"塔尼欣喜若狂地在空荡荡的房间里跑来跑去,"我有家了!"他说他特别兴奋,这是一年来他头一次吃上家里做的饭。"我还想吃妈妈做的菜。"

阿德乌米一家喜出望外,但也脚踏实地。他们礼貌拒绝了精英私立学校的奖学金,表示他们可能会在塔尼上中学时再考虑。目前,他想留在那所给了他求学机会,并在他付不起费用时依然欢迎他加入国际象棋俱乐部的小学。"学校信任塔尼,所以我们也要以信任回报。"他的妈妈告诉许校长。然后,两人强忍着泪水拥抱在一起。

但挑战依然存在,因为当我们关注塔尼这类鼓舞人心的故事时,读者总是希望支持某个特定的孩子,而非有类似遭遇的群体。人们被感动后会去帮助个体,而不是解决结构性问题。但解决儿童无家可归的办法不是赢得州立国际象棋锦标赛,因为塔尼的经历是无法复制的。因此,阿德乌米夫妇接下来做的事才显得特别有意义。他们决定不动"来资助我"账户上的25万美元,除了拿出10%捐给教会,剩下的全部捐给了新成立的塔尼托卢瓦·阿德乌米基金会,用来帮助像他们一周前那样处境艰难的移民。"上帝已经保佑我了,"塔尼的爸爸解释说,"我想把我的好运送给其他人。"

我们问塔尼他对捐出这笔巨款,而不是留下来买辆自行车或电子游戏机,或者干脆出去吃一顿大餐庆祝一下有什么看法。"我想帮助其他孩子。"他说。但当我们提到其他选择时,他的脸上掠过一丝渴望,所以我们便追问他有没有什么想要的东西。沉默良久后,他承认:"唉,要是有台电脑就好了。"当然,尼可把这个消息一报道出去,很多人就表示要送塔尼电脑。

第一篇专栏文章发表整整一个月后,塔尼的父母在家中为所有帮助过他们的人——从国际象棋教练,到家门外那辆新车的捐赠者——

举办了一次尼日利亚式晚宴。阿德乌米一家刚到纽约那几天,尼日利亚牧师菲利普·法拉伊在自己的教堂里给他们准备了住处和食物,塔尼在角落里和同学下棋,边上的书架上放着好心人捐赠的国际象棋辅导书、一座高耸的州立国际象棋奖杯,还有一张为全国锦标赛做准备的训练日程表。"我们非常感激大家,"塔尼的父亲对到场的人说,"因为你们,我们才拥有了这一切。"

看到塔尼手捧奖杯的样子,就是感受贫苦孩子获得支持的可能性。这和我们为"女性康复计划"毕业生欢呼的感觉是一样的。正确的决策可以复制这两种成果:之所以说"决策",是因为讲述这样一个个温暖人心的故事,可能会给人留下这样一种印象,即慈善可以完全解决社会弊病,而不是填补空白。人们对塔尼一家的慷慨相助令人感动,但不是象棋神童的孩子也本来就该有住房。尽管人们向塔尼一家所展现的那种慷慨具有革新性,但我们需要的不仅是个例,而是需要系统的解决方案来帮助更多的孩子,即使他们连象和兵都分不清。因此,我们应该从中受到启发,去努力建立全面的系统,尽可能多地为所有儿童创造这种支持网络,而这就要求美国人不仅在私人慈善活动中慷慨捐助,在公共政策中也要大方给予。

第十一章
全民医疗：一天，一个城镇

美国的医疗保险体系既不医疗，也不保险，更不成体系。

——沃尔特·克朗凯特，哥伦比亚广播公司《晚间新闻》前主播

弗吉尼亚州的怀斯小镇位于绵延起伏的阿巴拉契亚山区，每年都有那么一次，人们会提前几天在县露天市场的大门外排队，在睡袋里露营，一边喝着保温瓶里的咖啡，一边看视频。这期间，载着马戏团那种大帐篷、牙科设备和医疗床的卡车会从他们身边开过，驶入市场。在盛大开幕的前一晚，人越来越多，在路边的草地上排成一条长龙，停车场里已经挤满了各种车辆，医生、牙医和技师于凌晨抵达，开始做准备，家长和孩子们正在打瞌睡。我们到达时是凌晨5点，黎明未至，天色仍然漆黑一片。市场的大门开了，一个操着英国口音的高个子男人向大家表示了欢迎，然后把排在前面的几百个人领了进去。

他们拖着步子从他身边走过，感激地点着头，很高兴等待终于结

束了。高个子男人愉快地跟每个人说着"早上好",很多人都认出了他,微笑着回以感谢。他们来参加的是一个为期三天的医疗和牙科义诊活动,而高个子男人就是活动的组织者。"谢谢你。哦!太感谢了。"一位女士为他鼓起掌来,其他人也一样。"你是最棒的!"另一个人喊道。一个女人感激地看着他,声音哽咽,泪水顺着脸颊流了下来。高个子男人表现出英国人的矜持,看样子吓坏了,但他还是礼貌地点了点头,并祝她一切顺利。

"这些人的健康状况糟透了。"他若有所思地说。这名男子叫斯坦·布罗克,灰白的头发梳到脑后,脸上布满皱纹。虽然已经82岁,但他是跆拳道黑带高手,腰板笔直,身上没有一丝赘肉,状态看上去比大多数到场的人都好。斯坦身后有一长串轮椅和志愿者,都已做好准备为那些需要的人提供帮助。

斯坦仿佛是一个从殖民地时代的肯尼亚殖民地走出来的人,你以为他随时会戴上遮阳帽,提议打一场板球比赛。然而,他的这种古怪是自然形成的:他曾在南美洲的英属圭亚那管理过世界上最大的牧场之一,那里养着五万头奶牛。一天,一匹野马将他撞倒,并从他身上踩了过去,导致他身受重伤,生命垂危。由于去最近的医院只能走路,所以在26天的路途中,斯坦只能依靠当地的部落成员帮他包扎伤口。身体恢复之后,他开始考虑如何报答他们。他成立了一个名为"偏远地区医疗"(Remote Area Medical)的援助组织,将医生和牙医带到圭亚那的偏远地区,后来这个组织扩展到海地、乌干达等其他贫困国家。为了省钱,斯坦就睡在办公室的地板上。他经常从位于田纳西州罗克福德市的大本营出发,前往世界上最贫困的国家。

有一天，他突然接到一个从附近小镇斯尼德维尔打来的电话，说那里没有牙医。打电话的人有点尴尬，解释说自己听说"偏远地区医疗"在海地等地提供牙科援助，所以说"你们有没有可能，来一趟斯尼德维尔？因为我们也需要帮助"。

斯坦把一把牙科椅放在一辆皮卡的车斗里，带着一名牙医来到斯尼德维尔。令他震惊的是，有 150 个人在排队等候。斯坦开始意识到，在医疗保健方面，美国部分地区也极度匮乏。他在美国举办了几次活动，提供免费的医疗或牙科护理，受到了人们的热烈欢迎。他扩大了活动范围，不仅包括全球最贫困的地区，也包括西半球最富有、最强大的国家。如今，"偏远地区医疗"每年要在全美各地举办 70 场义诊活动，尤其是在田纳西州、亚拉巴马州、密苏里州、肯塔基州、南达科他州和内布拉斯加州等州内比较贫困的地区。最大的周末诊所在加州，志愿者则来自附近地区和其他州。我们来到怀斯镇的健康集市，想更深入地探究一下为什么美国全民健康状况在国际比较中表现不佳，以及预期寿命为什么会下降。

"有能力解决医保问题的人需要看到这一点，"斯坦若有所思地说，怀斯的镇民从他身边慢慢走过去，寻求医疗帮助，"这不是右翼还是左翼的问题。我们只需要某种东西来支付医疗、牙科和眼科的费用。"他指出，牙齿保健在美国尤其容易被忽视，大约 7400 万人没有牙科保险，比没有医疗保险的人的 2 倍还多。"蛀牙会导致糖尿病、心脏病甚至死亡。在这个国家，人们会因为蛀牙而死掉。"

斯坦留在门口，我们则朝牙科区走去。一座巨大的帐篷里面摆着

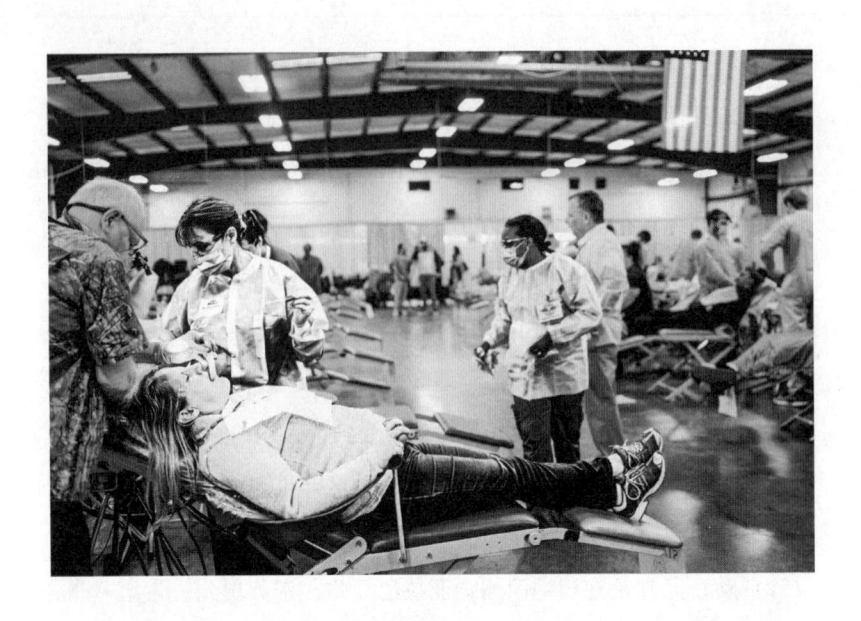

志愿者们在田纳西州格雷镇一个"偏远地区医疗"健康集市上提供免费牙科服务。即使在美国，有些人为了获得免费医疗也要排好几天队。（琳西·阿达里奥 摄）

好几排牙科椅，①看上去像个工厂车间，几十名牙医志愿者正在为病人治病，人与人之间相隔几英尺。候诊区的折叠椅上坐着更多的病人，好在他们面朝另一个方向，等待时可以不用看别人拔牙。我们在候诊区遇到的第一个人是丹尼尔·史密斯。他刚30岁，是一名承包商，身材精瘦结实，长了一张长脸和一对招风耳，留着一头短发和一把乱蓬蓬的胡子。他开玩笑说，很高兴能用聊天来打发时间，总比想着牙

---

① 2018年8月，出人意料的是，斯坦因中风并发症去世，他服务过的美国各地的社区都表示了哀悼。"偏远地区医疗"继续在美国举办健康集市，几乎每个星期都有。——原注

被拔出来要好。

"哦,你今天要拔几颗牙?"

丹尼尔低头看了一下攥在手里的纸,那是牙医刚刚给他的诊断书。"呃,18颗。我今天要拔18颗牙。"

我们肯定倒吸了一口冷气,丹尼尔苦笑着解释道:"我14岁就开始工作了,但从来没买过牙科保险。"

"你上次看牙医是什么时候?"

"大概20年前吧。很小的时候妈妈带我去过一次,但就那么一次。"有一次,他有一颗牙感染了,嘴肿得厉害,便去了急诊室。医生拔完牙后告诉他,那颗牙差点要了他的命,然后就让他回家了。

这时,一位志愿者打断我们的谈话,说有位置空出来了,他把丹尼尔领了过去。诺拉·赫米斯是一位年轻的住院牙医,一头棕色的头发被扎成了长长的马尾辫。她和志愿者助手(一个正在考虑做牙医的大学生)正在等丹尼尔。看过丹尼尔的病历本后,诺拉检查了一下他的口腔,又仔细看了看要求拔18颗牙的那张纸,摇了摇头。"这么年轻,我有点痛心。"她告诉我们,丹尼尔坐在椅子上,不安地看着她。

我们问丹尼尔是否害怕要18次面对钳子。"当然,"但他又苦笑着说,"我已经很痛苦了,嘴里有一种没完没了的慢性疼痛,至少拔牙很快就会结束。"他停顿了一下,低下头后,又有点害羞地抬起头。"我也希望自己好看,"他说,"唯一让我感觉不自在的就是我的笑容。我的牙齿乱七八糟。接下来,我还要考虑弄一副假牙。我想笑起来无忧无虑。我这辈子从来没有过。"

"假牙?"正在看牙科病历的诺拉抬起头,"我们可以让你参加一个购买便宜假牙的项目。大概要200美元,很便宜。"

丹尼尔面露喜色。"我很乐意，"他认真地说，"这我负担得起。"

诺拉调好灯，让丹尼尔把嘴张大，给他注射了局部麻醉剂，然后开始拔牙。她的志愿者助手按照她的要求，果断地递上工具，脸色却越来越苍白。丹尼尔周围还有几十个人在拔牙、补牙或接受其他治疗。隔着两个座位，92岁的退休口腔外科教授丹尼尔·拉斯金博士笑容满面，因为他刚给一个37岁的男子顺利地拔掉了九颗牙。

我们从牙科帐篷溜达到眼科帐篷，在当地狮子会的帮助下，病人们正在接受青光眼和其他视力问题筛查，包括急需配眼镜的情况。附近的一辆拖车是一座移动的镜片制造实验室，内有专用设备，用不了一个小时就能打磨出所需镜片的形状和大小，这样病人只需来一次就可以配好新眼镜。

"有些人连视力表上最大的字母都看不见，"验光师詹妮弗·乔利菲惊讶地告诉我们，"你问他们是怎么来的，他们说：'开车来的。'"

"这绝对是对我们医疗体系的控诉，"在一旁工作的眼科医生约翰·沃特斯对我们说，"这表明，相关需求确实存在，但在这个国家没有得到满足。"沃特斯博士说，解决办法是像其他大多数发达国家那样建立全民医疗保健体系。事实上，就连像卢旺达那样的贫困国家也在向全民医保迈进，由埃塞俄比亚医生谭德塞领导的世界卫生组织正在帮助其他发展中国家做同样的事。

在怀斯为期三天的义诊活动期间，共有约2300名男人、女人和儿童接受了免费医疗或牙科诊疗，参与服务的志愿者有1400名。后来，我们还去了田纳西州格雷镇一个类似的"偏远地区医疗"三天义诊活动，那里有一辆制作眼镜片的拖车、一辆拍乳腺X光片和做宫颈巴氏涂片检查的拖车。32岁的工厂工人阿什莉·爱德华兹来这里配眼镜,因为检查车窗密封胶条需要极好的视力。她在前一天午夜就来到格雷镇排队等候,并领到一张免费视力检查券。虽然阿什莉那份最低工资的工作让她有了医保,但眼科和牙科保险需要额外购买,她一直没有。

这些医疗需求凸显了一个更大的真相:医保是美国与其他发达国家渐行渐远的另一个领域,而由此造成的后果非常悲惨。20世纪六七十年代,美国的健康统计数据与其他发达国家一致,1970年时的预期寿命还略高于经合组织国家的平均水平,儿童存活率也一样。

但从那时起,其他大多数国家都建立了全民医保体系,而今天的美国则成了唯一没有全民医保的主要发达国家。我们在弗吉尼亚州和田纳西州看到的健康集市,如果换成是在加拿大或法国,简直无法想象,因为在这些国家根本没有必要。当然,其他国家也有各自的问题,而且可以说还沾了美国的药物研究和开发的光,但它们的公民没有像美国公民那样时常被忽视。

其结果是,自1970年以来,美国人的预期寿命有所增加,但已经远低于其他国家。在35个经合组织国家中,我们的排名从中等偏上一点跌到了第27位。美国现在的人均预期寿命落后于智利,仅领先于捷克共和国和土耳其。[1]如果密西西比州是一个国家,那么其居民预期寿命将与墨西哥并列倒数第二。《健康事务》(*Health Affairs*)杂志上的一项同行评议研究显示,如今美国的儿童死亡率也比其他富裕国家高55%。[2]

"对于儿童来说,美国是世界上最危险的富裕民主国家。"该研究的主要作者、约翰·霍普金斯医院的阿希什·塔克雷尔(Ashish Thakrar)博士说。根据塔克雷尔的计算,如果美国的改进速度与其他发达国家相同,那么 60 万儿童的生命就能得到挽救。如果美国的平均死亡率和其他发达国家一样,那么每年就能有 2.1 万名儿童活下来。由于我们没有像对等国家那样将医疗体系现代化,每天失去的儿童达 58 名。[3]

我们通常认为寄生虫感染是一个影响非洲或南亚贫困乡村的问题。但几年前,来自亚拉巴马州朗兹县的凯瑟琳·弗劳尔斯女士,在读到热带病专家彼得·霍特兹(Peter Hotez)博士的一篇文章后与他取得了联系,说自己所在地区的许多家庭都没有现代管道系统,所以想知道他们那里是不是也有寄生虫。于是,研究人员就去朗兹县采集了粪便样本,结果发现其中 34% 的粪便中钩虫检测呈阳性。霍特兹告诉我们:"很多地方可能也一样,但没有人检测过。我们拿不到做检测的钱。"

医保差距导致的邻里差距也越来越明显。在费城,出生在以富裕白人为主的自由钟地区、邮编为 19106 的婴儿,预期寿命要比出生在 4 英里外以黑人为主、邮编为 19132 的北费城地区的婴儿长 20 年。当预期寿命在很大程度上取决于孩子的出生地时,我们就不能简单地把这归咎为个人的错误选择了。[4]

可怕的健康统计数字不仅是缺少保险的结果,也是贫穷、压力和绝望的结果,导致人们做出各种危险行为,包括忽视预防保健。在田纳西州格雷镇的诊所里,纽约州立大学布法罗分校牙科医学院临床系主任约瑟夫·甘巴科尔塔(Joseph Gambacorta)说,很多买不起牙科保险的人不爱护牙齿,所以早早患上了龋齿。甘巴科尔塔博士给 27 岁的注册助理护士梅根·里德做了检查,发现她只剩 25 颗牙,而且由于龋齿严重,必须全部拔掉。梅根一直没钱做口腔保健,所以牙齿上有了洞，剧痛难忍。前一天，一名四五十岁、门牙已经掉光的男子想把剩下的牙也拔掉，再装一副好看一些的假牙，省得老得去看牙医。

"这是一个全人（whole-person）问题，一种社会动态，"甘巴科尔塔博士说，"你必须考虑健康的社会决定因素——贫困和教育。"

甘巴科尔塔在纽约州立大学布法罗分校的同事罗伯特·克罗宁（Robert Cronyn）是口腔颌面外科的教授，负责监督梅根的拔牙过程。他说，多年来，他观察到很多穷人和受教育程度较低的人认为人一生有三副牙齿，即乳牙、恒牙和假牙。乳牙会被恒牙取代，恒牙会被塑料的成年牙或假牙取代。他曾经和一个牙齿健康完好的女人吵过一

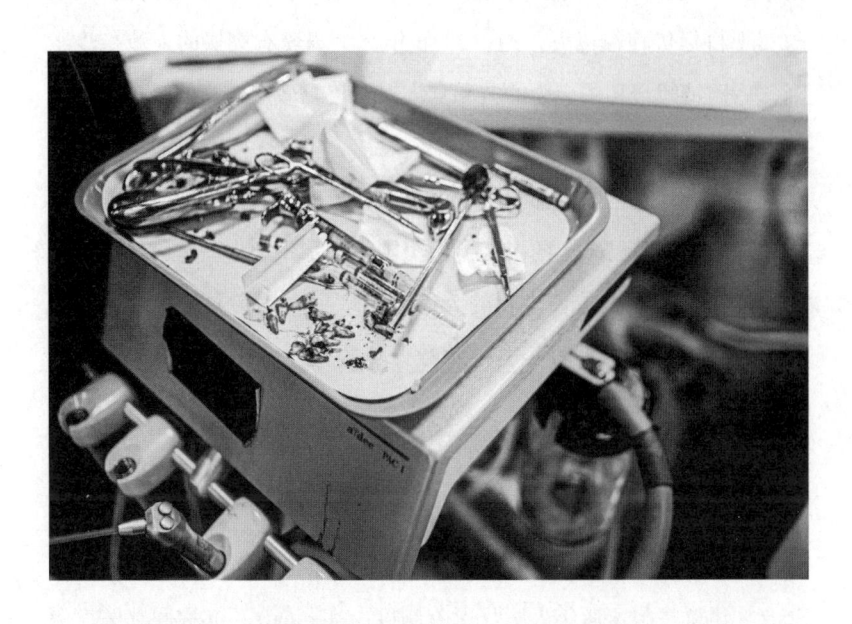

27岁的梅根·里德在田纳西州格雷镇的健康集市上拔了15颗牙。这些牙被放在一个托盘里等待处理。（琳西·阿达里奥 摄）

架,因为那个刚满21岁的女孩说,是时候像母亲和祖母那样弄一副假牙了。

"如果我不给你拔牙,你就会不停地看牙医,直到找到一个愿意给你拔牙的人,对不对?"克罗宁教授问她。

"对。"她说。

"如果你找到了那个人,那他就是个骗子。你根本不需要拔牙。"

过了一会儿,托盘上就聚集了梅根的15颗牙。她的上齿全没了,她看上去松了口气。

自哈里·杜鲁门以来,美国历届总统一直在推广全民医保,但这个目标从未实现。林登·约翰逊用医疗保险制度为美国老年人撑伞,贝拉克·奥巴马则通过《平价医疗法案》进一步扩大"安全网",但与实现目标仍存在巨大差距。2016年,美国没有医保的人数稳步下降,后因特朗普和国会中的共和党人对奥巴马政治遗产的攻击,这个数字已经停滞不前。

其他所有发达国家都解决了这个问题,所以美国也能。扩大医疗补助计划是很容易做出的决定,但美国南部和中部那些健康指标最差的州却拒绝加入,迫使本州的公民遭受了很多不必要的死亡。研究人员发现,没有医保每年会导致数万美国人死亡。芝加哥大学凯瑟琳·贝克(Katherine Baicker)教授发表的一篇同行评议论文称,在每830个投保人中,每年至少会有一个人得救。[5]

改善当前医保体系的一个方法是扩大老年人的医疗保险制度以填补一些缺口,目前有很多相关提案。著名健康学者保罗·斯塔尔(Paul Starr)建议将国家老年人医疗保险制度(Medicare,亦称联邦医疗保险制度)的参与上限从65岁降低到50岁,且至少要对那些无法通过工作获得医保的人开放。同样，创建一种公共选择的话，可以提供一种随着时间推移来扩大医保覆盖面的机制。反对公共选择的国会议员，似乎并不反对政府为他们报销医疗费：除了接受由纳税人为黄金级《平价医疗法案》保险金支付的 72% 补贴外，他们还可以获得部分由海军管理的主治医生办公室提供的医疗服务，并在华盛顿地区的军事机构获得免费门诊服务。

我们为老年人建立了单一支付人医保体系，但没有为儿童建立的原因很简单：老年人有投票权，儿童没有投票权。因此，尽管美国的儿童死亡率比其他发达国家高 55%，但活到 65 岁并有资格享受医保的美国人，在剩余预期寿命方面却与对等国家的水平相近。

反对全民医保覆盖所有年龄段的人抗议说，政府负担不起。但我们已经为开销最大的人群（老年人）提供了保险，却不给开销最小的人群（儿童）提供；我们不想在儿童身上花钱，但愿意慷慨地把钱送给制药公司和医院。用于预防或治疗血栓的利伐沙班片，在美国 30 天用量的价格是 292 美元，在瑞士是 102 美元。用于治疗复发型多发性硬化症的富马酸二甲酯，在美国 30 天用量的价格是 5089 美元，在英国是 663 美元。阑尾切除术的平均费用在美国是 15930 美元，在西班牙是 2003 美元。[6] 总的来说，美国的医保支出实际上比其他任何国家都要多得多，大约每人每年一万美元，几乎是国民收入的五分之一，是欧洲的 2 倍。

美国的医保系统成本高昂，但表现不佳，部分原因是不平等和贫穷所引起的病状非常普遍。在美国，肥胖是贫穷和工人阶层的标志，辛迪、凯文和克莱顿的身体肥胖并非巧合。美国人比其他发达国家的人更容易发胖，而这也让每个人都付出了代价。肥胖者每年的医疗费用比正常体重者多出1900美元，与体重有关的疾病花费据估计占到了美国医保支出的9%。[7]

这个体系有时简直不可理喻。以44岁的高中历史教师兼游泳教练德鲁·卡尔弗为例。他住在得克萨斯州奥斯汀市，是一名健康的游泳运动员，五个月前刚刚完成铁人三项赛。一天出去倒垃圾时，他突然心脏病发作，昏倒在地。一位邻居急忙把他送到附近的圣戴维医学中心的急诊室。他在医院住了四天，其间医生在他堵塞的冠状动脉内植入支架。卡尔弗问医保能否报销手术费，医院告诉他不用担心，会接受他的保险。最后，医院确实接受了55840美元的保险费，但也向他额外收取了108951美元。

卡尔弗在接受《凯泽健康新闻》（Kaiser Health News）的采访时表示："这张账单带给我的压力足以让我再一次犯心脏病。以教师的工资我根本付不起，我也不想被讨债人追债。"

但圣戴维医学中心把账单寄给了讨债人，卡尔弗收到一封讨债信，要求他立即偿还欠款。专家们表示，圣戴维医学中心的收费简直高得离谱。例如，一个心脏支架收了卡尔弗19700美元，但医院的实际进货价仅为1150美元。此事经《凯泽健康新闻》报道后，圣戴维医学中心停止了讨债，并同意将收费从108951美元降至332美元。

这样的闹剧在其他国家是不可能发生的。《美国医学杂志》（The American Journal of Medicine）上发表的一项研究发现，1998年至2014年被诊断为癌症的美国人中，42%的人在接下来的两年里耗尽了家财。[8]这种情况在其他国家罕见。归根结底，自1970年以来，我们在很多方面看到了医保上的美国例外主义：缺少全民医保，可在医疗方面花费更多，结果也更糟。

事实上，我们还有区别于别国的第四个领域：对性和生殖健康过于敏感（部分原因是堕胎禁令的影响），结果我们在提供避孕和生殖健康保健方面也做得很糟糕。特朗普总统通过削减诸如美国计划生育联合会和第十条①等生殖健康项目的资金，扩大了这一差距。但原因不是他不想支付堕胎费用——美国本来就禁止用联邦基金来支付堕胎费用——而是指原本拨给计划生育联合会的钱被用在了宫颈癌筛查、乳腺检查、计划生育项目和性传播感染的治疗上，导致了妈妈们在一个个死去。

我们说美国人很看重母亲，这其实是个残忍的笑话。美国女性因怀孕或分娩死亡的可能性大约是英国的 2 倍，因为英国会真正努力挽救妈妈们的生命，而我们国家没有。事实上，2000 年前后，美国的孕产妇死亡率又开始上升，但世界其他地区都在下降。如今，发达国家中怀孕最危险的地方之一是美国南部，那里的女性分娩死亡率远远高于西班牙或瑞典。因此，我们前往休斯敦，跟随美国妇产科医师学会会长丽萨·奥利耶参观了她的妇女儿童中心。该中心是得克萨斯儿童健康计划的一部分，专门为儿童服务。奥利耶医生解释说，受年轻时在达拉斯做医生经历的影响，她现在的使命是降低孕产妇死亡率。

23 岁、第一次怀孕的艾米妊娠期快要结束了，不过看上去很健康，中间也没出过什么状况。她和丈夫为马上要出世的小宝宝而兴奋

---

① 指 The Title X Family Planning Program。1970 年，国会通过并由尼克松总统签署了一项"公共卫生服务法第十条生育计划法案"，由政府拨款资助社区诊所，用于性教育、避孕帮助、妇科检查、生育咨询等业务。该生育计划法案的另外一个主要目的是使低收入以及没有医疗保险的家庭也能有权享受高质量的生育教育以及妇科疾病检查。

不已。但临近分娩,她突然开始剧烈头痛,便和丈夫来到医院检查。她被带进一个房间后就失去了知觉——身上还连着胎儿监护仪——医生和护士冲到床边,同时把她丈夫赶了出去。监护仪显示,胎儿现在情况窘迫,心跳减慢。艾米马上被送进手术室接受了紧急剖宫产手术。当医生取出一个健康的女婴并缝合好艾米的创口后,对她的大脑进行了成像扫描。结果显示,艾米患了严重的中风——众所周知,这是一种有着极高风险的孕期疾病。奥利耶医生、神经科的医生和一群护士在艾米床边来回奔忙,但那天下午晚些时候,她还是被宣布死亡。奥利耶医生永远不会忘记后来在育儿室看到的一幕:刚刚失去妻子的父亲悲痛欲绝地抱着孩子,孤零零地站在那儿,准备离开医院。

"就是那个爸爸,"奥利耶回想起这件事,擦着眼泪说,"那本该是他一生中最快乐的一天,可他脸上流露出的那种茫然无措的表情……"奥利耶停下来,整理了一下情绪,"作为一个国家,我们需要承诺,"她说,"让我们设定一个目标吧,不要让孕产妇死于可预防的疾病。"

在美国,与怀孕有关的死亡平均每天发生两次,其中黑人女性的风险最大。很多年轻女性没有保险,没有家庭医生或妇科医生,也不能随时得到避孕工具,所以死亡人数的增加不可避免。调查显示,美国青少年和欧洲青少年发生性关系的频率大致相同,但美国青少年生孩子的频率大约是欧洲的3倍。这是因为美国的孩子们不那么容易接受全面性教育,也没有好的途径来获得免费计生用品,尤其是长效可逆的避孕措施,如宫内节育器。"不怀孕,就不可能死于怀孕。"奥利耶医生指出,美国几乎有一半的怀孕属于意外怀孕。此外,得克萨斯州只有一半女性在怀孕的头三个月做产前检查,只有60%的人会在产后到医院复查。

一些生殖健康方面的问题让政客和地方官员们丧失了逻辑推理能力。州教育官员和地方学校董事会成员知道少女怀孕是个大问题，但又拒绝通过课堂教育来避免这种事情发生。根据古特马赫研究所（Guttmacher Institute）的数据，全美只有 18 个州要求学校开设节育课程，只有大约一半的美国孩子在第一次性行为之前接受过有关避孕的课堂指导。根据美国疾控中心的数据，学习过如何正确使用避孕套的高中生只有 35%。

尽管有着现实的教训，可令人惊讶的是，没有接受过避孕教育的学生比例依然在上升。特朗普政府甚至还想继续削减提供给青少年怀孕预防项目的资金（被起诉后才不得不放弃）。更令人困惑的是，这些官员往往反对堕胎，但他们似乎不明白防止意外怀孕可以减少堕胎，反而认为避孕套会导致滥交。就像雨伞不会导致下雨，避孕套也不会导致性行为。这些官员怒斥怀孕的女孩不负责任，却没有意识到自己才是更不负责任的那个人。

一名护士告诉奥利耶医生，病人莫妮卡·莱贾已经准备好了。在得到许可后，我们也跟着奥利耶医生一起去了。莫妮卡是个 20 多岁的拉丁裔美国人，怀孕八个月，肚子上有一个巨大的骷髅头文身。奥利耶医生给莫妮卡做了检查，量了一下她的腹围，然后跟她闲聊起来。

"我注意到这次怀孕不是你计划好的。"她说。

"不是！"莫妮卡坚定地摇着头说，"绝对不是。"

"发生了什么事？"

莫妮卡解释说，她一直在吃药，但后来换了工作，其间有三个月的时间，医保不覆盖避孕。"所以我就没吃药，"她解释道，"一个月40美元。我只是没想到会出这种事。"她停顿了一下，然后看着奥利耶医生，"你知道真正疯狂的是什么吗？我在一家保险公司上班。"

莫妮卡走后，奥利耶医生沮丧地叹了口气。"避孕是我们对抗贫困最有力的措施。"她说，"避孕可以让女性完成学业，安排生育计划，追求人生目标。"

对于计划生育和生殖健康方面的种种挑战，其他国家都应对得比较好。其实美国一些地区也是，比如加州就曾下决心挽救孕产妇的生命，监测每一次死亡，并试图弄清问题出在哪里，得到的成果是该州的孕产妇死亡率降低了近一半。现在，在加州生孩子和在欧洲一样安全。

由联邦和州政府资助的奥利耶医生的妇女儿童中心表明，即使在得克萨斯州，也有可能产生变革性的影响。这个中心迷人又舒适，不但在母亲们看病时提供托管服务，甚至还配有牙科诊所。工作人员会引导妇女和少女完成注册医疗补助计划的流程，进而购买医疗保险，并帮助她们选择正确的避孕方式。医生还给她们进行宫颈癌筛查（在美国，每两个小时仍有一名女性死于宫颈癌），做乳腺检查，治疗传染病。患者怀孕时，工作人员会指导她们如何母乳喂养、照顾婴儿。除此以外，她们还能在这个中心进行免费口腔保健、免费配镜，并在药房配药。

奥利耶医生的诊所和"偏远地区医疗"向我们展示了各种可能性。就这一点而言，医疗保险也是如此。加拿大、英国和几乎所有其他发达国家都能做到全民医保，可为什么在世界上最富裕的国家，却会有那么多人因为没有医保而死去？

第十二章
富裕国家的无家可归者

留着你的硬币。我想要改变①。

——在澳大利亚街头艺术家米克的一幅画中，一个无家可归者举着牌子在街头抗议。

那名男子头发蓬乱，浓密的白胡子从布满皱纹、神情疲惫的脸上垂下来，他站在购物车旁，车里塞满了衣服、鞋子和空罐子，这是他在街头流浪多年后仅有的财物。当美国人靠近这样一个无家可归者时，自然反应是将视线移开，加快脚步走过去，假装没看见。可当你突然意识到，那个无家可归者竟然是你的老朋友、邻居迈克·斯特普时，这就像在心上扎了一刀，你无法视而不见。迈克所站的公园，就位于亚姆希尔县政府驻地麦克明维尔的图书馆旁边，我们的重逢既温暖又心酸，也令人不安。

――――
① "改变"的英文单词"change"还有"零钱"的含义，此处为双关语。

"很高兴见到你们,"他热情地打着招呼,与我们拥抱,"我们过去经常爬那道坡!爬过太多次了!"

迈克和他的哥哥博比是小时候与尼可关系最近的邻居,他们俩每天一起上坡下坡,坐校车往返。博比性情温和、热情奔放,靠诱捕动物获取毛皮赚了些钱,比他小几岁的迈克幽默风趣,但脾气易怒,有点傻乎乎的。

斯特普一家跟克纳普一家、格林一家很像,都属于实实在在的工人阶层,最近几代人的生活水平有了显著改善,并期待能进一步提高。朝鲜战争爆发后,迈克当时只有16岁的父亲罗伯特谎报年龄,加入了海军陆战队,并且经常自愿参加侦察巡逻。一次,他们遭到伏击,罗伯特身上中了22枪。他不清楚自己是怎么活下来的,但醒过来之后,发现自己已经身在一家军队医院,且一躺就是18个月。慢慢从严重的伤病中恢复过来后,这名19岁的战斗英雄回到家乡亚姆希尔,娶了洛雷娜·多克里为妻,并在北边的一家木材厂找到了工作。

后来,罗伯特成了一个酒鬼,白天还算正常,努力工作,遵纪守法,但一到晚上就喝得醉醺醺的。他为自己当过兵而深感自豪,所以在当地的退伍军人协会十分活跃。博比在高中时的成绩很差,罗伯特和洛雷娜(也酗酒)把他送进了海军陆战队,但博比没能通过新兵训练,很快就回来了。后来,迈克准备在十一年级退学,罗伯特就像鼓励博比那样鼓励他参军。迈克勉强同意加入陆军预备役部队,可最终也因为靠不住而被开除。56岁时,罗伯特怀着对后代的深深失望去世了。

目前,博比因被判处无期徒刑,正在科罗拉多州的一所监狱里服刑。他性侵过三名儿童——其中包括11岁的继女,她说被他强暴了

迈克·斯特普是小时候与尼可关系最近的邻居，但如今无家可归，只得露宿在麦克明维尔的街头。（琳西·阿达里奥 摄）

三年。博比的经历反映了社会结构的瓦解，他是6号校车上后来因性侵儿童入狱的两个男孩之一。博比告诉我们，如果最终能出狱，他想回亚姆希尔，但害怕自己不能被社会所接纳，或者变成弟弟那样无家无业的游民。

朋友们告诉我们，酒精和冰毒加上一次严重的自行车事故，导致迈克的脑子现在很糊涂。不过，他跟我们清楚地回忆起了尼可家农场里那条他很害怕的老狗，一只白色的库瓦兹犬。"我就是个乡巴佬。"他说他一直关注着我们的事业，偶尔还会在图书馆读我们的文章。

迈克说自己高中时就开始吸毒，在停车场吸大麻。"我从没真正戒过毒。"他说，他定期从克莱顿·格林那儿买冰毒，还帮着给克莱顿种的大麻浇水。他和前妻斯蒂芬妮·罗斯总是争吵不休,原因是她总是唠叨着让他戒酒。所以,他最后离开了她。迈克最想吹嘘的是自己的孩子布兰迪和小迈克。首先,他讲述了布兰迪这个名字的由来。

"当时,我和前妻正在产房里;她在那儿已经待了很久很久,但孩子还没生下来。于是,我就出去抽烟,还顺便喝起了白兰地(brandy)。"这时,护士出来告诉他,孩子生下来了,还问孩子叫什么名字。他吃了一惊:"我想,就叫'布兰迪(Brandie)'吧!"迈克笑着对我们说:"哦,是的。我现在还能想起那个滋味。白兰地的味道。"

迈克·斯特普坐在麦克明维尔的一个街角,身旁是他的购物车以及所有财物。我们习惯把目光从无家可归者身上移开,但当无家可归者是你的老朋友时,你就做不到了。(琳西·阿达里奥 摄)

他自豪地说，他出钱供孩子们完成了大学学业，布兰迪打算教艺术，小迈克则打算做工程师。"为了让孩子们读完大学，我遭了不少罪。"他说，"我很骄傲他们没混成我这样。"

他说，每年圣诞节，孩子们都会"像一群野狗似的找到我"，跟他团聚，并祝他一切顺利。

我们问他有没有心理健康方面的问题。"我没疯，"他回答，"只是有时候有点糊涂，精神恍惚，总也记不住今天是星期几。"他每天靠捡些瓶瓶罐罐来换钱，大概能挣10美元，吃饭就在教堂的施粥处（还有尼可的妈妈做志愿者的地方），偶尔也在垃圾箱里翻东西吃。"如果特别特别饿，我就在那里面找吃的。"他有食品券，但被暂停使用一年，原因是他把卡借给了一个朋友用——虽然这个朋友是为了给他们俩买东西。

迈克还像小时候一样充满了热情。他给我们讲英勇的军事部署、自己获得的紫心勋章，以及在中美洲的战斗中腹部中弹而荣获"英勇勋章"的事。我们表示非常钦佩，但他谦逊地说，还有一些人再也回不来了。

据保守统计，美国目前有50多万人无家可归，其中近20万流落街头，不住在收容所里。[1]过去40年中，美国越来越富裕，可在多种因素的共同作用下，无家可归的人却越来越多。第二次世界大战后，新的租金管制和土地用途分区管制规则阻碍了新的经济适用房建设。肯尼迪总统曾有过一个构想，希望将患有精神疾病和身体残疾的人从专业机构转移到离家更近的社区中心。但最终，政府并没有建造起足够的社区中心，弱势群体中有很多人开始无家可归。20世纪80年代，随着个人责任观念的确立，里根总统将联邦住房预算削减了一半，住房补贴再未恢复。2008年到2009年的经济大衰退导致了数百万房主失去工作，进而因无力偿还抵押贷款而失去了房子。

"我们正面临一场经济适用房危机，事实上，危机已达到历史最高水平。"全国低收入人群住房联盟（National Low Income Housing Coalition）首席执行官黛安娜·延特尔告诉我们，"如今，最低收入人群负担得起的住房缺少700多万套。"研究表明，当家庭居住条件良好时，孩子在学校的表现会更好，成年后收入也可能因此更高，寿命更长。相反，当儿童无家可归时，健康和其他结果会更糟，而且代价高昂。一项分析发现，2016年，无家可归导致的儿童健康和教育以及母亲身心健康方面的问题，带来了80亿美元的额外支出。[2]

"整个社会正以这样或那样的方式付出代价，"延特尔告诉我们，"如果将这些本可避免的成本用于建设经济适用房，大家都会从中受益。"

无家可归不但有损社区的福祉，还会对公共卫生造成影响，比如古老的鼠型斑疹伤寒的卷土重来。由于无家可归，这种长期与贫困有关的疾病正在美国南部蔓延。

我们往往认为有心理健康或成瘾问题的人才会无家可归。一般来说确实如此，但现在，越来越多的人则是因为缺少经济适用房而被迫无家可归：他们不酗酒，也不吸毒，只是因为工作收入不足以支付房租。也正因如此，无家可归人数最多的往往不是在经济最萧条的地区，而是在一些经济快速增长的地区。事实上，美国无家可归率最高的地方是首都华盛顿特区，其次是夏威夷州、纽约州和加州。这些地区都缺少足够的经济适用房。[3]

两个全职工作的人，如果拿的是联邦最低时薪 7.25 美元，那么在美国任何一个地方都租不起一套两居室公寓，除非违反"一个人在住房上的花费不应超过其收入的 30%"这一经验法则。[4] 自 1960 年以来，把 30% 以上的收入用于房租的租客比例已经翻了 1 倍还多，达到了 49%。

"这种情况影响到了以前从未受过影响的人。"普林斯顿大学社会学教授马修·德斯蒙德告诉我们，"影响到了护士和警察，影响到了子女已经成年的父母。因为住房市场太残酷了，所以孩子不得不搬回去住。"据报道，加州的圣何塞市至少有 12 名警察住在警察总部附近停车场的房车里，还有的每天花在通勤上的时间高达四个小时。这对警察和其家人来说都是一种负担。

"考虑住房政策时，我们必须面对的问题是，所有有资格并努力申请帮助的家庭永远也得不到帮助，因为我们根本提供不了那么多的援助。"德斯蒙德补充说，"而这样重大的决定，是我们整个国家的人一起做出来的。"

30 岁的黑人妇女玛奎塔·阿博特和现年 6 岁、头脑聪明的儿子梅森生活在华盛顿特区。他们的经历集中反映了这场经济适用房危机的现状。玛奎塔没有心理问题，也不吸毒，高中毕业后找到了一份全职工作，但她依旧成了一位无家可归的人。玛奎塔是一位单身母亲，虽然在酒店工作，但年收入只有 2.7 万美元，再加上梅森的父亲不支付孩子的抚养费，所以她只能租得起每月 850 美元的两居室地下公寓。2017 年的一个夏日，她下班回家后发现公寓被淹了，污水足有两英寸。但房东没有采取任何措施来解决这个问题，只表示有另一套公寓可以租给她。但那套公寓很贵，她根本租不起。

污水毁坏了玛奎塔的很多财物，包括衣服、鞋子、相册、一块崭新的地毯，还有梅森的玩具和书。由于心情沮丧，她扔掉了一些不该扔掉的东西，而买新衣服又让她在经济上吃不消，所以她只好带着梅森搬到她的祖母家暂住，同时开始疯狂省钱并寻找新的住处。但后来，房东以公寓被淹后未付房租为由，将玛奎塔告上了住房法庭。庭审时，玛奎塔没有律师陪同，最终被法官命令要继续为一套无法再居住的公寓缴纳房租——虽然月租降到了 450 美元。如果玛奎塔找了律师，或者自己更精于处理此类事务，这种情况根本就不会发生。她后来虽然想办法终止了租房合同，但一想起给那个任凭公寓被水淹和财

玛奎塔·阿博特在华盛顿特区一家为无家可归者提供的收容所内和儿子梅森一起玩。玛奎塔在一幢高档公寓里上班，却付不起自己和儿子的房租。（尼可拉斯·克里斯多夫 摄）

物被毁的房东交租金，她就非常恼火。

2017年秋，玛奎塔的祖母搬走后，她和儿子沮丧地来到华盛顿特区总医院。这家医院已被改建成无家可归者收容所。虽然楼里的电梯有些老旧，经常出故障，但总体来说很干净，有公用浴室，有人看守，离地铁站也很近，方便玛奎塔每天早上送梅森上学。不过，这家收容所曾经发生过一起臭名昭著的失踪事件：一个叫瑞丽莎·路德的8岁女孩疑似失踪后被看门人杀害，而在警方调查那个看门人时，他已经自杀了。此事为收容所增添了不祥的气氛，搞得梅森非常害怕上厕所。

"他又尿床了，"玛奎塔烦躁地告诉我们，"这种情况已经很多年没有出现过了，可现在他每个星期要尿三四次床。"梅森已经上一年级了，但老师说他在学校"有点不正常"，而在收容所，他也开始欺负里面的其他孩子。"这儿的日子不好过，真的不好过。"玛奎塔告诉我们。

梅森其实是个很可爱的孩子。他非常喜欢读书，阅读水平比同班同学高出两个年级。他也很清楚无家可归让妈妈的情绪很低落。"所以有时候，我就给她讲笑话，"他告诉我们，"有时候，我会做一些滑稽的事逗她笑。"玛奎塔一把把他抱到了怀里。

矛盾的是，无家可归也意味着玛奎塔的工作竞争力下降了：她每天要坐40分钟的地铁接送梅森上下学，晚上收容所还有熄灯令，这都导致她能选择的工作种类有限。失去酒店的工作后，她虽然在华盛顿的一幢高档公寓找到了一份做门房的兼职，且凭着个人魅力和社交技巧让自己成了一名不可或缺的员工。但这份工作本身也充满着讽刺意味：一名无家可归的女性在高档公寓工作，而这种公寓正是华盛顿越来越受人青睐的原因之一，进而导致她能负担得起的住房变得更为稀缺。当然，其中也包含着种族主义的面向：公寓住户几乎是清一色的白人，而住在无家可归者收容所里的几乎全是黑人。

有些左派人士主张玛奎塔这类人应该享受房租管制政策，但出于基础经济学的原因，此类措施的效果不佳。房租管制非但没有增加住房的供应量，反而减少了，因为人们不愿意放弃好不容易租来的廉价公寓，而开发商认为收益被压低之后，便会对建造新房持谨慎态度。在一些城市，房主可以将租赁房转换为不受监管的共管公寓，而房租管制往往会增加需求，导致争抢房屋的人越来越多，房源却越来越少。

经济学家已经逐步达成一种共识，认为分区制（比如限定许多区域为独院住宅区）等政策会减少经济适用房的供应量，增加无家可归者的数量。毕竟，在建筑商看来，为高端人群提供住房通常更有利可图。经济学家爱德华·L. 格莱泽（Edward L. Glaeser）和约瑟夫·乔科（Joseph Gyourko）的结论是，在一些地区，"我们的证据表明，分区制和其他土地用途管制政策在使房价变得昂贵方面发挥了关键作用"。[5] 奥巴马政府的自由派经济学家也同意这一观点，并在2016年的一份白宫报告中宣称："在加利福尼亚等高房价地区，分区制和其他土地用途管制政策对近期租房成本大幅上涨影响巨大。"[6] 另一个问题是从历史上看，住房项目往往将穷人集中在破败社区，致使贫穷一代代延续。从这个意义上来讲，一些住房举措可以说是削弱了向上流动的可能性。不过，研究证明，我们可以通过使用住房券来帮助有年幼孩子的家庭住进更好的社区，让孩子们进入更好的学校。

过去的十年中，关于如何解决住房问题，我们已经了解了很多情况，但只解决本地的相关问题其实很棘手，因为提供良好服务的社区建立起来之后，往往会吸引来那些忽视这一问题的其他地区的无家可归者，所以只有全国性、全州性的解决策略才会更有效。西雅图等地的一项成功经验，是以低成本快速建造每套面积只有100平方英尺到400平方英尺的微型住宅群；其他地区则尝试过将稳定一些的无家可归者安置在自愿提供帮助的家庭中。

当然，最成功的方法通常还是全盘性解决策略，比如盐湖城的住房项目优先为无家可归者提供庇护时，就不考虑他们是否吸毒或酗酒，所以效果也被广泛认可为很成功，因为有心理健康和成瘾问题的人通常在无家可归者中占很大的比例。吉姆·瓦尔加斯在圣地亚哥运营一个名为"乔神父村庄"的大型无家可归者项目。他说在最近一次的内部统计中，有孩子的成年人中大约有26%患有精神疾病，14%酗酒，22%滥用药物，所以要求人们戒掉毒品或酒精，只是意味着他们还会继续流落街头。

华盛顿特区有一个资金不足但还算有效的住房券项目，最终或许可以帮助玛奎塔和梅森摆脱无家可归的困境。在华盛顿总医院收容所住了一年后，玛奎塔收到了一张住房券，她可以用它租赁一套公寓。住房券的有效期为一年，可以让玛奎塔在经济上重新振作起来，并有能力自己交房租。

但坦白地说，我们对此持怀疑态度：新公寓是一套两居室，月租金1300美元——她坚持要租这么大的——很难想象一年之后玛奎塔还能付得起这么高的租金。值得称赞的是，玛奎塔在无家可归期间一直坚持学习电脑技能，这或许可以帮她找到收入更高的工作。

住房问题还凸显了在高中开设金融知识课程的必要性。我们在采访期间经常看到租房者因拖欠房租被断水断电，原因不仅是突然有一笔医疗费用支出，或者遭遇了就业危机，而且经常是因为预算不足，搬进面积更大但租金也更高的公寓时，问题就来了。我们仔细研究后发现，金融知识课程的总体效果好坏参半，但有些课程似乎确实能有效改善年轻人的危险处境。[7]

尽管我们对住房券用完后玛奎塔是否保得住新公寓持保留态度，但这种把住房券给一位母亲和孩子的想法还是好的。确实，住房计划的成本可能会很高，但无家可归也会让社会在健康、治安、儿童潜力、社区灵魂等方面付出巨大的代价。众所周知，政府有针对穷人的住房计划，比如"第8部分"（Section 8），每年要花费300亿美元，但很少有美国人认识到，近年来我们还花了2倍多的钱来补贴大部分富裕的房主（每年通过抵押贷款利息扣除和其他福利支付710亿美元）。[8] 事实上，联邦政府虽然在为低收入租房者建造房车公园上投入了大量资金，但这些钱并没有到租房者手中，而是进了私募股权公司的腰包。据《华盛顿邮报》报道，政府资助的贷款机构联邦国民抵押贷款协会，向大型私募股权公司斯托克布里奇资本提供了13亿美元用于购买现有的房车公园，而后斯托克布里奇为了实现30%的回报率，竟然抬高了租金。[9]

据估计，将穷人住房项目的规模大致翻1倍，达到每年600亿美元，大部分无家可归的问题就都能得到解决，而且正如你看到的那样，总成本依然低于那些对更富裕房主的补贴。我们目前的首要任务是终结儿童无家可归的现状。只要重视起来，就一定能做到。

迈克·斯特普向我们讲述的人生经历——他的军功和紫心勋章，

女儿名字的由来,供孩子们上大学,每年圣诞节的齐聚一堂——和他无家可归的故事,都给我们留下了深刻的印象。后来,我们去找他的前妻斯蒂芬妮聊了聊。

"没一句话是真的。"她告诉我们。

她说迈克从没打过仗,也从没得过什么勋章。布兰迪那个名字也不是因为他在医院里偷偷喝了一大口酒,而是早就想好了。孩子们确实上了大学,但不是靠迈克的资助——他从2001年之后就没见过孩子们了。她尖刻地说:"即使我们在麦克明维尔的第三大街上和他擦肩而过,他也一个都认不出来。"不过,对于斯蒂芬妮而言,迈克还是她"一生的挚爱"。她暗示说他的脑子已经糊涂了,可能没意识到自己在编故事。

麦克明维尔有一家庇护所可以收留迈克,前提是他能戒毒戒酒。迈克说他戒不掉,还坚称自己喜欢独自待在户外,但警察把他从带顶棚的县停车场赶出去时,他哭了。到现在这个阶段,迈克的问题已经没有简单的解决办法了:他不想工作,也不太可能找到工作。即使有收容所不要求他必须戒毒戒酒,也只能是给他提供一个住处,让他不再流落街头。

要防止他无家可归,最佳干预措施的实施时间应该是几十年前,从他小时候就该开始。他本可以接受幼儿教育,进而让他在学校表现得更好一些;学校本可以不让他退学,尽量帮助他留在高中并最终毕业;职业教育也本可以帮他找到特定的职业方向,如水管工或木匠——所有这一切本来都可以降低他沦落到今天这个地步的风险。

斯蒂芬妮15岁时开始和迈克约会,我们问她当时有没有什么办法或许能改变他日后的生活轨迹。她回答说,迈克最大的问题是他在亚姆希尔时，周围有很多亲朋好友都认为喝酒和吸毒是一件很酷的事。她说，如果能把他从那群人里拉出来，或者如果他听从父亲的劝告，十几岁时去参军，也许会有不同的结果。但留在家里，走上歧路就不可避免了。回看迈克·斯特普、法伦·克纳普、"弹球"戈夫、丽贝卡·黑尔的经历，他们的共同点都是在混乱的环境中长大，反复受到毒品、酒精、犯罪和其他诱惑的冲击，大家庭、学校或政府也没怎么向他们伸出援手。在看不到"安全网"的情况下，他们很容易做出糟糕的选择——而最终，他们也确实做出了糟糕的选择。

第十三章
逃脱艺术家

> 我不会因为害怕就逃避挑战。相反,我会朝它奔去,因为逃避恐惧唯一的方法就是将它踩在脚下。
>
> ——纳迪亚·科马内奇,奥运会女子体操项目冠军

显然,并不是亚姆希尔的每个人都在地狱中蹒跚而行——事实远非如此。翻看尼可的高中毕业纪念册时,我们惊讶地发现几乎每一个美国国家高中荣誉生会的成员都过得很好,此外还有很多人亦是如此:布拉德·拉森当上了飞行员,布雷特·佩洛昆成了银行家,鲍勃·班森是一名成功的有机乳品生产商人,他的妹妹丽莎则是法语教授,巴里·麦克纳布现为百老汇的舞蹈演员和编舞,乔妮·马滕和姐妹们合伙做银器生意,且是当地慈善机构的骨干。还有杰恩斯泰特家的女孩们:五姐妹高中时都是学校的明星人物,后来也都很成功,其中有两个还获得了博士学位。

所以,我们有些困惑。为什么有些孩子避开了风险,其他人又怎

样才能复制这种成功？大多数茁壮成长的孩子来自稳定、有教养、重视教育的家庭，而研究表明，那些在困境中挣扎的人则来自混乱、滥用药物、漠视教育的家庭。杰恩斯泰特夫妇从事草籽栽培工作，也在女儿们心中播下将来要上大学的希望之种，如今女儿中有一位就在加州大学戴维斯分校当植物学教授。我们问杰恩施泰特家的女孩们博士学位和成功从何而来，她们立刻给出了答案，用丽莎的说法来总结便是："我们和父母一起中了彩票。"

一些农村地区的工人阶层家庭，尤其是赚钱的那个人有一份不错的工会工作，逐步拥有了中产阶层的地位、价值观和志向。乔妮·马滕的父亲起初在锯木厂工作，后来去了一家铸造厂上班。铸造厂倒闭后，他的大部分退休金都被花掉了。后来，他去一所小学做了很多年门卫。乔妮的母亲是一名服务员，后来去了麦克明维尔的杰西潘尼百货工作。两人靠工资养大了六个孩子。

"我从来没想过我们是穷忙族，"乔妮告诉我们，"我父母在社区里有来自各行各业和各种收入水平的朋友。"

家里不富裕，乔妮一家就养了一头奶牛来挤奶喝，养了几头肉牛来吃肉，有时还会猎鹿或捕鱼。她妈妈会为女孩们做衣服，还做水果罐头和蔬菜罐头，留到冬天吃。孩子们自己也会找活儿干，比如乔妮15岁时就找到了第一份工作。父母让她把部分工资存进银行，培养她存钱的习惯。"每周六的晚上，妈妈都会确保我们洗好头发，然后用发卷或卷发器打理好头发，因为第二天早上我们要去教堂。"乔妮回忆道，"父母中总有一个人在我们身边，他们从没错过我们参与的任何一场戏剧、音乐节目和其他活动。要么一个人在，要么两个人都在。"他们的参与使学校几乎成为乔妮年少时的生活中心。

"我们不可能退学,也不可能考个 C,"乔妮告诉我们,"这是'职业道德'。我们不能逃学,也不能误工。"

对于那些深深融入了社区的父母来说,每一个孩子身上都有很多双眼睛盯着,所以他们胡闹的机会也少了很多。乔妮回忆道:"如果我做了什么出格的事,还没到家,爸妈就知道了,少不了一顿骂。我们的邻居是镇上的警察局局长,他会说:'你知道吗?我看见乔妮和某个男孩在一起。她可不该跟他厮混啊。'大家都会帮忙留意彼此的孩子,哪个家长都敢指出别家孩子的错误。"乔妮总结了那些对她有影响的东西:"现在回想起来,虽然我们那时候很穷,但家里充满了爱和支持。"乔妮不仅继承了这种社会资本,还将它传递了下去,因为她也在不停地编织着"关系网",比如参与管理食品分发处。尼可的父亲去世后,她也是好邻居的典范,连着几个星期给我们送她自己做的饭菜。

那些全身心投入学校活动的孩子,后来大多过得很好。参加过几个运动团体的孩子,以及对"美国未来农夫计划"或其他俱乐部感兴趣的孩子们,过得也还行。同龄群体的影响非常重要。布拉德、布雷特、尼可小时候是非常亲密的朋友,在学业上相互鼓励,成了有史以来第一批去州外上大学的亚姆希尔孩子:布拉德上了空军学院,布雷特上了海军学院,尼可上了哈佛。

摩门教会组织的课外活动,为家庭提供了强大的社会支持,起到了很强的保护作用,所以摩门教的孩子基本不会陷入困境或者变得穷困潦倒。当然,这一条放在其他宗教上似乎也适用。2018 年,哈佛大学一项发表在同行评议刊物《美国流行病学杂志》(*American Journal of Epidemiology*）上的研究发现，在有宗教信仰的家庭中长大的孩子更不容易面临所谓的"青春期三大危险"，即抑郁、药物滥用和危险行为。[1] 他们患抑郁症的可能性低 12%，使用违禁药物的可能性低 33%，患性病的可能性低 40%。相反，他们更有可能去做志愿者，并自述很快乐。

但在亚姆希尔，有一些具备全部风险因素、本来也很有可能早亡的人，最终竟然毫发无损地活了下来，而且还生活得很幸福。我们称他们为"逃脱艺术家"，同时也非常想知道能从他们身上获得什么样的启示。

其中一位脱逃艺术家叫戴尔·布雷登，他是尼可和法伦·克纳普的同学、好哥们儿，住在克纳普家附近科夫奥查德学校的旧校舍里。戴尔的处境似乎和法伦一样危险。他家有七个孩子，他是中间的那个。父亲是一名四处找活儿干的建筑工人，全家承受着巨大的经济压力。而且，戴尔的父亲还经常和哥们儿加里·克纳普去酒吧喝酒放松，两人都是有暴力倾向的酒鬼。

"他经常喝得醉醺醺地回到家里，然后无缘无故地打我们。"戴尔说，"我现在还忘不了兄弟姐妹们的尖叫，以及我母亲恳求他住手的声音。"有一次，戴尔正要睡觉，忽然听到父亲那些喝醉的朋友们开始在窗外互殴的声音。"我挺害怕喝醉的人，主要是感觉那些人完全没有自控力。"他清楚地记得父亲如何醉倒在家里或者院子里，也记得父亲衬衫的下摆怎样被炉火点燃。

"当时我十三四岁，我用毛巾拍打他，想把火扑灭。"戴尔回忆道，"他看着我，好像要把我打昏似的。还好他没有受伤。他可能根本不记得这件事了。"

戴尔说，父亲清醒的时候其实慈爱又体贴（经历了一场健康危机后，他终于把酒戒了），但加里·克纳普从来没有这一面。"我记得我很怕克纳普先生，他不像我认识的任何家长，身上总有一种邪恶黑暗的东西。"戴尔知道加里虐待妻儿，克纳普家的孩子似乎被麻烦吸引。他厌恶风险。

"我很害怕因为尝试某种危险的东西而惹上麻烦，"他回忆道，"我相信这对我帮助很大。"他说，西伦是第一个说服他吸大麻的人，但即使在十几岁的时候，大麻也让戴尔感觉不舒服。

戴尔的父母还没上高中就辍学了，他十几岁时也成绩平平。他把主因归于"彻头彻尾的懒惰"，但也承认缺少父母的引导。"他们什么都不懂。"

老师们不太关注戴尔，只有亚姆希尔的美术老师露西塔·杜克在他身上看到了她想培养的艺术才华。戴尔在学校的表现很不稳定。他性格内向，只想融入周围的环境，尽量不被人欺负。"我从来没想过上大学，也没有人引导我朝那个方向走，"他说，"说老实话，我能高中毕业就已经很幸运了。"

戴尔不想一家九口在一个狭窄的活动房屋里度过余生。他每天晚上睡觉的地方是餐桌下面的地板，他渴望有一张属于自己的床。他也知道自己很擅长艺术，所以自尊心完好无损。"我总觉得尽管周围发生了很多事，但我这辈子还是能有所作为的。"

高中毕业后，戴尔四处找活儿干。后来，他应征入伍，这个选择可能救了他的命。"参军是我这辈子碰到的最好的事，"戴尔告诉我们，"教会了我以前从没学过的东西，让我了解了自律、尊重和责任。"他还见了点世面，去格鲁吉亚接受了基础训练，后来又到德国北部服役三年。戴尔在军队里学习技术，后来以 3.8 分的绩点获得了信息技术专业的大学学位。

"我想向自己证明，我不只是那个在贫穷压抑的家庭环境中长大的骨瘦如柴的小孩。"戴尔说。他在耐克公司找到了一份工作，妻子已经和他共同生活了 34 年，两个女儿也都上了大学。现在，戴尔是田纳西州纳什维尔市一家医疗保健公司的项目总监，负责一个价值数百万美元的临床系统更换项目。此外，他还获得了工商管理硕士学位。

"我很高兴没和克纳普一家走上同一条路，但其实很险，差一点就那样了。"事实上，他的一些兄弟姐妹的处境很艰难。戴尔毫不留情地描述道："他们过着穷日子，靠政府救济生活，还榨干了我父母的每一分钱。他们对自己的生活完全不负责任，子女也走上了同样的路。毒品可能没有那么普遍，但酒精肯定在他们中的一些人身上产生了影响。"

戴尔是个保守的人，一方面是因为当过兵，另一方面是因为兄弟姐妹的境况。他责备他们在财务上的鲁莽，比如其中一个分期付款买了卡车，但还不上月供；另一个明知道可能还不上钱，但还是买了一部最新款的苹果手机。

"还不上钱怎么办？"戴尔质问道。

"哦，没事。他们会把手机收回去。"

"但你要想想这对你的信用有什么影响！"戴尔说，"失信行为会毁了你的信用评级。"

对方耸了耸肩，继续玩手机。

美国军方在为工薪阶层的孩子创造机会这方面发挥着不可或缺的

作用。军队尤其擅长打造纪律和团队精神,教授基本的社会技能和提供技术培训,还为非洲裔美国人和拉丁裔美国人铺设了不受歧视的职业道路。军队投资年轻人的人力资本,强调学习能力、管理能力和领导能力。对于那些极力想逃离问题家庭和社区的孩子来说,军队已经成为一条生命线,能使他们获得技能和大学学历,并在专业领域立足。2018年的一项研究发现,军队经历对黑人男性的帮助尤为明显,[2]参军大幅提升了他们迈入中产阶层的可能性。过去,美国政府一直不愿意投资社会服务组织,但军方"接替"了政府的工作,一直设法为高中毕业(或者获得高中同等学历证书)的青少年提供类似的服务和支持。

作为一个官僚机构,美国军方为底层民众提供的支持通常要比大公司多得多,这一点也值得注意。将军的薪酬是二等兵的10倍,银行首席执行官的薪酬却是出纳员的300倍。在军队中,将军和士兵可以享有同样的保险福利,因为军队专注于完成任务和取得成果,新兵们学习设定并执行计划以实现目标,这是一项非常有用的生活技能。军队基本上待人公正,甚至连服役人员的子女也会在军队优秀的托儿项目中得到照顾,这应该成为美国的典范。

大量研究已经表明,服役会给弱势青年带来好处,使其获得日后到公司上班时所需的自律能力和软技能。当然,军队不能被看作一个改变年轻人生活的组织,因为它有自己的使命。此外,很多可能从军旅生活中受益最丰的年轻人并没有资格参军,比如未完成高中学业,或者药检不过关。因此,另一种方法是扩大成功的国家服务选项,接纳危险青年,雇用他们为公共项目工作的同时,教给他们技能、团队精神和军事化的自制力。这些项目中最好的是"城市年"(City Year)、

"青年建设"（Youth Build）和"国民警卫队青年挑战"（National Guard Youth Challenge），我们应该在严格检验结果的同时扩展这些项目，看看我们能否为即将陷入困境的美国年轻人再提供一个出口。

第十四章
脸上挨了一枪

贫穷是犯罪之母。

——马可·奥勒留

那是一个闷热的七月夜晚，黛比·贝格利生完第二个孩子后，第一次和朋友出去玩。28岁的她是一名全职太太，一头金发，身材苗条，是教堂唱诗班领唱的女儿，在正统的犹太家庭中长大。她很开心能从家里逃出去，在家乡坦帕和两个女友共度欢乐时光。她们一起吃喝闲聊，离开餐馆时，黛比的心情十分愉快。

黛比在餐馆时遇到了一个同去一家健身房的男人，他提醒她："你知道这是一个很危险的社区吗？你不能自己走着去取车。"她的车停在街上，这位男士便主动提出送她过去。这时，几个男孩朝他们走过来，其中一个骨瘦如柴的黑人男孩突然掏出一把枪，指着黛比的脸。

"交出来！"他指的是她的钱包，"我是认真的！"

但她还没来得及反应，那个男孩就扣动了扳机，朝她嘴上开了一枪。子弹撕裂了她的下颌，从她的脸颊穿了过去。黛比转身就跑，手里还抓着钱包，鲜血从她的脸上往下淌，上衣已被汗水浸透。她踩着高跟鞋跟跟跄跄地朝餐馆跑，歹徒朝她背后开了几枪，但都没打中，于是便逃走了。在餐馆门口，黛比扑到保安身上。

"救救我！"她喊道，"我中枪了！我的脸是不是没了？"

黛比的脸还在，但留下了永久性的伤疤，而且要经历很多年痛苦的口腔重建手术。"看到我的嘴，我的牙医哭了。"她回忆道。医生不得不取她上颚的肉来重建牙龈，然后插入牙齿植入物。这起枪击案发生在1990年7月27日，但过了这么多年，黛比还是不能吃苹果，最近一次的修复手术是在2018年进行的。

警方起初没有找到任何关于行凶者的线索。几天后，他们从一辆被盗汽车里拽出了几名青少年，其中有一个13岁男孩叫伊恩·曼努埃尔。在警察局等妈妈来接他时，他漫不经心地大声跟一名警察说话。"你知道前几天那个脸上挨了一枪的女人吗？"他问，"那是我干的。"伊恩到现在也想不明白当时他为什么要认罪。

这样一个案子注定会引发公众的愤怒。黛比是个白人妈妈，遭遇了残忍的枪击，必定会得到同情。而出身贫寒的伊恩在少年法庭已有十几次犯罪记录，符合坦帕对冷血怪物的刻板印象。

他长着一张圆脸，身材瘦小，看起来笨手笨脚，但是个公认的聪明孩子。上小学时，他曾获得班级的最佳阅读和写作奖。但他在学习上从来没怎么用过功，而且学校似乎也不对学生们抱什么希望。和同一社区很多男孩一样，伊恩也从没见过自己的父亲。母亲佩吉虽然遵纪守法，但因为要整天工作，支付各种账单，所以伊恩基本上是在街头长大的。在那里，毒品和犯罪无处不在，让自己变强硬是获得成功的手段，也是对身材矮小的补偿。伊恩经常旷课，而且令佩吉失望的是，他还结识了一群年纪稍大、性情粗暴的男孩，跟着他们去商店行窃，积累了被捕记录。在当局看来，伊恩似乎屡教不改，很多人也认为伊恩是反社会者的典型，但事实是，他只是被忽视者的典型。如果一个社区放纵孩子，同时在学校课程或外展活动上投资不足，那么承担代价的就不只是这些孩子，还有那些被他们攻击的无辜受害者。

伊恩受到媒体审判，被视为有罪的野蛮人，检察官也很快决定，尽管伊恩还是青少年，但要把他作为成年人来起诉，罪名是谋杀未遂。辩护人建议伊恩认罪，说这样可以减刑。伊恩照办了，但法官另有想法。"我们要惩一儆百，曼努埃尔先生。"他判处了这个13岁的孩子终身监禁，且不得假释。伊恩站在那里，没有眼泪，佩吉在一旁啜泣。当意识到这个判决的严重性时，伊恩心想，他要死在监狱里了。"宝贝，我们会把你救出去的。"佩吉抱着他，流着泪说，心想这有可能是最后一次抱自己的孩子了。在牢房里，伊恩意识到自由一去不复返后，哭了起来。

但这件事有一个矛盾的地方：由于奇怪的量刑制度，假如伊恩杀死了黛比的话，刑期反倒会更短，最多25年。于是，伊恩在13岁时成了佛罗里达州立监狱系统中最年轻、最瘦小的囚犯。他只在一个方面不被当作成年人，那就是不允许在监狱里买烟，因为他年龄不够。

伊恩在监狱里被狱友和狱警欺负，但他处理得不好。"他反抗，"狱友维克多·乔里回忆道，"行为很出格，非要证明自己就像法官宣称的那样，是个成年人。"伊恩屡次受到关禁闭的处罚。禁闭室是一间7英尺宽、9英尺长的牢房，门上有个送饭口，被关禁闭的受罚者无法和其他犯人接触。如果受罚者大喊大叫，狱警就会拿走床垫，让他睡在水泥地上,并且延长禁闭时间。伊恩曾试图以自杀和自残来抗议,所以他的禁闭时间通常都会延长。不合作时,他还会被喷射催泪瓦斯,并被强行注射精神治疗药物。

在1970年前的半个世纪里,美国的监禁率保持稳定,与其他发达国家水平差不多。但从20世纪70年代初开始,我们的监禁率飙升了5倍,大约在10年前达到了顶峰,之后才有所下降。[1]1970年,美国联邦或州立监狱的犯人不到20万,而现在的数量是140万,[2]还不包括地方监狱里的犯人。民主党和共和党都支持更严厉的监禁判决,但共和党政客在这一点上通常表现得尤为热心。特朗普总统的司法部部长威廉·巴尔是这项政策的知识分子发起人之一,他曾在老布什执政期间担任过一次司法部部长,任职期间发表了一份题为《更多监禁的理由》的报告。[3]而由此带来的后果便是,如今每七名服刑人员中就有一人在服无期徒刑,其中近一半是有色人种。[4]他们在监禁期间的总开支约为每人100万美元。

现在,美国的囚犯人数几乎占全球囚犯总数的四分之一,入狱率是加拿大或法国的6倍、瑞典的12倍。美国有70%的刑事制裁涉及监禁,而德国是6%。[5]在德国,制裁形式更可能是罚款、社区服务或强制性职业培训,强调在监督下劳动,让罪犯补偿受害人。

美国的治安维护比其他民主国家严厉。在密歇根州的大急流城,警察拿枪指着一个尖叫的11岁女孩,还给她戴上了手铐。这个女孩没有任何犯罪嫌疑,只是碰巧在一个被搜查的家里。看到录像后,连警察局局长都很震惊。"你听听那个11岁的孩子是怎么回答的,这真让人反胃,"戴维·拉辛斯基警长说,"让我想吐。"大约同一时间,在佛罗里达州的尤斯蒂斯,警方逮捕了一名93岁的老太太,指控她非法闯入，原因是她住了六年的养老院说她拖欠房租。

美国的监禁经常涉及私营监狱，要换到其他国家，这简直不可想象，因为这会让公司对个人拥有实质的控制权。1985年，得克萨斯州成为第一个引入营利性监狱的州，如今大约有一半的州都拥有营利性监狱。司法部一份措辞严厉的报告显示，联邦一级的私营监狱存在明显的安全漏洞。奥巴马总统曾开始在联邦一级逐步停止使用私营监狱，但特朗普总统推翻了这一决定，并扩大了营利性监狱的使用范围，开始兼做移民拘留中心。

营利性监狱会通过削减成本来节省资金，即使这意味着监狱的安全性会降低，危及囚犯和狱警。密西西比州一所私营监狱的袭击率至少是公立监狱的2倍，而佛罗里达州的一所青少年拘留所则被指控身体虐待和性虐待，包括强迫年轻人像角斗士一样打架。"这简直就是《蝇王》在现实中的再现。"一名调查人员说。密歇根州的一名私人承包商被指控给囚犯提供腐烂的食物，还用糖霜掩盖蛋糕上老鼠啃咬的痕迹。同样令人担忧的是，私营监狱会游说政府，使其对犯人采取更严厉的刑罚，以提高入住率和收益率。两家最大的营利性监狱公司已经在游说上投入了2500万美元。

在宾夕法尼亚州，腐败显而易见：两名法官收受私人青少年拘留中心老板数十万美元的贿赂，给一些年轻人定罪、判刑，把他们送进了这些私立监狱。这种"用孩子换金钱"的安排，导致了许多青少年被不公正地拘留。比如一个叫爱德华·肯扎科斯基的男孩，此前没有任何犯罪记录，但因涉嫌持有吸毒用具而被拘留了数月，人生开始走下坡路。最后，他选择了自杀。

"你还记得我儿子吗？"爱德华的母亲桑迪·丰佐对其中一名被

判有罪的法官马克·恰瓦雷拉喊道,就是这位法官下令拘留了她的儿子。"他走了,朝自己的心脏开了一枪。你这个卑鄙小人。"

美国应该记住陀思妥耶夫斯基的那句话:"去监狱看看,就能判断一个社会的文明程度。"美国不仅需要更人道的监狱和更短的刑期,而且正如我们已经明确指出的那样,还需要更多的干预措施来帮助处境危险的儿童,以免他们最终只能面对法官。如果社会工作者能在伊恩·曼努埃尔小时候给予他帮助,如果他除了在街上游荡,还能有一些课外活动,或许后来他就不会陷入拿枪指着黛比·贝格利的境地。我们知道,如果孩子被随机分配到家访项目,比如"护士—家庭合作"项目(Nurse-Family Partnership)或者很好的学前教育计划,或许多年后他就不太可能遇到法律问题。同样,"公民学校"(Citizen Schools)、"长大成人"(Becoming a Man),或"学校社区"(Communities in Schools)等学校项目,以及"治疗暴力"(Cure Violence)等帮派外展项目,似乎都能降低犯罪率。然而,这些项目急需资金:家访惠及的家庭不到2%。[6]

同样鼓舞人心的还有一些帮助囚犯重新适应社会的努力,比如成功改变了丽贝卡·黑尔人生走向的"女性康复计划"。美国的累犯率高,有一部分原因是社会没有在犯人出狱后为他们提供足够的支持。不过,现在已经有了一些转变迹象。我们看到,左派和右派都有很多人认为大规模监禁的做法太过分,得克萨斯州等红州①在减少监禁人数方面也一直处于领先地位。

美国的总体监禁率终于开始下降,政客和专家们也开始讨论导致

---

① 指在美国大选中共和党占据绝对优势的州。

全国监狱服刑人数大幅上升，并给穷人带来巨大负担的保释制度。被80多名女性指控性侵的好莱坞风云人物哈维·韦恩斯坦被捕后能获得保释，一个因吸大麻被捕的年轻人却可能因为无力支付保释金而无限期地待在监狱里，最终失去工作，进而因为没钱偿还贷款，连房子和汽车也没了。

人们正在对"司法"系统的严厉性进行一场迟来的、广泛的反思。北达科他州州立监狱系统负责人莉恩·伯奇参观过挪威的一所监狱，对其中的人性化设计深感震惊。挪威监狱的任务是为囚犯重新融入社会做准备，所以设施得到了妥善维护，囚犯通常会被安置在离家比较近的监狱里，因为官员们发现，家人频繁探视降低了他们再度犯罪的可能性。大多数罪行的最高刑期为21年。参观完监狱后，伯奇回到酒店房间，为她在美国刑罚系统中看到的痛苦落下了眼泪。"我们在伤害他人。"伯奇担任州惩教管理者协会的主席，曾告诉《琼斯母亲》(Mother Jones)杂志："我一直认为我们运行着一个良好的系统。我们待人宽厚，不虐待犯人，用良好的程序运行安全的设施。"但参观了挪威的监狱后，她纳闷儿了："我们怎么会认同允许把人关在笼子一样的东西里？"

密西西比州州长菲尔·布莱恩特(Phil Bryant)这样的保守派共和党人已经发起了缩短刑期的改革。布莱恩特告诉我们，政治气候已经发生了变化，选民们喜欢这种立场，也感激节省下来的钱。科氏工业集团高级副总裁马克·霍尔登(Mark Holden)几乎在任何问题上都和我们有分歧，但连他也认为司法系统太混乱了。"必须将其摧毁，"说到这儿，他笑了，"以一种非暴力的方式。"

伊恩·曼努埃尔在监狱里慢慢长大。其间，他找到了一个最不寻常的盟友。监狱允许他每个月打一次电话，1992年的平安夜，他请接线员给坦帕的黛比·贝格利打了一个对方付费的电话。黛比接起电话后，接线员问她是否愿意接受伊恩打来的对方付费电话。

"哪个伊恩？"她问。

"伊恩·曼努埃尔。"接线员告诉她。

出于一种病态的好奇心，黛比同意了。

"我只是想祝你圣诞快乐。"他有点胆怯地说。

"伊恩，"她问道，"你为什么朝我开枪？"

"我也不知道当时我在做什么，"他语气沉重，犹豫了很久，"那是个错误。事情发生得太快了。我很抱歉。"

黛比被伊恩的年轻和悔罪感动了。"我很内疚，"她回忆道，"我觉得我夺走了他的生命。他没有杀死我，但我杀死了他。"黛比也敏锐地意识到，伊恩成长在一个充斥着毒品、犯罪和暴力的社区，从没有得到过认真的劝告和支持，也没有任何出路。黛比想起即便自己在一个良好的犹太社区长大，十几岁时都有过不良行为，如果在伊恩那个环境里长大，她真说不准自己会变成什么样。

于是，他们开始通信，并开启了一段在外人看来十分离奇的友谊。这份友谊振奋了伊恩的精神，给了他希望。毕竟，如果受害者能原谅他，其他人或许也能。打过电话后，伊恩又给她寄了一张亲手画的卡片，上面画了一只穿过牢房栅栏的手，这只手正在给她献上一朵玫瑰花。他开始更频繁地写信。黛比的态度反复无常。当感觉疼痛，无法进食，或者又要面对一场手术时，她就会对伊恩发脾气，表示不原谅他。可隔了一天，她又会想，伊恩还是个孩子，自己13岁时也做过蠢事。总而言之，即使在咬紧牙关、沮丧地哭泣时，她常常想到伊恩应该也和她一样痛苦。

黛比在脸书主页上贴了一些伊恩的来信，家人和朋友看到后都很反感。"他在操纵你，"丈夫抗议道，"他在利用你。"因为伊恩的事，黛比和丈夫吵得越来越凶，其他朋友则认为她有斯德哥尔摩综合征。黛比憎恶这种家长作风，并且认为伊恩给了她使命感。

"他唤醒了我，"她告诉我们，"原谅他让我的生活变得更有意义了。"后来，黛比又迈出一步，写信给法庭要求给伊恩减刑。"没有人比我更懂得伊恩的罪行多么具有毁灭性，多么鲁莽，"她写道，"但我们现在对他做的事，既卑鄙又不负责任。这起犯罪发生时，他还是个孩子，一个13岁的男孩，他有很多问题，没有人监管，也得不到帮助。"法院没有理会这封信。黛比对伊恩的同情倒是带来了一个切切实实的结果：她和丈夫离婚了。

如果你因重罪被捕，并出庭受审，请确保你的律师在吃过午饭后立即提出关键动议。因为2011年的一项研究发现，法官更有可能在饥饿且明显有不满情绪时，即午饭前不久，或下午晚些时候，做出不利于被告的裁决。[7]根据2018年的一项研究，法官们在母校的橄榄球队意外输掉一场比赛后的第二天，会给出更长刑期的判决，而这些更长的刑期会不成比例地加在黑人被告头上。[8]事实上，黑人通常会在司法过程中吃亏，贫穷的黑人更是如此。种族和贫困问题似乎一直笼罩着伊恩的判决。黛比告诉我们："如果他是一个可爱的13岁的白人男孩，有一对小酒窝、一双蓝眼睛，这种事就不可能发生。"

美国量刑委员会发现，即使在对照了犯罪史和其他变量后，犯同样罪行的黑人的服刑时间也要比白人长19%，而且肤色越深，刑期就越长。黑人被判有罪并被判处死刑的可能性也更大，比如在路易斯安那州，黑人被判死刑的可能性比白人高97%。因此，除了大规模监禁和其他问题外，最基本的事实是，我们的司法系统具有种族主义倾向。[9]

司法系统中的偏见只是歧视的一个方面。各种形式的歧视已经渗透到了社会的方方面面。研究者判定偏见的一种方法是发送相同的简历，其中一些应聘者的名字"听起来像黑人的名字"（比如拉吉莎·华盛顿或贾马尔·琼斯），另一些应聘者的名字听起来则像白人的名字（如艾米莉·沃尔什或格雷格·贝克）。同样的简历，如果名字像是白人的，收到的回复就会多一半以上。[10]白人往往不知道过去歧视的规模，也不知道它对今天的种族差距产生了多大影响。在尼可写了一个关于种族的专栏后，很多白人认真地回应说，奴隶制和"吉姆·克劳法"当然很糟糕，但今天它们只是被用作借口。"作为白人，我们注定要永远道歉吗？"一个叫尼尔的人问，"他们什么时候才愿意负起个人责任？"

正如我们前面已经强调过的那样，我们全心全意地相信个人责任很重要。事实上，黑人社区也认同这个观点。一项调查发现，92%的黑人青年认为黑人男性"对教育不够重视"，88%的人认为他们是"不负责任的父亲"。[11]在2015年的一项民意调查中，61%的黑人表示家庭破裂是当今非洲裔美国人身处困境的原因，42%表示"缺乏动力，不愿努力工作"。[12]奥巴马总统在这方面起了带头作用，启动了"我兄弟的守护者"（My Brother's Keeper）计划，旨在支持有色人种男性更多地为自己的行为负起责任来。

第二次世界大战后，《退伍军人权利法案》为大量退伍军人进入大学提供了便利，联邦住房管理局和其他机构也极大地增加了房屋的拥有率。这些努力帮助白人工人升入了中产阶层，但黑人基本上被排除在外：中等黑人家庭的财富只有中等白人家庭十分之一的原因正在于此。[13]

补救过去的不平等是一件很复杂的事，但我们至少可以为今天弱势的黑人孩子提供平等的受教育机会。可实际情况是，教育歧视仍然存在，普通白人或亚裔美国孩子的入学成绩百分位为60；普通黑人孩子的百分位为37。[14]政治体系的反应非常迟钝。研究人员发现，白人州①的议员，无论是民主党人，还是共和党人，都不太可能对一封签名看起来像非洲裔美国人的选民信做出回应。更糟糕的是，特朗普总统向黑人拉票时，还曾说："你们生活贫困，上的学校不好，没有工作。你们还有什么可失去的？"如今，白人优势的主要因素之一就是对这种优势浑然不觉。

一位在政府中担任高级职位、非常成功的黑人朋友告诉我们，看到他的白人未婚妻在离开纽约市一家百货公司时扔掉收据，他非常震惊。"你在干什么？"由于担心被指控在商店行窃，他从不丢掉收据。未婚妻不明白他为什么不高兴，因为她无法想象自己会受到这样的指控。

"我走进珠宝店时，他们会锁上箱子。"在1992年5月的《斯坦福日报》上，一名23岁黑人男子这样写道，"在鞋店，他们会招呼跟在我后面进来的人。在商场，他们会跟着我。"有一次，他正常开车

---

① 指美国白人人口占大多数的州，比较典型的白人州有缅因州、佛蒙特州、新罕布什尔州和怀俄明州等。

时被六名荷枪实弹的警察拦下，被当成危险嫌疑人扣留了30分钟。这个年轻人就是新当选的罗德学者科里·布克（Cory Booker），被警察扣下时他正在斯坦福大学读四年级，还是班长。

美国白人有时会将种族差距归咎于"黑人文化"，认为问题的原因是不负责任的黑人男性婚外生子，或者是他们特别喜欢辍学和吸毒。但似乎有越来越多的人认为，伟大的黑人社会学家威廉·朱利叶斯·威尔逊（William Julius Wilson）的观点是对的。他在《当工作消失时》（*When Work Disappears*）等著作中指出，最根本的问题还是缺少工作，尤其是好的蓝领工作岗位。当时，威尔逊教授评论的是市中心的非洲裔美国人社区，但如今，失业潮已经蔓延到美国白人农村，而"白人文化"也做出了几乎相同的反应。事实证明，无论是哪个种族的社区，失去工作和自尊时，人们都很可能用毒品来麻痹自己，最终误入歧途，承受家庭破裂的痛苦。从成功人士那里听霍雷肖·阿尔杰关于个人责任的空谈，也起不了太大作用。

斯坦福大学社会学教授肖恩·里尔登（Sean Reardon）指出："我经常听人说'我小时候很穷，长大后过得很好'，每个人都能讲出一个从小很穷，后来自力更生的故事。"里尔登发现，结果在很大程度上取决于开端。在富裕家庭或中产阶层安全环境中长大的孩子，在身边看到的都是榜样。里尔登说："所以，他们似乎很清楚，做出正确的选择是有回报的。"此外，富裕家庭的孩子能从"安全网"中受益，从而免于做出错误的选择。"当然，富裕家庭的孩子也会做出很多错误的选择，只是不会有同样的后果。"

贝托·奥罗克（Beto O'Rourke）以自身经历说明了这一点。他年轻时曾两次被捕，一次是因为非法闯入，一次是26岁时醉酒驾驶。

但这两次他都逃过了严重后果，很快便开始活跃在埃尔帕索的政坛上，竞选公职，最终进入了国会。2019年，奥罗克成为总统候选人，在艾奥瓦州竞选时叙述了他如何避免了逮捕记录可能带来的挑战。"这并不是因为我很了不起，我是个天才，或者我想出了什么办法，"他承认，"这在很大程度上与我是个白人有关，当时我父母有钱交保释金，而很多人没有。"[15]

指出问题，在一定程度上也能促成进步。当一组研究人员发现职业棒球裁判和篮球裁判更有可能判罚一个不同种族的球员犯规后，NBA表示强烈抗议，然后自己找人进行了（有缺陷的）研究，并宣称没有发现任何偏见。这一争议在职业篮球界引发了激烈的争论。但几年后，最初那批研究人员对裁判判罚进行后续研究时，发现偏见已经消失了：似乎裁判在认识到自己可能拥有无意识的偏见之后，便能将其克服。①

希望总是会出现在意想不到的地方。逐渐成熟的伊恩·曼努埃尔利用自己在狱中的几十年时间读书、接受教育，最终用大部分课程成绩优秀的事实，证明了自己拥有出色的智力。

他说自己一生中最糟糕的一天并不是被判刑那天，而是1996年6

---

① 任何关于种族的讨论都应该承认，美国一些最严重的种族歧视和不平等现象涉及美国原住民，特别是那些生活在西部保留地的人。南达科他州和蒙大拿州的美国原住民的预期寿命是60多岁，低于孟加拉国。由美国内政部印第安人教育局负责的高中的毕业率仅为53%。[16]为保留地提供医疗保健服务的印第安人卫生服务署资金不足到令人羞愧，每人只能得到3900美元的医疗保健服务[17]——还不到美国监狱管理局支出的一半（联邦监狱每个囚犯的医保费用为8600美元）。[18]——原注

月8日。当时他正在被关禁闭,被告知他母亲因为从某位前男友那里感染了艾滋病,引起并发症,最终去世了——除了黛比·贝格利以外,他与外界唯一真正的联系被切断了。整个监禁期间,他只接受了三次探视。

有一次,狱警为了惩罚囚犯,把休息室里的电视节目调到美国公共广播公司的频道——囚犯们本来想看体育比赛。那个频道正在播放一部名为《被倾听》的纪录片,讲的是纽约布朗克斯区的一堂诗歌课。伊恩看入了迷,回到牢房后就开始写诗,关于监狱生活的严肃且充满意象的诗,有点像说唱歌词,以此来表达自己的感受和沮丧的情绪。"诗歌救了我的命。"他告诉我们。

有一天,他收到了布莱恩·史蒂文森写来的一封信。史蒂文森是一位传奇律师,创立了平等司法倡议组织(Equal Justice Initiative)。史蒂文森在信中说,他正寻找一名服无期徒刑且不得假释的青少年作为诉讼核心,因为他认为这种处罚违背了宪法。伊恩当然很高兴参加这场诉讼,并在2010年等到了最高法院做出的有利裁决。伊恩的案子被发回重新审判时,贝格利还在量刑听证会上做证,恳请法庭对他做出宽大处理。

我们正是通过史蒂文森在伊恩等待重新审判时认识了他,而且很快,他也成了我们的笔友。我们经常收到伊恩写来的厚厚的信,里面偶尔还会附一首他写的诗。我们一回信,他的另一封信就到了。2016年,在监狱服刑26年后,伊恩最终获释。黛比·贝格利也来一起庆祝他出狱,同他热情拥抱在一起。看到这一幕的人,估计不会想到伊恩曾经朝黛比开过枪。伊恩和被他称为"守护天使"和"第二个妈妈"的黛比随后去了一家意大利餐馆吃晚餐——那家餐馆就在1990

伊恩·曼努埃尔 13 岁时朝黛比·贝格利的面部开了一枪。26 年后，他最终获释。出狱当晚，他与黛比·贝格利在餐厅一起吃比萨。（照片由黛比·贝格利提供）

年时他朝她开枪的地方附近。

出狱后，伊恩搬到了纽约，先是在一家餐馆工作，接着去了健身俱乐部，后来加入了一个帮助危险儿童的项目。以前从没用过手机的他，现在最喜欢的应用软件是"照片墙"（Instagram），他经常在上面发帖。你从他辛辣、有趣的文风中，很难看出 26 年的牢狱生活对他造成的影响。

一个犯下真正的残暴罪行并因此付出惨痛代价的人，最终得到了受害者的原谅。如果说自 20 世纪 70 年代以来，美国对待犯罪、毒品和贫困往往是通过严厉惩罚的形式，那黛比的行为则给出了另一种选择——宽宏大量。一个人朝另一个人的脸开枪，当然应当受到惩罚，这一点她比谁都清楚，但是她对第二次机会和救赎的信念，也在激励我们所有人想象一个宽宏大量的美国。因为她的努力，因为一位伟大的公益律师的努力，一个曾被法庭和新闻媒体视为暴力惯犯的男孩，最终变成了救赎和适应力的象征，也让一场悲剧变成了充满希望的故事。

第十五章
上帝保佑家庭

你是弓，儿女是从你那里射出去的箭。

——纪伯伦，黎巴嫩裔美国诗人

艾琳·格林住在亚姆希尔郊外，现在仍然是格林家的一家之长。这位耄耋老人身体健康、头脑清醒，比两任丈夫和三个孩子（凯文、辛迪和小托马斯）活得都长。虽然她给人一种中产阶级的印象，家里的墙上挂着以瀑布和风景为主题的全景式油画，但其实她的子女、孙辈和曾孙辈都是麻烦一箩筐。她现在的主要任务，似乎也成了为他们之中那些因某种违法行为失去驾照的人当司机。她再也没有时间画画了。

对我们来说，回老家后最痛苦的事，就是看到不幸多么容易从一代人传给下一代人。造成这种情况的部分原因是家庭破裂，而这已经成为美国工人阶层危机的表征。比如，辛迪、凯文和克莱顿各有一个或几个孩子，但他们无法像自己小时候那样，为后代们提供像自己父辈那样强大的双亲家庭。

1965年，社会学家丹尼尔·帕特里克·莫伊尼汉（Daniel Patrick Moynihan）撰写了一份著名的报告，就家庭破裂问题，尤其是非洲裔美国人社区内的家庭，提出了警告。他说单亲家庭的增加将使贫困问题变得愈发棘手，并在续篇中断言："从19世纪东海岸荒凉的爱尔兰贫民窟，到饱受暴乱蹂躏的洛杉矶郊区，美国历史上有一条确定无疑的教训，那就是社会如果允许大量年轻男子在破碎的家庭中长大……让他们无法与男性权威建立任何稳定的关系，无法对未来抱有社会所需要的任何理性期望，那么混乱便会接踵而至。"

一些自由派人士谴责莫伊尼汉是与现实脱节的种族主义者，说他自己由单亲母亲抚养长大，做过擦鞋童，却反过来指责有着同样境遇的受害者。莫伊尼汉在书中强调了包括奴隶制和种族歧视在内的"三个世纪的不公正"，他认为这种不公正助长了家庭的破裂，并颇有远见地指出了工作的重要性。然而，对莫伊尼汉的谴责，导致了时任总统林登·约翰逊对该报告避而远之，也让学者们在此后的几十年中不再愿意研究家庭的重要性。

直到威廉·朱利叶斯·威尔逊称赞莫伊尼汉的报告很有"预见性"之后，情况才开始有所转变。随着家庭结构问题蔓延到了白人社区，莫伊尼汉的先见之明愈发凸显。与莫伊尼汉撰写报告时的黑人孩子相比，如今更多的白人孩子属于婚外所生，大部分在年满18岁之前都是与单亲母亲生活在一起。对于问题，人们仍有争论，但越来越多的贫困问题专家都同意的是，家庭结构对黑人孩子和白人孩子来说同样重要。

进步人士有时不愿承认家庭的重要性，部分原因是保守派家庭价值观的捍卫者往往都是伪君子。纽特·金里奇娶过三个老婆，却以有"道德观"的男人形象成了众议院议长[1]。特朗普玩弄女性、多次离婚，还向色情女演员支付封口费，但家庭价值观的支持者们仍然接受了他。特朗普曾提名（后来放弃了）担任美联储理事的保守派评论员斯蒂芬·摩尔也一样。摩尔曾呼吁把"个人和国家对稳固家庭的信奉"作为"美德文化"的一部分，但后来他的妻子站出来指控他通奸，并在情感上虐待她，使她不得不逃出家门。最终，女方打赢了离婚官司，摩尔也承认了对他的指控。离婚后，法官还斥责摩尔未能向前妻支付超过 30 万美元的赡养费、子女抚养费和其他欠款（美国国税局称，他有 7.5 万美元逾期未缴税款）。[2] 所以，当摩尔这样的人谈论稳固家庭的必要性时，持怀疑态度的人翻白眼就不难理解了。

克莱顿·格林病倒了，大部分时间都只能待在沙发上，所以火炬传到了下一代人的手里，而其中最突出的是克莱顿的儿子伊森。他身材瘦高、一头黑发，健谈、爱交际、有幽默感，似乎与父亲截然相反。现在的克莱顿有 400 多磅重，走路都非常困难，从家里去 100 英尺外的车间都得开车；伊森则行动敏捷、活泼好动。让克莱顿多说几句话很难，可让伊森别说话也很难。他们的共同点是聪明、风趣、吵闹、容易惹祸，以及让对方心烦。

伊森父母在一起后没过多久就分开了，所以他只能在二人之间来回跑。成长过程中，他大部分时间都在亚姆希尔度过，虽然也没上完高中，但和父亲克莱顿、叔叔凯文一样，在修理方面很有天赋。18 岁时，他和克莱顿打了一架后，搬到了母亲生活的爱达荷州帕耶特市，并在那里当了 13 年的建筑工。通过努力，伊森的月薪最终达到了

克莱顿·格林正在启动卡车,儿子伊森在不远处。(琳西·阿达里奥 摄)

3000美元,然后他买了一套房子,并开始偿还抵押贷款。

他结婚后,有了三个孩子(但他认为老二不是自己亲生的)。经济大衰退后,建筑业变得萧条,他找不到稳定的工作,而阿片类药物成瘾也使他的问题变得更加复杂——他说在爱达荷时,差不多有八年对阿片类药物上瘾,后来突然戒掉了——由于没有工作,伊森和妻子拖欠了抵押贷款,失去了房子。他在纸杯蛋糕店打过工,在老年活动中心擦过地板,但是和妻子的关系越来越差。"我什么都干不好,"伊森回忆道,"所以我就说:'女人,下半辈子找别人占便宜吧。'"五年后,他们离了婚,孩子归女方抚养。

一天,伊森顺路去看孩子们。"我想做个好人,你们知道吗?"

他向我们解释说,"她坐在后廊上,后院有个双人秋千。有个家伙坐在那儿,是我的朋友……她正跨坐在他身上……我转过身,一拳砸在门上,砸出个洞。"伊森在屋子里横冲直撞,几乎把能砸的全砸了。

我们指出,女人离婚后有找新男友的自由,但伊森解释了他发脾气的理由:"大家都知道我这个人性子急。这会儿跟你们聊天的这个我,挺好的,冷静、镇定,和其他人一样。但要是有人惹怒了我,碰到了那个开关,那我就会变成炸药!那时的我不会思考,只会攻击。"

他说在一场监狱斗殴后,他第一次觉得自己有点失常。此外,他还发现自己经常会对着墙自言自语。至于为什么会这样,他也不太清楚,只猜测可能是因为24岁时脑袋曾被马踢过。

人是复杂的。但确实就像莫伊尼汉预测的那样,像伊森这种在混乱单亲家庭中长大的人,尤其是男孩,通常都过得很不好,进而让他们的孩子也陷入同样的怪圈。如今,40%的美国孩子都是非婚生子女,[3] 而其中又有五分之四会经历父母各自建立新关系和生养半同胞弟妹的压力。[4] 伊森的机会则更加渺茫,因为他不仅来自低收入的单亲家庭,而且这个家庭的人还没受过多少教育,有过重罪、吸毒和暴力史——再加上他自己还决定在高中时辍学。

越来越多的数据显示,通常情况下,在双亲家庭中长大的孩子结局会更好。最明显的一个理由纯粹是数学问题:单亲家庭只有一份收入。伊莎贝尔·索希尔估算,自1970年以来,单亲家庭的增加使儿童贫困率上升了约25%。在单亲家庭中长大的孩子高中毕业的概率通常也会低40%。大量研究表明,在美国,单亲妈妈抚养的孩子通常成绩较差,在学校有更多行为问题,也更有可能走上犯罪和吸毒之路。

普林斯顿大学的萨拉·麦克拉纳汉（Sara McLanahan）和哈佛大学的克里斯托弗·詹克斯（Christopher Jencks）在评估证据后得出结论，说"父亲的缺席会增加孩子的反社会行为，如具有攻击性、违反规则、犯罪和非法吸毒"，且对男孩的影响大于女孩。但是，这种过于笼统的结论很危险，因为你很难将其中的因果性与相关性区分开来，况且做得很出色的单身母亲也有很多。此外，上面的大部分数据都来自低收入家庭，而单亲家庭则意味着持续的经济困境。如果孩子生活在相对富裕的单亲家庭中的话，也更有可能成功。

无论如何，重要的不是传统的家庭结构，而是家庭的稳定性。父母是否正式结婚原则上对孩子来说可能无关紧要，但实际上还是有一定的区别。到孩子12岁时，已婚伴侣中有四分之三还在一起；而未婚伴侣中只有不到三分之一还在一起。美国现在大约只有一半的家庭是由已婚伴侣担任家长。而同性伴侣的孩子似乎比异性伴侣的孩子生活得稍好些，原因可能是同性伴侣不会意外怀孕。[5]

如果伊森的家庭展示了工人阶层家庭破裂后所要面临的各种挑战，那么阿肯色州派恩布拉夫市的戴维斯一家，则显示了一个强大的家庭如何在困难环境中为孩子们创造避风港。派恩布拉夫是个穷困的地方，绝大多数居民是黑人，帮派和犯罪活动猖獗。戴维斯夫妇在经济上没有任何优势，都是工薪阶层的非洲裔美国人，一共有17个子女，都是二人所生。但他们所有的孩子都从高中毕业，或考上大学，或参军，其中一个女儿是在高中毕业典礼上致告别辞的最优生，还有好几个是在毕业典礼上致欢迎辞、成绩第二好的学生，另一个女儿以4.0的绩点成绩毕业。

他们的母亲玛丽·戴维斯已经60岁了，但精力充沛，在一家为学龄前儿童家庭提供辅导的非营利机构工作。她说自己从小就跟孩子们强调学校教育的重要性。家长会、孩子们的学校活动、亲师座谈会，她全都参加了。

"我不会容忍你们犯蠢，"玛丽记得她直截了当地告诉孩子们，"送你们上学是让你们去那儿学习，不是去捣乱。"

在家里，玛丽几乎像个军队的教官。孩子们从学校回来后，她会确保他们在"头脑还清醒"时把作业做完，然后完成各自要做的家务——洗碗、整理房间、铺床、打扫浴室、洗衣服、做饭。如果这些做完之后还有时间，而且天也没黑的话，他们才可以出去玩。

玛丽的丈夫爱德华·戴维斯现年65岁，一直有稳定的工作，先是从事建筑业，然后做保安，后来在联合太平洋铁路公司修理铁轨和火车。他的工资主要用在购买食物和衣服以及支付房子的抵押贷款上。他们这个街区有很多简单的白色或灰色的老房子，但他们家那栋四室三卫的红砖房最漂亮。为了减少19口人的家庭开支，玛丽会在报纸上找优惠券，成批购买食物，只在打折时买衣服和鞋子。他们家不会浪费任何东西，孩子们到了法律允许的打工年龄会出去打零工，还经常把工作传给兄弟姐妹，大一点的孩子赚到钱后还集资给小一点的孩子买校服。现在，除了两个孩子外，所有孩子都已经离开了家，分散在全国各地，要么正在上学，要么已经工作。

后来，爱德华·戴维斯在联合太平洋铁路公司受了工伤，不得不离职，玛丽成了家庭唯一的收入来源，但她很清楚真正的帮助到底从何而来："我服侍那又真又活的神，是我的源泉。他是我的供养者，如果我不侍奉他，如果我不信仰他，我就不会成功。"孩子们还小的时候，这家人通常一周会有三天去五旬节教堂做礼拜，周日则经常会去两三次。

爱德华说孩子们似乎愿意听从他的劝导。"我从小就教导他们要工作,"他说,"还教他们做事必须谨慎,因为你代表的不只是你自己,也代表你的家人。当你让自己难堪时,就等于在让家人难堪。"

34岁的拉克莎排行老七,大学时学了一个学期的商业管理后就退学了,"我当时已经拿到了大学毕业生的起薪,所以我觉得继续背负助学贷款毫无意义"。她现在是菲多利公司的一名销售员,最近买了一栋房子,所以一段时间内都会住在派恩布拉夫。

拉克莎有很强的主动意识,上高中时就找了一份出纳的工作。她自己小时候没过过生日,所以挣钱后经常给弟弟妹妹们过生日。她甚至帮最小的妹妹起了名——科尼娅。作为17个孩子中的老幺,科尼娅在哥哥姐姐们的爱和帮助中长大,但一路走来也磕磕绊绊。她现在18岁,未婚,正在努力读完大学。但她在高三时就成了少女妈妈,如今儿子已经2岁大。她上高一时,同学大约有100个,到毕业时只剩下66个。

布鲁金斯学会的理查德·里夫斯(Richard Reeves)所持的观点,与莫伊尼汉的很接近,他认为即使孩子出生在财富最底层的五分之一的家庭中,但父母的婚姻在其童年期没有破裂,那么孩子以后也会生活得不错:成年后只有17%仍留在底层,19%则会达到财富顶层那五分之一。而对于那些出生在最底层五分之一、父母从未结婚的孩子来说,成年后仍有50%留在底层,只有5%会上升到顶层五分之一。[6] 简而言之,在各种所谓的特权中,最大的一种就是在充满爱意、结构稳定的双亲家庭中长大。

当然,伴侣不结婚或者选择离异,也有充分的理由,比如一个爱护子女的单身母亲离开虐待她的丈夫,可能会对孩子更好。但越来越多的证据表明,莫伊尼汉说得有一定道理,家庭结构确实很重要,尤其是对男孩来说。

不过,美国工人阶层身上也有一个悖论,那就是在性和家庭问题上,他们倾向于相信传统价值观,自己却不一定遵守。或许是被种种艰难搞得灰心丧气、不知所措,但他们有时确实并不践行他们信仰的行为准则。而相比之下,受过良好教育的自由派则不那么爱评判他人,而且虽然在民调中表示能接受婚前性行为和各种生活安排,但实际上,他们自己一生中的性伴侣相对较少,离婚的可能性也较小。简而言之,受过良好教育的人不信奉传统价值观,但更有可能践行传统价值观,并试图让自己的孩子也这么做。弗吉尼亚大学社会学教授布拉德福德·威尔科克斯(Bradford Wilcox)主持全国婚姻计划(National Marriage Project),他称这种现象为"打左灯,向右转"。相比之下,年轻的工人阶层保守派口头上虽然不赞成,自己却会有婚前性行为,可以说是"打右灯,向左转"了。

婚姻失败后,伊森·格林找了一个新女友,名叫金妮塔——二人之间的关系稍微有些复杂,她的前男友跟伊森的前妻是同居关系。金妮塔身材矮壮,脸有些宽,留着一头长长的金发。尽管她也有自己痛苦的过去,其中之一是在婴儿时期曾被绑架并活埋,但她依然保持着温柔的性格。她的出现,填补了伊森生活中的一个空白。"我感觉自己不再是孤军奋战的士兵了,"他告诉我们,"不是了。有人来帮我了!多好啊!"

金妮塔在25岁时就已经成了五个孩子的妈妈,其中两个是和伊

伊森·格林在亚姆希尔的格林农场练习打靶，女友金妮塔在一旁观看。（琳西·阿达里奥 摄）

森所生。再加上伊森和前妻的三个孩子，他们一共有八个孩子——后来全都被当局带走了，据说是因为毒品问题和虐待传闻，但伊森和金妮塔都否认了这一点。伊森说，他小时候只要捣乱，家里人就会用皮带、耙子或木板打他。相比之下，他要克制许多，"我最多打一下他们的屁股"，因为他害怕伤到孩子。

伊森和金妮塔疯狂想要回他们最小的孩子莉莉。这个小姑娘2018年出生后，就被当局送到了寄养家庭。他们会定期去看她，并会见一位花钱请来为他们辩护的律师。很多儿童福利倡导者都同意他们的观点，认为当局把低收入家庭的孩子送到寄养家庭的行为过于草率，孩子最好还是和父母或其他亲人一起生活，哪怕有时需要对这些监护人进行有力的指导、监督或支持。毕竟，每个孩子每年的寄养费约为 2.6 万美元，[7] 但寄养的结果往往很糟糕：只有 58% 的孩子能从高中毕业。[8] 而到了 18 岁，不得不离开寄养家庭后，这些孩子中会有四分之一的人在两年内入狱。他们最终无家可归的可能性要比获得大学学位高 6 倍。[9]

那伊森和金妮塔为什么不找工作呢？毕竟现在经济蓬勃发展，到处都在招聘，而伊森又很聪明，当过建筑工人，拥有十分宝贵的技能；金妮塔也和善、勤奋，看起来是一个可靠的人。对于这个问题，伊森同亚姆希尔的其他人看法一样：都怪那些墨西哥移民。"我真的很恨他们，因为他们，我更难找工作了。"[10] 的确，在亚姆希尔这种地方，移民确实抢走了一部分低技术工人的工作。几位雇主向我们指出，他们又不是疯了——为什么要雇用一个高中辍学、经常吸食冰毒、对艰苦的体力劳动不太感兴趣、为人也不可靠的白人？一位雇主说，他也想雇当地人，但最终雇用的全是墨西哥人，因为移民的劳动效率大约是当地白人的 2 倍。

此外，伊森的驾照被吊销了（因为未缴纳罚款），金妮塔也不开车，而且伊森还说自己背部受过伤，搬不了重物，再加上得经常跟律师和莉莉见面，所以要想保住一份工作确实很难。但克莱顿告诉我们，伊森就是懒："反正他没有我想象的那么成熟。"

不过，伊森有时候也很瞧不起他父亲。到 2018 年秋时，身高 5 英尺 10 英寸、体重 420 磅的克莱顿已经经历了一系列健康危机，患有肺部积水、心脏衰竭、糖尿病，其间还住过几次医院。出院后，他穿衣服、穿鞋有时都需要人帮忙，几次还从床上掉下来，卡在床和墙之间，家人费了好大劲才把他拉出来。要是在外面摔倒的话，就得用拖拉机铲斗把他铲起来。因为得经常去查看他的情况，艾琳就睡在旁边的屋子里，但他粗重的呼吸声穿透薄薄的墙壁，搅得她根本睡不着觉。我们很担心失去这个老朋友，但伊森似乎不怎么关心。

"我会说，哇，爸爸，你都走不了路了，连床都下不来了。"他告诉我们，"你过去那么有能耐，可现在跟个废物一样。"

伊森已经基本上接受了失去四个大一点的孩子的事实，所以非常希望能跟金妮塔和莉莉组建一个家庭。他请求我们共同的朋友朗达·克罗克牧师主持他和金妮塔的婚礼，但这个问题难住了朗达。"我全心全意地爱着那个男孩。"她告诉我们，"我对伊森说：'如果金妮塔是我的女儿，我希望看到你能养活她，看到你能给她一种健康的生活，使她成为她能成为的那种人。我还希望看到你能成为一个好父亲。可现在，我想我无法答应你。'"

她停顿了一下："所以，不，我还没准备好主持你们的婚礼。"金妮塔在一旁听完后，也大声说出了自己的想法："伊森，我不确定我现在就想结婚。我觉得我还没有准备好。"

半个多世纪前，汤姆·格林买下了亚姆希尔的这座农场，虽然他只上过五年学，但日子过得还不错，所以在20世纪的大部分时间里，这座农场都会是他的家族向上发展的标志。他和艾琳组建了一个强大的家庭，辛迪、凯文和克莱顿虽然都在工作、健康和个人生活上遭遇了挫折，但归根结底都还是聪明优秀的工人。孙辈的伊森受教育程度比爷爷高，本来可以找到一份工作，拥有更好的发展前景，可如今我们这些老朋友却只能痛苦地看着格林一家陷入前所未有的停滞状态。虽然我们的经济很繁荣，许多美国人却无法从中受惠，进而无力为美国做出自己的贡献，使之达到巅峰竞争力时，一种集体性愤怒就在所难免了。伊森站在农舍外说："历史总在不断重演，我们有过一次革命，还会再有一次，但要过多久才会发生呢？"我们问他是否愿意参与其中，他大声答道："当然愿意！我绝对不会袖手旁观。"

"他们说我自控力有问题？"伊森气呼呼地对我们说，"拜托，我可是有十支枪的人，我还控制不了自己？"

生活在阿肯色州的派恩布拉夫的科尼娅，尽管是位单身母亲，却很有进取心，因为她有父母和 16 位哥哥姐姐做榜样。从幼儿园到高中，她都是学校光荣榜上的常客。她和哥哥姐姐的奖状都被母亲保存着，意在让他们明白这个家庭很看重这些东西。高中时，科尼娅加入了学生会，还在一个为年轻女孩提供辅导的小组担任志愿者，毕业时的绩点为 3.8，在班中排名第五，还当选了那年的返校日皇后。她决心上大学，并接受了当地一家非营利组织的大学报考指导。这家名为"以服务面向我们人民的优先选择"（Targeting Our People's Priorities with Service，TOPPS）的组织，带她参观了各所大学，还帮她准备入学考试。"教育对我来说很重要，"科尼娅说，"尤其是我有儿子了……怎么说呢……我别无选择，只能让自己有所成就。"

儿子出生三个月后，科尼娅便找了一份工作，一边在杂货店当收银员，一边继续读高中。四个月后，她就成了收银组组长，负责管理整个商店的账簿。

"我基本上为自己建立了一个系统，"科尼娅说，"学校就是学校，回到家后一切都绕着儿子转，必须工作的时候就好好工作。"为了省钱，她一直和父母、姐姐住在一起。没过多久，她又在当地一家银行找到了一份更好的工作，有了健康保险。她每天把 2 岁的儿子送到日间托儿所，接孩子的工作则由她在建筑行业工作的男朋友负责。他们的儿子已经认识了大部分字母、颜色和基本的数字，所以老师正推荐他参与一个面向幼儿的高级课程。科尼娅自己拿到了佩尔助学金，正一边在银行上班，一边在网上攻读大学学位。

在养孩子这件事上，科尼娅承认，她能挺过来是因为有很多人帮她——尤其要感谢她经验丰富、疼爱外孙的父母。"我确实得到了很多支持和帮助，这是让我坚持下去的真正原因。"她说，"全家人都在帮我。"

格林一家起初向着好的方向发展，后来因家庭破裂等原因陷入了困境，而科尼娅走的路则正好相反。她出生时并不具备任何社会优势，但依靠着强大的家庭支持，现在不但有了自己的小家庭，有了一份工作，而且还要准备上大学。很多人都相信她一定会成功。

第十六章
两颗真心的结合

爱并不因瞬息的改变而改变，
它巍然矗立直到末日的尽头。
我这话若说错，并被证明不确，
就算我没写诗，也没人真爱过。

——威廉·莎士比亚《十四行诗 116》

我们在亚姆希尔的邻居戴夫·佩珀喜欢随身带枪，曾七次无家可归。他 12 岁开始喝酒，后来像格林家和克纳普家的许多孩子一样，也从高中辍学。17 岁时，他被严厉的父亲赶出了家门，加入海军后，又因吸食可卡因被开除。他曾在一家炸药厂上班，但因为到处寻欢作乐，很快就花光积蓄，失去了汽车和房子。在一个风雨交加之夜，饥肠辘辘的戴夫来到父母家门口时，浑身上下都已湿透，看上去十分凄凉。

"我能在这儿住一宿吗？"他问前来开门的妈妈。

父亲听到他的声音,从另一个房间吼道:"告诉那个小王八蛋不行。这一切都是他自作自受!"

关上门之前,妈妈给了他50美元,让他去基督教青年会旅馆。他在那儿找到一张便宜的床,继续与酒精和毒品——包括可卡因、海洛因和冰毒——做斗争。24岁时,戴夫结了婚,有了女儿塔拉,但他并没有因此而停止酗酒和吸毒。第一段婚姻破裂后,他开始和阿普丽尔·西蒙斯交往。这个当时还不到20岁的姑娘在一定程度上抑制了他的恶习。戴夫在克里斯多夫农场附近建起了自己的犬舍——拉姆肖恩寄宿犬舍。他一周工作七天,有很强的职业道德,不但很会跟狗打交道,也很讨狗主人的喜欢,犬舍看起来很有发展前途。

我们在成长过程中,一直以为婚姻就是玫瑰花、情人节、巧克力和白头偕老,但实际上,婚姻也是一种社会和经济制度,不仅有利于孩子,也有利于父母自身。有证据表明,婚姻对男性来说尤为重要,妻子有时扮演的几乎就是缓刑监督官的角色,可以引导丈夫远离危险行为,将他的注意力转向工作和育儿。这个说法可能听起来甜得发腻,或者过于传统,但研究人员发现,降低男性罪犯累犯率的有效因素之一正是稳固的婚姻。2018年的另一项研究发现,与黑人男性的成功最密切相关的因素之一也是婚姻:已婚黑人男性中有70%属于中产阶层,但这个比例在从未结过婚的黑人男性中只有20%。[1]

事实证明,已婚家庭对社区也有好处。哈佛大学经济学家拉杰·切蒂(Raj Chetty)及同事开展了一个名为"机遇地图集"(Opportunity Atlas)的大型项目,主要研究一个社区中哪些因素与阶层向上流动有关。不出所料,越富裕的地区,孩子的表现越好,而大学毕业生更多、就业率更高、考试成绩更好的社区也是如此。但与阶层向上流动相关性最高的一个因素,还是社区中双亲家庭的比例。这可能是因为双亲家庭所在的地区有更多社会资本,男孩们有更好的榜样。[2]

阿普丽尔虽然和戴夫生有一女(名为布里安娜),但因为他的酗酒问题,以及担心他的债务会影响她自己的信用评级,所以一直不肯嫁给他。与此同时,戴夫努力在工作和酗酒之间取得平衡。他因四次酒驾被定罪后,政府在他的卡车上安装了呼气式酒精检测仪,致使他在一段时间内必须通过吹气测试,才能启动汽车。后来,戴夫想出了一个应对办法:在检测仪上接了一根 15 英尺长的软管,把清洁的空气推入后,汽车就能启动了(政府已经改进了装置,这种做法现在行不通了)。戴夫和阿普丽尔把全部积蓄都投在了房产和犬舍上,早已债台高筑,所以他们的全部希望都寄托在了戴夫少喝酒,好好经营犬舍之上。

2003 年,戴夫接到了所有父母都不愿接到的电话——年仅 18 岁的塔拉在一场车祸中丧生。她的男友驾车失控,突然转向迎面而来的车流,二人当场死亡。当时,塔拉刚从高中毕业不久,正准备在秋天到来时去上大学。"她那时一切都正顺风顺水呢。"我们坐在戴夫家里,听他有些哽咽地回忆这些。他的犬舍就在家的旁边。

塔拉的死令戴夫悲痛欲绝。"我都不知道怎么形容那种绝望。我开始没命地喝酒,"他回忆说,"那个时候真的什么都不在乎了。"喝醉后,戴夫有时会暴怒,用拳头砸墙。一看到他失控,阿普丽尔便会带布里安娜去朋友家过夜,因为她不想让女儿看到父亲喝醉酒或有暴力行为。一个星期有三四个晚上,阿普丽尔都会带着女儿逃出家门。戴夫的犬舍也越来越不景气。看样子,他不但可能失去生意、房子,还有可能失去女朋友和仅剩的这个女儿。

他们俩接受了家庭咨询，但似乎没有多大用处。为了不让他买酒，阿普丽尔把家里所有的现金、支票本都带在身上。戴夫把可回收的瓶瓶罐罐拿到商店换现金买酒，她只得把家里任何可以退还的东西都清理掉了，甚至连散落的零钱都没有。

于是，戴夫开始在科夫奥查德的杂货店赊酒喝。阿普丽尔去过店里，恳求店主不要让戴夫买酒，但没有用。戴夫来过我们家的农场好几次，问尼可父母能不能借他点钱。他们给了一点钱，但很内疚，担心他又去买酒。

2005年11月的一天，戴夫喝了一整天的酒，用他自己的话说就是，已经"烂醉如泥"了。酒喝光后，他便开车去杂货店买，还去加油站加了油。就在他准备离开时，迎面撞上了另一辆车。司机报了警，警察逮捕了戴夫，把他送进了县监狱。

"你毁了我的生活！"戴夫在警车后座上对警察喊道。虽然当时他的脑袋迷迷糊糊的，但他其实很清楚，根据严格的处罚规定，第五次酒后驾驶可能会被定重罪，最高刑期是在州立监狱服刑18个月，加上终身吊销驾驶执照。

"佩珀先生，你的生活并没有毁掉，"警官平静地回答，"一切都会好起来的，只是你现在看不到。"

戴夫对警察大叫道："我要把你带回我家，把你的四肢拴在我的四匹马上，然后使劲抽打那些狗娘养的，一直抽到我这两条胳膊累得掉下来！"

阿普丽尔接到警察的电话，说戴夫被捕了。盛怒之下，她让戴夫在监狱里待了一宿，没有立即把他保释出来。第二天早上，戴夫清醒过来，穿着蓝色的囚服坐在里面时，既害怕又懊悔。他心想自己将失去一切。阿普丽尔会怎么做？这次她会永远离开吗？就在那一刻，戴夫决定戒酒，以求挽救自己的婚姻和事业，留住女儿。

第二天早上，阿普丽尔去监狱给戴夫交了保释金，然后两人进行了一次艰难的谈话。律师建议戴夫参加一个住院康复治疗项目，向法庭展示他戒酒的决心，但这个项目花费高昂，而他又没有医疗保险。阿普丽尔倒是通过工作获得了医疗保险，但他俩不是法定夫妻，所以戴夫无法从她的保险中获益。他不清楚怎么才能得到治疗。

就在那时，阿普丽尔做了一件非同寻常的事。戴夫被捕三周后，她嫁给了他——这样戴夫就可以享受她的凯泽医疗保险了。戴夫参加了一个费用为三万美元、为期一个月的住院康复项目。在他治疗期间，阿普丽尔请了假来管理犬舍——尽管伴侣不太值得信任，但她还是挺身而出，拯救了他。

2006年，到了开庭日，戴夫已经顺利地从康复中心毕业，戒了酒，并承诺不再碰酒精。法官决定暂予监外执行，他不用坐牢，但有四年的缓刑，其间必须佩戴电子脚镣。法官还吊销了他的驾照，并命令他向被他用马威胁过的警察道歉。

前面曾经说过，回过头看的话，其实保守派强调家庭结构的重要性是有道理的。但在小布什执政期间，保守派曾试验过各种巩固婚姻和家庭的策略，比如婚姻宣传，但都无济于事。保守派似乎还忽视了两个破坏美国家庭、尤其是低收入社区家庭的关键因素。

第一个因素是大规模监禁。自1970年以来，被监禁的人数增加了7倍。监狱系统将囚犯送到离家很远的地方，家人很难探视，这种惯常做法增加了家庭的压力。此外，从监狱打来的电话收费过高，给囚犯与其家人之间又设置了一道障碍。

第二个因素是高薪蓝领工作减少，而工会力量被削弱、最低工资又未能跟上去，更是加剧了这一趋势。从很多方面来看，婚姻都是一种经济制度。自 1970 年以来，没有大学学历的美国男性经历了实际收入的下降后，结婚率也有所降低。事实上，麻省理工学院经济学家戴维·奥托及同事发现，当贸易竞争严重影响到某些地区，并降低了男性就业率时，结婚率会下降，非婚生子女和贫困儿童的比例会上升。劳动力市场决定了婚姻市场。结婚率的下降并不是因为工人阶层男女对婚姻不屑，而是因为社会和经济政策降低了低收入男性作为婚姻伴侣的吸引力。[3]

此外，许多家庭也因为没有带薪育儿假而遭到破坏——除了美国，全世界只有七个国家不提供这种待遇。一些证据表明，带薪育儿假可以提高母乳喂养率，降低婴儿死亡率，降低产妇产后抑郁症发病率，并让父亲更多地参与到孩子的生活中。

即使提倡婚姻不起作用，其他一些替代策略被证明了可以稳固家庭结构，比如提高最低工资或提供工资补贴（如收入所得税抵免），也能提高男性的结婚率。[4] 或者职业学院为高中生提供职业培训，通过帮助年轻人找到工作，提高参与者的结婚率。有些项目让低收入家庭的孩子住进更好的社区后，也提高了他们的结婚率。

当然，促进人们结婚的最有效策略还是计划生育。如果女孩在 17 岁时避免怀孕，就更有可能在 20 多岁时结婚，并在双亲家庭抚养孩子。在 30 岁以下的单身女性中，大约 70% 的怀孕都属于计划外。[5] 通过帮助这些女性进行计划生育，我们可以改善她们及其孩子未来的生活。

然而在某种程度上，堕胎政策上的政治博弈累及了计划生育的名声。即便是"第十条"这样提供避孕措施、与堕胎无关、得到两党支持的项目，自1980年以来也失去了三分之二的资金（扣除通胀因素后）。

戴夫·佩珀在俄勒冈州亚姆希尔经营的犬舍里干杂活。戴夫在妻子的大力帮助下戒掉了酒精和毒品，现经营着一家非常成功的企业。（琳西·阿达里奥 摄）

从康复中心出来后，戴夫·佩珀的生活发生了改变。除了滴酒不沾，他还戒掉了15年来每天两包烟的习惯，并把精力全都投入犬舍的经营上，努力争取新客户，甚至扩大了规模。狗主人们也注意到了他的变化——其中一些甚至还是大老远把宠物送过来的。戴夫有了不错的收入，不但能养活阿普丽尔和布里安娜，还拿出一部分钱翻新了房子，在后面加了一个天井和一个热水浴缸。

2018年，也就是在被定罪十年后，戴夫顺利地向法院提出申请，拿回了驾照。现在，他会和阿普丽尔开着他们的新船，到附近的哈格湖过周末。后来，他又在房子前面修了一座泳池。布里安娜高中毕业后找到了一份不错的工作，是给狗狗做美容；她和我们的女儿是非常好的朋友。当布里安娜开始和一个来自波特兰的黑人约会时，我们很想知道戴夫这个保守派的特朗普支持者会作何感想。"我承认，一开始我确实花了点时间适应，"戴夫说，"但他是个好人，对布里安娜很好。我真的很喜欢他。"

戴夫说，那天晚上被捕反倒成了一件好事："被捕救了我的命。如果我一直喝下去，我早就已经死了。"他的职业道德和戒酒的决心确实值得称赞，但更幸运的是，他遇到了阿普丽尔，并拥有了一个愿意拯救他的家庭。

第十七章
我们食子

如果我们不利用美国巨大的资源来消除贫困，让所有上帝的孩子都有基本的生活必需品，美国就会下地狱。

——马丁·路德·金博士

加里·克纳普没法再向迪伊开枪，因为他早就死了。除了最小的基伦，他的孩子们也都死了。现在轮到加里的孙辈来接受挑战，因为他们也在与毒品、酒精和法律做斗争。基伦认为这是个家庭魔咒，但更确切地说，是每一代人都继承了上一代人的劣势。

我们总以为小孩子有可塑性和适应力，但他们也可能会像飓风中的春花一般脆弱。作为一个社会，我们谴责"流氓""暴徒""恶棍"，但事实是，我们经常在问题孩子辜负我们之前就已经辜负了他们。在美国，每年死于虐待和忽视的儿童要比死于癌症的儿童还多。[1] 每有一名儿童死亡，就有数千名儿童被伤害、强奸或者残忍地虐待。数以百万计的孩子经历的创伤，不但会伤害他们，还会瓦解社会结构，可我们常常视若无睹，等出了问题时，倒反过头来责怪孩子。有些物种有食子行为，事实证明，我们也是其中之一。

因为目睹过家人的经历，基伦的儿子没有走上吸毒之路，还用基伦寄给他的钱上了一段时间的大学。他高大强壮，找到了一份电工的好工作，似乎前途无量。但可惜的是，就像他那个圈子里的很多人一样，他也性格冲动，有暴力倾向。基伦解释说："和他在一起的女孩，经常会跟墨西哥毒贩鬼混。"这激怒了他的儿子。"他喝醉后，拿着0.45英寸口径手枪，朝车道上那些该死的汽车开枪，并告诉他们：'滚出城去，离我女朋友远点。'"警察赶到后逮捕了这个年轻人，现在他还在牢里。

来自神经科学、心理学和经济学的证据表明，帮助美国儿童的关键窗口期是在5岁前，部分原因是如果在混乱和贫困的环境中长大，他们的大脑往往会遭受终身性损伤：长期暴露在毒性压力下时，大脑中就会被一种叫皮质醇的应激激素充斥，导致大脑解剖结构的改变。同行评议研究发现，经历过严重逆境的5岁儿童前额叶皮质通常较薄，因此冲动控制、情绪调节和工作记忆较差。[2]

考虑到美国药物滥用的规模，大量儿童在出生前接触药物也是一个不可避免的事实。在西弗吉尼亚州出生的儿童中，近五分之一曾在子宫中接触过毒品或酒精。研究虽然没有定论，但确实发现他们在以后的生活中更容易受到物质滥用的影响。[3] 我们现在有一个术语来描述这些童年创伤和毒性压力——童年不良经历（adverse childhood experiences，ACEs），包括身体虐待、父母离婚，或者与酗酒者同住等。很多成年人都有过一种童年不良经历，八分之一的人有四种或更多。尽管 ACEs 发生在童年期，却会在成年期引发问题：有四种童年不良经历的人患成人抑郁症的概率会增加460%，自杀的概率会增加1220%。[4]

美国在帮助危险儿童上非常短视，而其中最令人恼火的一个因素是，政客们经常坚称没有资金用于社会服务。但之后，他们似乎又能找到资金来支付监狱的费用。共和党议员不想为低收入女性支付500美元的宫内节育器费用，但愿意为生育医疗补助支付1.7万美元。他们不想花钱减少铅中毒，但愿意为未来数年内的特殊教育课程买单——皮尤研究中心的一项研究发现，在减少铅中毒的大规模努力中每投入1美元，就能为以后节省17美元的公共资金。

事实上，我们有一些最成功的国家政策正是针对危险儿童的。自1991年少女怀孕数值达到当代峰值以来，我们已将其降低了67%。[5] 自2011年以来，我们将高中毕业率提高了5%。[6]但是，我们往往对行之有效的策略投入不足，而这种短视的代价就是功能失调被传给下一代，付出了巨大的人力成本和公共开支不说，还反过来责怪受害者。

乔治·B.凯泽是美国问题儿童项目最重要的倡导者之一。他是俄克拉何马州塔尔萨的一名亿万富翁，家人逃离纳粹德国后，他先是涉足石油行业，后在银行业赚了大钱。身材瘦削、头发花白，已经是古稀老人的凯泽告诉我们，看到有关早期干预可以打破贫困循环的证据后，他深受感动，并得出了一个结论：为儿童创造机会对于提供基本的公平生活而言至关重要。

"新生儿不该对其出生环境负责，但环境在很大程度上决定了孩子的命运，"他说，"从根本上讲，这似乎很不公平。"凯泽用他的财富资助了一些实验项目，使塔尔萨成为一个令人惊奇的红州实验室，用证据驱动的举措打破贫困循环。他的乔治·凯泽家族基金会扶持了塔尔萨的"女性康复计划",帮助丽贝卡·黑尔摆脱了毒品;另外一个重点是帮助儿童,因为这个方面的影响最大。他补充说,相比出生在悲惨环境中的孩子,美国富裕家庭的孩子拥有巨大的优势,这是"绝对且完全不公平的"。

"成功人士倾向于相信或者愿意相信他们是凭借自身的主动性、自律和智慧取得了人生中的成就,这些品质都是他们自己培养出来的。"凯泽说,"但我倾向于认为,我们能取得今天的成就,很大程度上是因为走了'狗屎运',以及沃伦·巴菲特所说的——'中了卵巢彩票'。"

尼可的同学法伦·克纳普没有享受过父亲的爱,所以想努力做一个有爱的父亲。家里做饭打扫的事大多由他来做。"每逢节假日,我都会给他打电话,问他在干什么。"迪伊说,"他会回答,'妈妈,我正在往火鸡肚子里塞填料,它滑到水槽里去了!'"他会和女儿安布尔和安德莉亚进行坦诚的长谈,会跟她们开玩笑,带她们去钓鱼。他取笑说安德莉亚是个"懒虫",因为她在凌晨4点被叫醒去钓鳟鱼后大发了一顿牢骚。法伦憎恨自己的父亲,曾发誓要杀死他,而法伦的女儿们却把自己的父亲当偶像崇拜。

不过,这些女孩仍然是在酒精和毒品的诱惑下长大的,比如在安布尔的一张婴儿照里,你就可以看到背景中有一盘可卡因。尽管法伦很爱女儿们,但家里的气氛和他长大的那个家一样凄凉,因为他和妻子经常发生激烈的争吵。

安布尔回忆道:"我和妹妹之所以知道他将死于艾滋病或丙型肝

炎，部分原因是妈妈会对他说：'去挖你的坟，去死吧，艾滋小子。'"但其实，尽管他患有艾滋病和丙型肝炎，但他最终的死因却是喝酒导致的肝衰竭。安布尔说，面对这样的谩骂，法伦有时不会还口，有时会动手反击。父母发生口角时，安布尔就会捂住安德莉亚的耳朵，做一个保护妹妹的姐姐。

七年级时，安布尔和英俊的八年级男孩尼可拉斯·鲍曼成了朋友，他母亲是个单身妈妈。对于接下来发生的事，克纳普家最常见的说法是：安布尔和尼可拉斯开始约会，其间有一次，他们开始谈论各自的家庭。

"我爸爸叫法伦。"安布尔说。

"真的吗？我爸爸也叫法伦。"尼可拉斯打断她的话。

他们很困惑，决定第二天每人带一张父亲的照片来学校，结果发现原来他们是兄妹。不过，据尼可拉斯和安布尔所说，他们只是好朋友，并不是恋人。尼可拉斯说自己从未见过父亲，但知道他叫法伦·克纳普。他也知道安布尔姓克纳普，但从没有多想，直到听说她父亲叫法伦之后才产生了怀疑。第二天在学校，尼可拉斯把安布尔拉到一边，给她看了自己拥有的唯一一张父亲的照片。照片里的法伦只有18岁。

"你认识这张照片里的人吗？"他问。

"不认识。"安布尔直截了当地回答。

"好好看看，"尼可拉斯催促道，"认识吗？"

"有点像我叔叔基伦，"她含混地回答。可把照片翻过来后，她看到了一个潦草的签名——法伦。她惊得下巴都快掉了。

"你爸爸有没有说过你有一个哥哥？"尼可拉斯问。

安布尔一度和同父异母的哥哥成了好朋友，而法伦也努力和他十几岁的儿子建立关系。后来，尼可拉斯·鲍曼加入了海军，获得了大学学位，在私营企业找到了一份好工作。他代表的是一条成功之路，一条克纳普家的孩子们本来也可以却没有一个人走的路。

安布尔高中毕业后租了一间公寓，把 15 岁的安德莉亚接过来，给了她一个更稳定的生活环境，并鼓励她继续读高中。就这样过去了几年。有一段时间，两个女孩似乎成功了：高中毕业后，漂亮、聪明、有才华、富有创业精神的安德莉亚结了婚，开始做房地产生意。但就在这个女孩的事业蒸蒸日上之时，父亲死了。两个女孩伤心欲绝，安德莉亚开始狂喝滥饮，健康状况越来越差。基伦说："她把自己喝死了。"2013 年去世时，安德莉亚只有 29 岁。

安布尔似乎是克纳普家年轻一代中最有可能成功的一个。作为克纳普家的第一个高中毕业生，她在一家电信公司从事数据库管理的工作，并负责培训员工使用计算机系统。安布尔展现出了高超的智慧和能力。聊天过程中，她的聪慧和出色的交际能力给我们留下了深刻的印象。她沉着冷静、口齿伶俐，你要以为她是律师或业务经理也毫不为过。安布尔后来又参加了社区大学的计算机课程，借此在信息技术领域找到了一份工作，并很快就在该领域干得如鱼得水了。

"幻灯片演示，数据表、图表和矩阵分析，都是我喜欢做的事，"她告诉我们，"导入和导出数据，放在幻灯片上，向高管们展示公司在各个领域的运营情况，以及有多少钱逾期未付或未开具发票。"她补充说："我赚了很多钱，有一份特别好的工作，特别好的福利，什么都有。"她结了婚，生了两个孩子，而且她还是克纳普家的"稀有品种"——唯一不吸毒的人。她在公司里干得越来越好，似乎一度打破了克纳普家的魔咒。

但每当压力过大时,旧的模式又会复活,童年的创伤会再次浮现。父亲去世后,安布尔悲痛万分,曾恳求医生给她开赞安诺等抗焦虑药。这些药确实有帮助,但也让她产生了依赖。药吃完后,她到处找替代品,然后人生中第一次吸食了冰毒。那年她32岁。

"我这辈子坚决反对毒品,"她回忆道,"我憎恨毒品,亲眼见过毒品给所有人带来的影响。我父亲是个制造冰毒的瘾君子,他失去了一切。你会以为这足以让我永远不碰毒品。"可停用抗焦虑药后,安布尔发现自己开始身体不适,变得焦虑、抑郁,无法入睡。她渴望减轻痛苦,而冰毒暂时起到了这个作用:"它让我感觉好点了,让我摆脱了抑郁,让我成了一名超级妈妈。"安布尔以为自己想明白了。

"在你的潜意识里——大多数瘾君子也都会这样告诉你——你不认为自己会是那个失控的人,"安布尔无奈地说,"你不认为它会消耗你的生命,而是觉得你会成为一个功能正常的吸毒者。"

但结果是,安布尔上瘾了,并且很快就成了监狱的常客。后来,她因持有海洛因和冰毒的重罪被判了刑,失去了工作,失去了健康保险,也无法参加她需要的药物治疗项目。因为毒品重罪,出狱后的安布尔没能找到工作,最终失去了驾照,婚姻破裂,连两个孩子也被送进了寄养机构。又进了一次监狱后,安布尔戒过一阵子的毒,还跟高中时的男友生了第三个孩子(一个儿子)。她本以为有了这个孩子后,自己可以远离毒品,但没成功,最终这个孩子也被带走了。

"我失去了一切,"她告诉我们,"事情发生得很快。"

为什么会变成这样?部分原因当然是她做出了糟糕的选择,但研究也表明,无论是从遗传学还是从表观遗传学的角度来看,成瘾行为都是可以遗传的，[7]所以作为一个有药物滥用问题的人的女儿和孙女，安布尔很容易受到危害。安布尔和安德莉亚这种在混乱家庭中长大的孩子，在成长过程中很容易经历功能失调、虐待、离婚、精神疾病、忽视、经济困难，或者被成瘾者抚养，而这些都是典型的童年不良经历。研究人员发现，毒性压力会损害儿童的大脑发育，导致更低的教育水平，甚至在几十年后导致更高的失业率、更贫穷的境况，心血管疾病、肺病、肝病、成瘾、精神疾病、早亡的概率也会上升。美国疾控中心的数据显示，2008 年儿童创伤和儿童期不良经历给社会造成的医疗护理、特殊教育、社会福利和刑事司法等方面的总支出为 1250 亿美元，而生产力方面的损失就更大了。

正如克纳普一家的故事所表明的那样，如果没有好的政策来支持危险儿童，不只是孩子们，整个国家也会付出巨大的代价。有几项研究发现，儿童贫困会造成医疗、犯罪、监狱、福利支出的增加和收入的减少，每年给美国带来 10000 亿美元的损失，平摊到每家每户的话，大约是每年 8000 美元。很多研究人员还发现，每投入 1 美元用于减少儿童贫困，就能为国家节省至少 7 美元。[8]犯罪是儿童忽视引发的后果中代价最为高昂的一个，据研究人员估算，一起凶杀案的经济成本是 300 万美元，甚至更高。[9]要知道，5% 的人口导致了美国一半的犯罪，[10]所以少数功能失调和被忽视的年轻人会让社会付出巨大的经济和情感成本——目前，许多贫困家庭的孩子往往会被引向犯罪，而非大学。

英国流行病学家理查德·威尔金森（Richard Wilkinson）和凯特·皮克特（Kate Pickett）夫妇对这个问题进行了细致的研究，指出"不平等影响的不只是贫穷的少数人,而是绝大多数人"。但持怀疑态度的人不赞同这个说法,他们认为,社会存在的最重要的问题不是不平等,而是穷人的绝对收入水平,这才是我们应该着力改善的。然而,不平等本身似乎与社会结构的破坏有关——而且不仅是对穷人而言。威尔金森和皮克特发现,更平等的社会不只会让穷人受益,中产阶级或者富人也会过得更好,活得更长,面对的暴力更少,后代也更有可能茁壮成长。而在不平等的社会中,暴力犯罪率和监禁率更高,经济产出更低,不满情绪更大,精神疾病发病率和婴儿死亡率要高出2倍到3倍,青少年生育率、监禁率和凶杀率要高出10倍,最终降低整个社会的福祉。[11]

2017年,美国疾控中心发现,近32%的高中生报告了自己在过去一年中有过持续悲伤或绝望的情绪。此外,17%的高中生称自己曾在过去一年中想过自杀。许多人认为,自杀是无法阻止的,有人想自杀的话,早晚都会成功。但这个说法不对。美国军方曾细致研究过一些策略,发现它们可以把自杀风险降低约50%。其他研究人员则发现,一些针对问题青少年的自杀预防项目更是大幅降低了自杀率。这类策略的主要内容是帮助人们制订危机计划,让他们在产生自杀念头时可以向特定的人寻求帮助;同时给年轻人提供心理咨询,帮助他们解决问题。康涅狄格州曾推行过一个名为"SOS"的反自杀项目,结果发现相比对照组,被指定参加该项目的九年级学生,企图自杀的可能性降低了64%。[12]

我们不敢打包票这些项目一定能成功,但安布尔和安德莉亚如果在幼儿期就接受过专业干预,后来很可能会有更好的发展机会,因为在那个时期,她们的大脑更容易建立积极的神经连接,促进她们的健康发育。专业干预的目的是与家长和孩子共同努力，使家庭少一些混乱和暴力，营造一个更加适合孩子成长的家庭环境。此外，指导父母读书给孩子听，给孩子灌输耐心、合作、自我克制的精神、解决冲突的技能，同样具有良好的效果。

八年前，一项在弗吉尼亚州里士满市进行的研究发现，大量被学校开除的学龄前儿童曾遭受过早期创伤。里士满的教育者们猜测，破坏性行为的诱因很有可能是童年的不良经历，所以就向训练有素的临床儿童心理学家凯西·瑞安（Kathy Ryan）求助，最终创建了圆圈幼儿园（Circle Preschool），为那些有过不良经历的儿童提供心理治疗。经过专门训练的教师会使用游戏疗法来治愈孩子们的创伤，每周还会对家长进行辅导。现在，瑞安正参与创立一个教师培训机构，作为推广该方法的第一步。在我们访问期间，教室里的孩子们正在安静地做游戏。"我们跟他们交谈的方式，比你通常在学校里听到的那种要平静得多，"瑞安说，"我们希望帮助他们找到一种合适的声音，来谈论他们的内心世界。"

圆圈幼儿园一次只能招收八名儿童，所以这是一个非常昂贵的干预项目，但其结果也确实令人惊叹。比如，我们去的时候碰到了一个小男孩正在安静地玩一列很大的玩具火车。他叫杰伊，由叔叔蒂莫西做监护人。可就在几年前刚刚被蒂莫西和妻子丽贝卡收养时，他还是个愤怒的孩子，经常大喊大叫，撞倒椅子，朝老师和参观日托中心的老太太扔东西。在餐馆就餐时，他会乱扔玩具，所以要想带他和夫妇二人的另外两个儿子一起出门是一件非常困难的事。2018年9月，杰伊上了圆圈幼儿园，四个月后，他变成了一个活泼、幽默、可爱的孩子。丽贝卡说："我看到他在包括行为在内的各方面都有了很大变化，太神奇了。"蒂莫西的语气更坚决:"简直是一百八十度大转变。"

针对问题儿童研究最多的干预措施是一些早期儿童项目,比如"佩里学前项目"(Perry Preschool Project)和"家庭连接达勒姆"(Family Connects Durham)。结果证明,这些项目具有深远且有益的影响。一个名叫"阅读为医嘱,童书为处方"(Reach Out and Read)的项目更为简单,就是儿科医生在看诊时"开"出阅读处方,并免费分发童书。该项目的费用十分低廉,每个孩子每年只需20美元,成效却很显著,许多家长给孩子读的书都比之前多了很多。但可惜的是,其他国家在打造他们的幼儿教育计划时,美国却落在了后面,比如在4岁儿童参加幼儿教育项目的比例排名中,美国在36个经合组织国家中排第34位。

儿童拥有一种或两种不良经历是很常见的事,但那些拥有三种或三种以上不良经历的儿童,极有可能会面临学业失败、出现心理问题和药物滥用的巨大风险。安布尔和安德莉亚就是童年不良经历受害者的典型代表,但现实是,只有4%的儿科医生会对儿童进行不良经历的筛查。[13]

娜丁·伯克·哈里斯(Nadine Burke Harris)博士正试图改变这一现状。作为加州首任卫生局局长,她正在领导以证据为基础的全国性干预方案的开发,其中一些还涉及了测量生物应激反应的生物反馈传感器,以及监测脑电活动的神经反馈。哈里斯博士发现农村是加州童年不良经历的高发地区后,发起了一项公共教育运动,迄今为止已向3100万家庭普及了有关童年逆境的知识,让他们了解了童年逆境如何损害人体健康,又该如何治愈。甚至连著名的儿童节目《芝麻街》也参与其中,为遭受过创伤的孩子制定了一系列应对策略,比如让饼干怪兽学习呼吸练习，让自己的情绪平静下来。加州的一项新法律规定，全州范围内都要进行童年不良经历筛查——其他州都应效仿这种模式。

"我不想用气泡膜把我们的孩子包裹起来，给予他们无微不至的呵护……而是想帮助我们的小家伙走遍天下，了解如何接受挑战。"哈里斯博士说，"作为一个国家，我们面临的一大问题是：美国是否还会继续为每个人都提供机会？"

美国大约有1300万儿童生活在贫困中，而且从现金收入来看，其中约有200万人甚至应当属于"极端贫困"——国际贫困线标准为人均日收入不足2美元。如果他们生活在刚果或孟加拉国，一定会被归为极端贫困人口，但他们生活在美国。我们不想夸大这种对比，毕竟刚果儿童通常得不到食品券，也无法去医院的急诊室就诊或者到教堂食品分发处和施粥处得到食物。但令人震惊的是，根据官方定义，即使按照孟加拉国的标准来看，一些美国儿童也属于极端贫困人口。美国出现极端贫困儿童的频率远高于其他发达国家（德国几乎没有）的原因，在一定程度上要归咎于1994年的福利改革。改革的目的原本是要打击游手好闲的成年人，最终却切断了一些家庭的福利，对他们的孩子造成了毁灭性影响。[14]

福利政策很复杂，善意有时会产生意想不到的后果。[15]不过还是有一些行之有效的可以帮到孩子们的方法，比如家访或幼儿教育项目。针对老年人的反贫困计划已经取得了巨大成功，自20世纪60年代中期以来，生活在贫困线以下的老年人骤降了三分之二。有些时候，我们花在某个八旬老人住院治疗上的公共资金，要比一个儿童完成全部教育所需要的钱还多。所以，让我们直言不讳地承认吧：美国作为一个国家，犯有儿童忽视罪，而我们之所以这样对待孩子们，主要原因就是他们无法投票。相比之下，其他国家会为有子女的家庭提供家访、带薪家务假和每月现金补贴，以减少不利因素。

诺贝尔经济学奖得主安格斯·迪顿携手普林斯顿大学教授安妮·凯斯对美国的"绝望之死"进行了非常重要的研究。迪顿表示，美国极端贫困的曝光，让他重新调整了自己的慈善捐赠方向。现在，他会更多地把钱捐给国内："数百万美国人正因物质贫困和健康问题而苦苦挣扎，他们的处境甚至比一些欠发达国家的人更糟。"[16]

多年以来，美国、索马里、南苏丹是世界上仅有的几个没有批准《儿童权利公约》①的国家——这实在令人难堪，但也很说明问题。而现在，情况又发生了变化：没有批准这个公约的国家只剩美国了。也许批不批准只是一个象征性问题，有些事却是真实到不能再真实了：美国的贫困人口中几乎有三分之一是儿童；在这个世界上最强大的国家里，每晚平均有11.5万名儿童无家可归。

既然安布尔和安德莉亚像很多有类似经历的人一样，也错过了获得帮助的童年窗口期，那还有什么方法可以帮助成年之后的她们吗？很多雇主通常会解雇那些陷入困境、耗费其医疗保险的员工，而不是送他们去治疗。但现在，雇主们的态度可能已经开始转变，部分原因是成瘾问题已经侵蚀到了工作场所。在2017年一项针对全国500家

————

① 《儿童权利公约》是一项旨在保护儿童权益，为世界各国儿童创建良好成长环境的国际性公约，于1989年第四十四届联合国大会第25号决议通过，1990年9月2日正式生效。

作为缓刑的一部分,安布尔·克纳普必须每隔一定时间就得拿酒精测试仪进行呼气式检测,以证明自己没有喝酒。一旁看着的人是她的女儿。(琳西·阿达里奥 摄)

大中型企业雇主的调查中,70%的雇主表示处方药的使用影响了企业的正常运转,比如会导致员工旷工,药检可能呈阳性,或者上班期间使用止痛药等。但调查也显示,相近比例的雇主说愿意帮助员工在治疗后重返工作岗位。[17]

39岁的安布尔·克纳普想从头再来。她正住在"中途之家"[①],所以我们约在了附近的公园见面。她随身带着一个呼气式酒精检测仪,

―――

① 亦称"重返社会训练所",是为有犯罪背景或吸毒倾向的人提供学习必要技能以重新融入社会的机构。

和我们聊到一半时，她按照预定时间对着那个检测仪吹了口气。她解释说，要是没有通过药检或呼气测试，她就要回监狱服刑 26 个月。

曾经做过公司经理的安布尔，现在却是一个与毒瘾做斗争的重罪犯。这种对比令她无地自容。她说自己的目标是创造一个五年的清醒纪录：不吸毒，不喝酒，不触犯法律。这会给她带来更多的工作选择，包括重返信息技术领域。

安布尔回顾自己过山车一般的人生，将其归因于童年的阴影。"当你在混乱中长大，经常在混乱中生活时，你的身体就会适应那种混乱。"她说，"为了让自己感觉正常，我其实有意在制造混乱。"

安布尔转向女儿，一个漂亮的 14 岁女孩，摇了摇头。"别吸毒，"她忧郁地对女儿说，"你比那些父母不是瘾君子的人更容易上瘾。"

离开安布尔时，我们心中充满了希望。她那么聪明，那么了解自己，或许还有希望把问题抛在身后，回到企业界，成为她立志要成为的那种母亲。我们因为照片和其他问题互发过几次信息，但有一天，她突然不再回复了。再后来，我们收到了她女儿回复的短信，得知安布尔因未通过药检而被捕，已经回到监狱，要再服刑两年。孩子们又开始走钢索了。他们不确定将来会怎样，而周围的世界又重新乱作一团。

第十八章
抚养问题儿童

> 你要如此行动,即无论是你的人格中的人性,还是其他任何一个人的人格中的人性,你在任何时候都应同时当作目的,绝不仅当作手段来使用。
>
> ——伊曼纽尔·康德

如果说美国也有特蕾莎修女那样的人,那她一定是安妮特·达夫,一个生活在阿肯色州派恩布拉夫镇的 64 岁妇女。穷苦的派恩布拉夫曾被称为"美国最危险的小镇",居民大多是穷苦的黑人。身材粗壮的安妮特现在踌躇满志,但她其实并不是一直清楚自己的使命是什么。她在高中时坠入爱河,怀了孕,16 岁时辍学,嫁给了开冰激凌车的 17 岁男友。

"当时我被迷得神魂颠倒",但好景不长。她丈夫的成长环境不太好,还吸毒,很难保住工作,而且性格相当霸道,后来还开始对她进行身体上的虐待。有一天早上,丈夫参加通宵派对后回到家,准备洗澡。正怀着第二个孩子的安妮特问了一句："你去哪儿了？"结果两人便吵了起来。丈夫在盛怒之下拽着她往墙上撞。安妮特担心自己和腹中的孩子，便抓起一盏很重的灯砸向他的头。丈夫倒在地上，血流不止，安妮特害怕得屏住了呼吸，以为自己杀了人。过了一会儿，丈夫才晕晕忽忽地站了起来，但对她来说，这段婚姻已经结束了。在他依然晕头转向时，安妮特带着孩子离开了那个家。

安妮特获得了特殊教育学位后，到一所公立学校担任弱势儿童老师，并成功地改变了这些孩子的生活。人们抢着把孩子送到她的特殊教育课堂，不再觉得这是什么丢人的事，而教育官员们也注意到了这一点。安妮特嫁给深受当地人爱戴的假释官小威廉·达夫后，两人开始一起帮助社区里的孩子，甚至还会把无家可归的孩子带回自己家。

但有一天，安妮特回家后，发现丈夫不知去哪儿了。她一个一个房间找，呼喊着他的名字，最终在浴室发现了已经去世的丈夫，死因是心脏病发作。安妮特在情感上和经济上都遭受了毁灭性的打击，但这也让她想到了自己的人生目标和她也终有一死的事实。所以，尽管当时有三个正在读书的孩子，但她还是辞去了高薪的正职，找到一座建于19世纪的破旧房屋，将内部拆掉，并在一名捐赠了木材和门窗的男子的帮助下，用自己的积蓄和一些捐款，创办了非营利组织"以服务面向我们人民的优先选择"（TOPPS）。虽然基金会和当地政府会拨一些资金，但TOPPS一直只能勉强维持运转。为了维持TOPPS的正常运转，安妮特有一次甚至不得不申请了个人破产。

在某种程度上，TOPPS算是一个课外项目，主要面向生活混乱贫困、放学后无处可去的青少年。每天下午，他们都会来TOPPS玩耍，也是来吃东西。正是在TOPPS的帮助下，戴维斯家17个孩子中最小

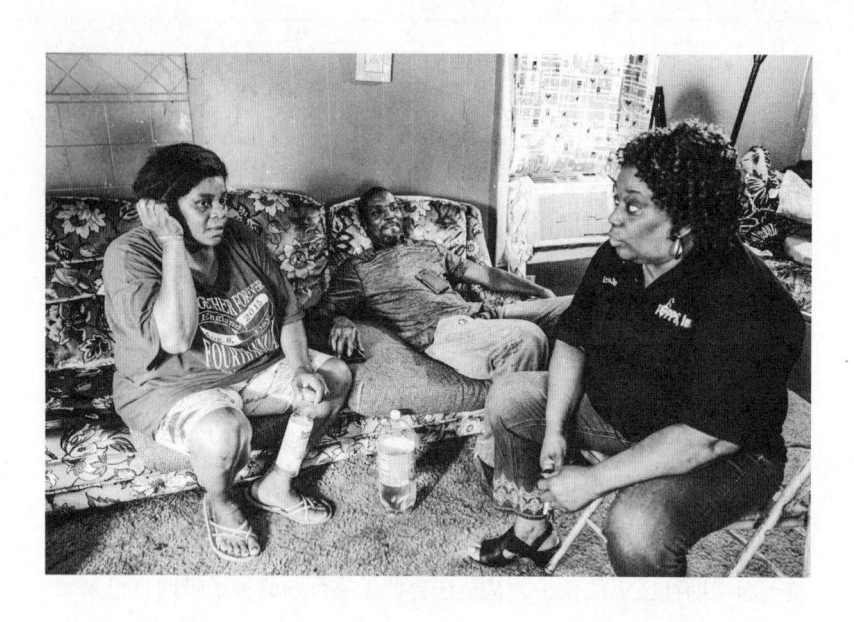

安妮特·达夫（右）带着食品来帮助孩子们，然后与项目中的一个家庭见面。这座房子里住着13口人。（琳西·阿达里奥 摄）

的科尼娅·戴维斯，才对大学有了更多的了解。也正是在TOPPS排队领取食物时，安妮特遇到了一个叫伊曼纽尔·拉斯特的9岁男孩。

可爱的伊曼纽尔是个体态轻盈的黑人男孩，留着整齐的发型，有着天使般的脸蛋和一双炯炯有神的眼睛，只有要吃的，就会扑上去。安妮特去过他家后，发现他母亲克里斯蒂娜吸毒成瘾，对伊曼纽尔疏于照顾。所以，安妮特就给他找了一些零活干，比如倒垃圾、打扫卫生、修剪灌木丛，并付钱给他，让他买东西吃。但多年来，伊曼纽尔和家人搬了很多次家——因为付不起房租，被房东赶了出去——经常是消失几个月后，才重新出现。在此过程中，他渐渐长成了一个瘦长、笨拙的少年。对于贫困的黑人男孩来说，这是一个很危险的年龄段。

伊曼纽尔 13 岁那年,安妮特第一次带我们去了他家。那是一座用白色木制护墙板搭建的老房子,有一个门廊和一扇没有锁也关不上的破门。安妮特解释说,这里是瘾君子们临时过夜的地方,人们会来这里购买和使用毒品——确实,整个房子弥漫着大麻味。屋子里很暗,百叶窗关着,窗帘拉着,家具和墙壁破败不堪,厨房的水槽里摞着一堆脏盘子——显然已有好几天没人碰过了。我们在房子里没看到任何食物。

"就饿着呗。"伊曼纽尔解释道。他身穿一件黑 T 恤,看起来像往常一样阳光。得知他的成绩基本都是 A 和 B 时,我们便问他长大后想干什么。他停顿了一下,满怀憧憬地说:"我想上大学。我要成为全家第一个上大学的人,然后当警察或消防员,或者法官。"但他承认,家里一本书都没有。

这个地区的帮派从事毒品交易,常常在男孩到了十三四岁时招募他们入伙。伊曼纽尔说,他没加入过什么帮派,但曾经因为在商店行窃被捕。"我不会那么做了。"他尴尬地说。他的朋友们都会随身带刀,但他说自己没有,反正目前还没有。

这时,他妈妈克里斯蒂娜出现了。安妮特·达夫向她介绍了一下我们。克里斯蒂娜已经被疖子和水疱毁掉了容貌。她说自己多年来一直在与毒品做斗争。她没上过几年学,连写自己的名字都费劲。我们问了一下水电的情况。克里斯蒂娜自豪地回答,她从没付过电费,可家里一直有电。

"这就是我为什么把比特犬养在后院,"她指着那条狗说,"它很凶猛。养它虽然费钱,但有了它,电力公司的人就不敢过来,也就不会断我们的电了。"除此以外，那条比特犬还可以用来对付那些讨债的人，因为克里斯蒂娜经常用分期付款的方式购买家具，但付完首期就不管了，等到商家派人来收回家具时，她就把狗牵出来，吓退那些人。

伊曼纽尔把我们带到他的卧室。那些瘾君子吸完毒以后就睡在前屋。他的卧室位于房子侧边一条昏暗的走廊旁边，离前屋有些距离，所以安全些。里面有一张漂亮的床和一个配套的五斗柜，不像其他地方那么脏，还有三台电视机——两台大的、一台小的。我们问这些电视机是怎么回事，伊曼纽尔解释说："那一台坏了。另一台随时都会

安妮特·达夫在阿肯色州的派恩布拉夫工作，居民多半是黑人。这里几乎没有好工作，像照片里这样的破房子很多。（琳西·阿达里奥 摄）

被他们收走。"

透过这个窗口,我们可以看到贫困制造出来的混乱矛盾的世界:三台电视机,一只比特犬,没有食物,杂乱无章。虽然美国的穷人可能有彩色电视机,也能去医院的急诊室看病,但预期寿命却和蒙古人差不多,遭遇凶杀的概率高于卢旺达,被监禁的概率则是世界之最。[1] 在我们的旅程中,无论是在白人社区还是黑人社区,无论是在城市还是乡村,我们都发现,在伊曼纽尔这样的孩子家中,生活的决定性特质是混乱、功能失调、绝望和危险。

安妮特·达夫的使命是培养伊曼纽尔这样的孩子,让他们留在学校、远离帮派和毒品,为危险儿童提供中产阶层家庭司空见惯的支持。她用食物、游戏、青年俱乐部和实地考察吸引孩子们来加入项目,尤其致力于指导没有父亲的男孩,为他们提供中产阶层男孩通常会从父亲那里得到的指导。辅导俱乐部会带领孩子们学习正确的坐姿,学会直视面试官的眼睛,教他们遵守时间,教他们打领带等有助于找到好工作的技能,还会引导他们讨论节育、酒精和约会,让他们明白该如何判断一个女孩是否愿意被亲吻——以及为什么亲吻一个不愿被亲吻的女孩其实一点都不酷。

安妮特的儿子迈克·达夫解释说:"我们教他们和女士牵手的正确方式,不能抓住她浑身上下乱摸。"他平时在达拉斯的联邦劳工部上班,但因为还要负责监督男孩们的辅导课程,所以不得不在两地间长途往返。我们来这里访问时,特朗普总统正在为他那些侮辱女性的下流言辞辩护,所以我们问小组里的几个男孩,如果他们当中有人发表那样侮辱女孩子的言论该怎么办。男孩们一个个目瞪口呆。

"那他会被罚做俯卧撑。"德文塔·布朗摇摇头,冷静地明确表示,这里的男孩才不会那样没礼貌。德文塔刚参加这个项目时还是个问题缠身的四年级学生，可现在，他不但成了这里的班长，还有着4.0的绩点，马上就要从高中毕业，步入大学校园了。

当然，事情并不会总是一帆风顺。刚开始时，安妮特得哄着伊曼纽尔·拉斯特每天来参加课外活动，并答应他每读一本书并写一篇读后感，就奖励他5美元。这样的奖励起初很有效，他也很热心参与，但没过多久，他就被喜好玩乐的朋友带偏了，在一家音乐商店偷CD时被当场抓住。伊曼纽尔似乎很后悔，发誓再也不偷东西了，之后的一段时间里还经常来参加活动，但在家人被房东撵走后，他又消失了。安妮特觉得自己好像在跟街头帮派进行一场争夺伊曼纽尔的拉锯战，但最后谁会赢，她也说不准。

安妮特全身心地投入TOPPS的工作中，并把项目据点搬到一个更大的地方。她每周七天都在工作，甚至还会动用自己的退休储蓄，在孩子们身上投资。她的家人也都参与了进来。女儿蕾切尔特辞去了小石城一家医院财务科的工作，来TOPPS做会计，并协调一些项目，比如每年10月的乳腺癌防治宣传活动。另一个女儿卡西是电脑专家，在TOPPS帮助管理一个图形艺术培训项目。在平时的上学日，安妮特每天要为大约300个孩子提供晚餐，在暑假期间，甚至要为700个人提供早餐和午餐。他们中的大多数都住在犯罪率很高的街区，不少房屋都被废弃或烧毁了。

最近，迈克·达夫在选举日到来前，找时间向那些已满18岁的年轻人介绍了如何登记投票，以及为什么非总统选举年的投票也要参与。迈克与150名TOPPS学生保持着密切联系，每月第几天就给第几组的五名学生发信息。

伊曼纽尔·拉斯特和他的母亲，与前景中的安妮特·达夫交谈，安妮特极力让伊曼纽尔远离帮派，去上大学。（琳西·阿达里奥 摄）

我们第一次见面两年后，也就是伊曼纽尔15岁时，我们再次遇到了他。他和母亲又搬了几次家，其间有一次房子失了火，包括家庭照片、学校证书、衣服、鞋子在内的物品全都被烧了。此时的伊曼纽尔变得更加沉默寡言。他承认自己进过五次少管所，但称自己没有也没用过枪。他当时还在缓刑期（到2019年夏天，即他的16岁生日前才结束），可似乎还是老跟一群少年犯混在一起。

"他之前惹上麻烦，就是因为老跟坏孩子混。"他的母亲克里斯蒂娜解释说。

"你吸取教训了吗？"安妮特问伊曼纽尔。

"是的，夫人，我吸取教训了。"伊曼纽尔回答。

"你不想再被关起来了吧？"克里斯蒂娜警告说。

"你为什么被抓？"安妮特问。

"在商店里偷东西。"伊曼纽尔局促地回答。

伊曼纽尔说，要是能赶在训练开始前做完体检，他想学打橄榄球。

"如果你在作业或其他方面需要帮助，一定要告诉我们，好吗？"安妮特对伊曼纽尔说，"要想打橄榄球，首先你得有不错的学习成绩。如果成绩不好，他们是不会让你打的。"

"好的，夫人。"

伊曼纽尔顺口提了一句，说父亲（住在得克萨斯州）本该给他寄一双鞋过来，让他上学的时候穿，但他一直没收到，安妮特便要了他的鞋号。但麻烦的地方在于，给他买东西没那么简单。她曾给伊曼纽尔买过新衣服，但后来发现那些衣服都不见了，心里怀疑是他的家里人把东西拿回去退了款。还有一次，她带伊曼纽尔母子去买鞋，结果付完钱之后，收据被克里斯蒂娜抢了过去，她解释说自己需要收据，这才要过来。尽管如此，安妮特还是一直努力和伊曼纽尔重建关系，并不在意他老是编出各种蹩脚的借口来解释为什么没去找她——要么说把她的电话号码弄丢了，要么说TOPPS附近的街上有玻璃碴，他没法骑车过去。不过，伊曼纽尔还是会时不时谈起想通过预备役军官训练营上大学，学计算机专业，而克里斯蒂娜只是说，看着儿子在毕业典礼上"走过主席台"，从高中毕业就够了。

安妮特准备组织一些学生去佛罗里达州旅行时，想让伊曼纽尔也来，还提前几个月告诉了他妈妈，说他到时候需要带五天的饭钱。

那期间，她时常给伊曼纽尔找些零活干，好让他攒点钱。到了出发那天，克里斯蒂娜在上午10点就把他送到了TOPPS，但预定的出发时间其实是晚上10点。安妮特问他有没有带饭钱，克里斯蒂娜回答说"带了35美分"。这让安妮特非常生气，她叫克里斯蒂娜晚上再把伊曼纽尔送过来，而且要给他把钱带够。晚上10点钟，一名工作人员进来说，有个男孩正站在瓢泼大雨里，是伊曼纽尔，但他并没有多带钱。

"达夫夫人，"伊曼纽尔向他保证，"我不吃东西，能去就行。"旅行途中，她看到伊曼纽尔似乎总是趿拉着鞋，不把鞋穿好。安妮特以为他是在调皮，结果一问才知道那是他仅有的一双鞋，现在脚长大了，根本穿不进去。

安妮特越来越担心。她本希望伊曼纽尔能走上正道，可发现他现在越走越偏。为他操了那么多心，那么努力地帮他，可总是遭到拒绝，这让她非常沮丧。有一次，伊曼纽尔从TOPPS偷了一张电子游戏盘，被安妮特从他的背包里找了出来。

"你为什么要这么做？"她问他，"你把它拿走了，别的孩子玩什么？"

"达夫夫人，"他保证，"我再也不这样了。"

安妮特已经将TOPPS扩展到13个项目，那些年龄最大、最聪明的孩子已经从TOPPS毕业，正在念大学。到目前为止大约有40个人，其中大多都像伊曼纽尔那样，来自破裂、混乱的家庭。

"我们带他们参加大学之旅，去不同的大学看看，"安妮特说，"我们帮他们缴纳大学申请费，然后跟他们讨论为什么要上大学，确保他们能够大学毕业。"

迈克·达夫是进入大学前的项目"梦想"（DREAMS）的负责人，其工作的主要内容就是让学生对大学有一个大致了解，并教给他们在学校或家里学不到的各种技能，比如怎样申请奖学金，如何保持良好的信用评分，如何控制预算、避免破产，独立生活时会遇到哪些情况，如何在大学里不掉队等。TOPPS 会帮助学生支付大学的入学考试费，并提供辅导。许多 TOPPS 的毕业生还会回来帮助新生。在我们访问期间，TOPPS 的毕业生，一个镇定自若、口齿伶俐的医学院学生，回来主持了一堂关于高中生该如何为上大学做准备的课程。

安妮特说，在帮助有问题的孩子时，她偶尔也会感到茫然无措。比如有个小男孩特别暴力，所以她只能告诉他妈妈，TOPPS 不能接收他，但看到那位母亲痛哭流涕的样子，她又只好把他带回来，慢慢跟他沟通，逐步赢得他的信任。现在，那个男孩在职业培训中心工作，说自己以后想搞平面设计。

另一个从安妮特和迈克的指导中获益匪浅的孩子叫马蒂诺·格林。他 11 岁时，怀孕的母亲去世，他和哥哥们成了孤儿。带着校长筹集的捐款，他们搬去和祖母一起生活，但那个以卖糖果和泡菜为生的老太太嗜酒成性，经常对孩子们发火，骂他们一无是处，还用窗帘杆或扫帚柄啪啪地打他们。从 11 岁到 15 岁，马蒂诺一共搬了 10 次家，因为祖母要么付不起房租，要么担心孩子们被拉入帮派，染上毒瘾。正是在那些年间，马蒂诺被介绍给了安妮特，并加入了 TOPPS。他说，这段经历改变了他的人生。

"她就像所有人的妈妈，"他说，"因为这个项目，我才有了今天。他们一直都很支持我。"马蒂诺参加过很多次 TOPPS 组织的旅行，去了佐治亚州、路易斯安那州、威斯康星州、明尼苏达州等。"如果没有她和这个项目,我可能永远没有机会去阿肯色州派恩布拉夫以外的地方看看。"他说。

15岁时,马蒂诺和哥哥们搬进了一套两居室公寓。哥哥们找了工作,负责支付房租和主要账单,每天还会送他去上学。高中毕业后,马蒂诺一边打工,一边读了一年大学。他觉得很累,没法一直这样下去,可不打工的话他又上不起大学,所以后来就跟着一个哥哥去陆军国民警卫队服了四个月的役,想攒点钱交学费。但他对大学的兴趣越来越弱,在劳氏公司工作了一段时间后,又在州立监狱找了份工作。看到哥哥当上了警察,他也报名上了警察学校。现在,22岁的马蒂诺·格林成了一名警察,找到了自己的使命。

"我很喜欢这份工作。"他每天开车巡逻,阻止抢劫或其他犯罪行为。马蒂诺第一次身穿警服回到TOPPS时,安妮特看到他终于有了出息,流下了开心的眼泪。马蒂诺回到了TOPPS做志愿者,在帮助迈克的同时,也教小孩们打橄榄球。此外,他还计划取得大学学位,到联邦执法部门工作,因为那儿的时薪要比现在高15美元。为了获得学位,他目前正在一所社区大学攻读三门课程——前面提过的科尼娅也在那里念书,只不过是在线上。

"我不喜欢学校,但可以忍受。"他告诉我们,同时也这样告诫他在TOPPS指导的学生们,"我知道,要实现我人生的主要目标,就必须上学。"

但令人沮丧的是,TOPPS这样的课外项目很难筹集到资金,因为比起预防犯罪的措施,我们的政府更愿意为监禁买单。肯尼斯·里姆斯是派恩布拉夫的又一个黑人少年,母亲生下他时自己也才15岁。里姆斯的学习成绩很差,13岁时离家出走,并涉足了青少年犯罪。他迫切需要安妮特提供的这种指导，但主动来找他的只有帮派。

1993年，18岁的里姆斯为了帮朋友奥尔福德·古德温买毕业礼服，与其一起抢劫一名正在自动取款机前取钱的男子。尽管抢劫未遂，但古德温当时带着一把0.32英寸口径的手枪，开枪打死了白人男子加里·特纳。古德温认了罪，只被判处终身监禁；里姆斯不认罪，尽管他没有开枪，但仍以共犯身份被判处死刑。里姆斯经历了25年无休止的上诉，直到2018年，阿肯色州最高法院才裁定他未得到有效辩护，撤销了死刑判决。[2] 阿肯色州共投入了100多万美元来裁决此案和监禁里姆斯，但几乎从没给TOPPS那类能把孩子们从犯罪生涯边缘拉回来的项目提供什么帮助。里姆斯案是个悲剧，不断提醒着我们当派恩布拉夫这种地方的孩子只能从帮派获得帮助时会发生什么。在这起案子里，特纳被杀，里姆斯在死因牢里关了25年，阿肯色州把本来就不多的税款用在了监狱、警察、律师、法院上，却不用来教育孩子，引导他们成为警察而非罪犯。

既然犯罪成本如此之高，那么TOPPS这种针对危险儿童的项目能带来多大的回报，结果就显而易见了。芝加哥有一个类似的项目叫"长大成人"，经过与随机组的对照发现，该项目将暴力犯罪的被捕人数减少了大约一半，将高中毕业率提高了大约15%。研究表明，在此类项目上每投入1美元，最终可节省多达30美元。[3] 这些项目应该在全国范围内推广，既能帮助年轻人，也能帮助国家。

当然，对于TOPPS这样的私人项目，争论一直存在。保守派很喜欢这样的私人慈善机构，而一些自由派则认为，这些项目在很大程度上只具有象征性，而且承担了本该由国家承担的责任。我们的观点是：国家的支持很有必要，但私人的慈善行为也很重要。

但自由派说对了一点，那就是政府必须在支持儿童方面发挥主导作用，不能把责任推给慈善机构。你能想象我们的州际高速公路依靠志愿者和慈善机构来建造吗？高速公路不是人人都会使用，但我们还是需要公路部门和税收支持，来规划和投资国家的基础设施建设。同理，投资美国的人力资本，帮助危险儿童走上正路，我们也需要联邦、州、地方政府的支持。但在政府主动站出来的同时，就像保守派赞扬的那样，安妮特·达夫开办的这类慈善机构也很有必要，因为它们能让孩子们上大学，将他们从帮派中解救出来。由教会或社区领袖管理基层"安全网"还有一个优势，那就是对当地情况更为了解且更具有认同感；安妮特这样精力充沛的当地人，非常清楚谁需要救济，谁需要援手，谁需要被责备。

安妮特无法独自解决美国的贫困问题，但她是伊曼纽尔·拉斯特最大的希望，我们应该为此向她致敬，并感谢全国所有经营食品分发处、免费诊所、无家可归者收容所和自杀热线的"安妮特们"。不管是公共资金，还是私人资金，回报最高的投资都不是对冲基金或私人股本，而是儿童。

第十九章
创造更多逃脱艺术家

如果你有幸成功，就让电梯下去接其他人吧。

——克雷格·纽马克，克雷格列表网创始人

2011年，黛安娜·雷诺兹牧师为那些吸毒死亡的年轻人举行了一场又一场葬礼，已经心力交瘁。一天，在麦克明维尔主持完一场葬礼后，她开车回家，听到收音机里传来了萨克斯演奏家肯尼·基的音乐。那一瞬间，她哭了起来。

"你必须做点什么了。"她记得自己大声对上帝说，"因为我现在无法帮他们解决问题，能做的只有让这些年轻人安息。我的心实在受不了了。"

她非常难过，不得不先把车停在一条僻静的街上。街边有个牌子，上面说有小房间出租，还留了电话号码。一个想法闯进了她的脑海。黛安娜拨通那个电话，询问了一下情况。对方说那是一间地下室，面积大约有300平方英尺。黛安娜的丈夫开车过去看了看，随后他们一起约见了房东，最终以每月200美元的价格租下了那个地方。

黛安娜这辈子过得很辛苦。她来自一个至少四代人有酗酒或吸毒史的家庭，父亲在她3岁时离家出走了。之后的那些年里，妈妈总共和几十个男人同居过，其中一些从她四五岁时就开始虐待她。作为家里的长女，黛安娜忍受着性侵，还得照顾弟妹、洗碗、打扫厨房，几乎从没上过学。她说，9岁时，她想吃下妈妈的药自杀，却听到了一个声音对她耳语（她认为是上帝）："你也可以选择继续活着，长大以后帮助像你一样陷入困境的人。"于是，她决定活下去。

15岁那年，黛安娜嫁给了一个比她年长很多的男人。在此后痛苦的16年中，她一共生了4个孩子，经常被对方殴打，肋骨骨折过，还受过其他伤害。最终，在丈夫拿枪对准黛安娜的头后，她决定不再忍受。她收拾好东西，把孩子和行李放进车里，和他离了婚。

尽管几乎没有接受过正规教育，但黛安娜在麦克明维尔的长青国际航空公司找到了工作。在那里，她爱上了一名飞机维修工并嫁给了他。在30多岁的年纪，她一边抚养4个孩子和妹妹，一边开始了自己的新生活。当上受命牧师后，她也没有忘记曾经的愿望：她想帮助那些像她过去一样陷入困境的儿童。这就是为什么在2011年那一天，她才会在街边停下车，租下那间地下室。

"那天是10月17号，"黛安娜说，"我们10月18号就开业了，完全没有计划，没有经营规划，但我的心知道，我们必须做点什么。"她开始每天给那些陷入困境的人提供热汤，后来又开始提供其他食物，再然后是全餐。有时，人们只是过来坐坐。

八年后，黛安娜通过集体治疗和朋辈辅导，彻底改变了亚姆希尔县的成瘾治疗。她在地下室建立的那个非营利组织，名叫"激起希望"（Provoking Hope），目前有 34 名员工，每年为 7800 人提供服务，并且正在向俄勒冈州内的其他地方扩展。"激起希望"通过减少监狱开支和因药物过量而进急诊室的费用（每次费用为 4200 美元），节省了县政府的开支。这就是基础策略集团的约翰·卡尼亚和马克·克雷默在 2011 年提出的"集合影响力模式",[1] 基本上就是指一个地区的政府组织、慈善机构甚至企业，围绕着一个共同目标来整合服务，解决当地社区的问题。亚姆希尔县卫生与公众服务部会与"激起希望"这样的专业社区组织合作，一起帮助病患（包括那些有物质滥用障碍的人）和成瘾者，给孕妇提供保健，或安排护士拜访有新生儿或幼儿的家庭，提供育儿支持。

该部门负责人赛拉斯·哈洛伦－斯坦纳说："政府雇员很难走进社区，建立这种联系。"所以，该县就向护士等社区工作人员支付费用，让他们去帮助有需要的人，并聘请朋辈辅导员帮人们克服毒瘾。那些辅导员中有很多人自己有过戒毒的经历，所以在病人中间有"街头信誉"，进而清除了人们寻求帮助时的心理障碍。

有一天，我们参加了"激起希望"为戒毒男性开设的一个伙伴计划，其中有个年轻人显然是领导者。他善于表达、头脑聪明、雄心勃勃，下定决心要在戒毒后的新生活中取得成功。他好像认识我们，但我们没听清他的名字。活动结束后，他冲过来，用力地跟我们握手说："是我，是德鲁啊！"

原来是德鲁·戈夫，我们已故的朋友"弹球"戈夫的儿子——"弹球"也是凯文和克莱顿·格林的好朋友。我们上一次听到他的消息时，他还在监狱里，其间我们和他通过信。而现在的他不但获得了自由，远离了毒品，还在努力照顾刚出生不久的儿子阿什廷——不过，他失

德鲁·戈夫和小儿子阿什廷在"中途之家"。德鲁大一点的孩子都被带走了，但他正努力远离毒品和犯罪，给予阿什廷他以前没过的机会。（琳西·阿达里奥 摄）

去了头两个孩子的监护权。

德鲁清醒的时候聪明机智又富有魅力，但吸毒的时候精神就会崩溃，有时还变得很暴力。他说，他的麻烦是从十二三岁时开始的，当时一个家庭成员让他接触了酒精、大麻和一种叫"神力"的廉价冰毒。结果，吸毒成了他适应生活和减轻痛苦的一种方式。

"我们家穷，上学时用不起好东西，"他回忆说，"所以我老挨欺负。我不喜欢学校，不擅长跟其他孩子打交道，后来就开始吸毒了。"德鲁加入了帮派。有一段时间，帮派给他的任务是拿着现金去亚姆希尔的一个农场买冰毒。他和克莱顿·格林就是这么认识的。回顾那段时光,德鲁才意识到自己当时身处多么危险的环境,做出了多么错误的选择。"生活本来给了我很多机会,但我都没有抓住。"德鲁成了监狱的常客,其中一次蹲监狱时,他因为打架被罚每天关 23 个小时禁闭,连着关了 18 个月。他告诉我们,父亲去世后,他收到了我们的信,在牢房里哭了很久。

随着时间的推移,他厌倦了监狱和混乱的生活方式,并为自己对家人所做的事感到羞耻。在被定罪大约 20 次后,他终于清楚地意识到——不能再这样下去了,或许还有其他办法可以帮助自己和孩子。他的幼子阿什廷因母亲吸毒,一生下来就有毒瘾,这给了德鲁戒毒的额外动力,他说正是因为小儿子,他才在"激起希望"报了名,让他站稳了脚跟。如今,他喜欢结交的人都是那些过着他想过的生活的人。自 2018 年 2 月 17 日以来,他再也没碰过毒品或酒精——这是他从 12 岁以来清醒时间最长的一次。他还在一家酒店做起了前台——这也是他做的时间最长的一份工作。他很爱阿什廷,悉心照顾着孩子的生活起居。他还上过育儿课,走到哪儿都带着阿什廷,给他擦鼻涕,不停地跟他说话。

"我试着用人声、触摸和声响去刺激他,"德鲁说,"我要争取让他在 18 个月内学会 200 个单词。"我们拜访德鲁时,发现他有时还是会莽撞行事,但因为害怕失去阿什廷,所以也学会了退让。"我还在努力改变自己,"发生过一次类似的事后,他伤心地告诉我们,"过去的我会想发飙,但现在的我不会允许自己那样。我脚下是一条钢索,但有时那条钢索就好像钓鱼线那么细。"

德鲁很钦佩父亲,但也告诉我们:"我不想步他的后尘。我的意思是,我爱我父亲,但我不想变成我父亲那样。"德鲁目前仍在缓刑期，已经在"中途之家"住了将近一年。他参加了各种课程，慢慢便成了"激起希望"想要培养出来的那种人。他梦想着有一天能自己创业。我们想，"弹球"应该会表示赞许，毕竟他也不想让儿子步自己的后尘。

"弹球"曾跟我们说起过他对孙辈的担忧，我们也认为他确实有理由焦虑。从理论上来讲，教育应该为危险儿童提供一条逃生之路，但实际上，在全国范围内，教育基本上没有起到这样的作用。穷孩子通常上的都是差学校，根本没有机会获得足够的职业培训，也往往上不起社区大学或四年制大学。"弹球"读八年级时，被反感他逃学的校长开除了。同样的事又发生在儿子德鲁身上，他也是在八年级时遭到了开除。

亚姆希尔县的约翰·L.柯林斯法官处理过很多此类令人不安的刑事案件，所以我们向他请教了如何才能打破吸毒和犯罪的代际循环。他指出，导师可以发挥巨大的作用，因为危险青年往往来自功能失调的家庭，身边没有什么好榜样。柯林斯举了个例子。"儿童之友"（Friends of the Children）是一个很有前途的辅导计划，由俄勒冈人邓肯·坎贝尔于1993年发起。坎贝尔自己的经历很坎坷，父母都酗酒，父亲还是监狱的常客。后来，坎贝尔干伐木业赚了钱，便成立了一个慈善机构，开始帮助社区中的高危儿童。获得巨大成功并受到广泛赞扬后，坎贝尔开始迅速在全国范围内推广这一慈善项目。"儿童之友"会在幼儿园里寻找那些家庭不幸、最易受到伤害的孩子，然后为其提供一名导师。导师有薪水可拿，每周工作四个小时，会一直陪伴孩子到高中毕业。这个项目的目标就是为孩子们的生活提供一种稳定感，让他们拥有一个可信赖的人，一个能在学校教育方面提供帮助的私人教师。评估发现,这个计划已经帮助很多儿童走上了正道。

越来越多的政界人士开始讨论如何让更多年轻人上大学,这是一件令人欣喜的事,但有一个事实依然没有引起足够的重视,那就是即使到现在,美国也依然有大约14%的人没有完成高中学业。这些人通常只能从事微不足道的工作,过着艰苦的生活,并过早离世。他们的一生都像在走钢索。劳工部针对职业阶梯做出了长达七页的规定,可有一些州在允许孩子们16岁退学的问题上却无动于衷(近来,大多数州已经将退学年龄提升至17岁或18岁)。公立高中几乎可以算美国的发明,但如今的美国人却比大多数发达国家的人更有可能从高中辍学,而且即使那些完成高中学业的人,也并不一定掌握了基本的技能。比如,大约四分之一的高中毕业生根本无法通过美国军队的资格考核。

人们越来越认识到,美国可以在高中和大学增加一些技能培训,来更好地为学生就业做准备。当然,这并不是说要去掉素质教育,因为对于好学生来说,素质教育能让他们如虎添翼。但现实的矛盾是,我们的劳动力市场迫切需要技能熟练的劳动者,而教育体系培养出来的年轻人却无法胜任,最后他们不是失业,就是只能大材小用。在瑞士,70%的学生会在学校中掌握一门符合市场需求的技能。我们既需要程序员,也需要水管工;既需要电工,也需要各类卫生工作者。在这些方面,欧洲国家就做得好很多,帮助一些学生走上了职业道路(有时还包括学徒制),既满足了经济需求,也满足了年轻人自身的需求。

2019年年初,全国有近700万个职位空缺。职业再培训和技能培养项目在这些方面可以发挥更大的作用。诚然,许多政府资助项目因为跟不上雇主的需求，无法对工人进行针对性培训，导致了培训项目的效果好坏参半，但在培训一些非常抢手的技能方面，相关的职业培训其实做得非常好。纽约市有一个名为"追求"（Pursuit）的非营利组织便是如此。"追求"会去公共住房或图书馆里寻找那些头脑聪明但生活艰难的人（平均年收入为 1.8 万美元，其中有一半人要接受公共援助），然后对他们进行编程和商业技能的培训，等他们当上软件工程师之后，平均可以拿到 8.5 万美元的年薪。与此类似的项目还有很多。

一个名为"社会金融"（Social Finance）的组织正努力扩大技能培训项目的规模，培训课程不仅包括计算机编程，还包括医疗设备编程、太阳能电池板安装、卡车驾驶和酒店管理。与"追求"一样，一万美元的培训费将由"职业债券"提供，投资者会为该计划预付费用，如果未来学生的工资超过一定的最低标准，就在固定期限内交出一定比例的收入偿还给投资者。即使在自动化时代，受过此类培训的人也能找到工作。正如特斯拉创始人埃隆·马斯克在解释自动化的局限性时所说的那样："人类被低估了。"

亚姆希尔地区的学校正试图为孩子们提供一个向上的阶梯，包括职业和技术学徒的选择，但这个任务相当艰巨。当地的经济在蓬勃发展，葡萄酒行业也在不断创造就业机会，但教师们发现，那些正在经历痛苦、创伤后应激障碍和焦虑的孩子却越来越多。

亚姆希尔-卡尔顿学区主管查兰·克莱因说："现在很多来上幼儿园的小朋友，在当地乃至全州，都被称为'野孩子'。"

小学校长劳伦·伯格说，那种爱咬人、喊叫、踢踹、扔东西的孩子越来越多了。"我和一个 5 岁孩子在这张桌子旁聊过很多次，我问：

'你为什么扔椅子？到底出了什么事？需要我怎么帮你？'但他讲不出来，"伯格说，"有的孩子会到处乱跑，有的孩子就直接冲出门去。"这些孩子在成长过程中经常被忽视，只有大发脾气时才能获得关注，最终习惯成自然。这种情况给改善学校教育带来了更大的困难，但同时也更加凸显了其必要性。2014 年，亚姆希尔高中的学生中只有 73% 毕业，而尼可上学时，这一数字是 80%。

克莱因主管正在努力扭转学校面临的这种局面。他对一些孩子的遭遇感同身受，因为他父亲就曾因毒品犯罪在州立监狱待过三年，而且他在成长过程中也经历过精神创伤和情感虐待。但是，他通过参军

亚姆希尔卡尔顿小学校长劳伦·伯格与一些需要照管的孩子见面。她说，来到学校时像"野孩子"的学生越来越多。他们遭到过严重的忽视，故而很难管教。（琳西·阿达里奥 摄）

成了一名"逃脱艺术家"。他开玩笑说,经历过那样的家庭生活后,军队的基础训练感觉就像在度假。

"我知道,没有哪个孩子的境遇是自己造成的,我小时候的境遇也不是我的错,所以,我们要努力帮助所有人,"克莱因告诉我们,"美国的敌人是贫穷和绝望。"他坚定地相信,培养学生掌握职业技能,是亚姆希尔这类地方克服贫困的最佳方式。

"政府项目应该把重点放在让人们掌握符合市场需要的技能上,好让他们利用这些技能来换取不错的薪水,或者创业。"他说,"不帮学生获得那些可以向雇主推销的技能,无异于雪上加霜。"

但有时,这依旧是一场西西弗斯式的徒劳斗争。亚姆希尔县卫生部门给每所学校都指派了一名全职心理专家来帮助有问题的学生,向有需要的家庭伸出援手。但很多家长有时根本不想帮忙,或者不愿在同意书上签字,让孩子接受心理咨询。学校提供的那些免费育儿课也根本没人来上。卫生部门曾组织过一个名为"为幼儿园做准备"(Ready for Kindergarten)的免费项目,帮助家庭为幼儿入学做准备。最初来参加的家庭还有30来个,到年底时就只剩几个了。有些高中生每十天会来学校一次,因为如果他们获得了政府福利,比如伤残津贴,那么只要每两周至少出现一天,哪怕毕业无望,也能继续领福利。

学校系统现在也在尝试一些新方法。比如,该县卫生与公众服务部的赛拉斯·哈洛伦-斯坦纳读了《温暖的孩子》(*The Nurture Effect*)一书后,便邀请了作者安东尼·比格兰来当地看看,希望他能给些建议。最终,当地小学引入了"PAX好行为游戏",将课堂规则的决定权交给学生,提升了他们的自我约束能力,减少了各种破坏性行为。在巴尔的摩进行的随机试验发现，参与过该项目的一年级和二年级学生在中学时被捕、吸烟、滥用药物的可能性会降低，而上高中并毕业的可能性会提高。老师们很喜欢这个项目，都说它产生了显著的影响。

学校现在还有一位语言病理学家。克莱顿·格林曾经面临的问题之一就是言语障碍，但他在学校没有得到过任何帮助。现在有了言语病理专家之后，有相关问题的孩子可以得到治疗，将问题逐步矫正。过去，学校常常开除克莱顿这样的问题孩子，这就是为什么他在九年级就退了学。而现在，学校则会尽量留住他们——当然，高中生如果贩毒的话，还是会被开除，这种情况大约每年发生一次（比如，有一个很有经济头脑的高中生雇用同学翻找父母的药箱，把没用过的药带回来出售）。对于那些爱打架的学生，学校现在也不会再条件反射似的直接开除他们，而是腾出半天来给他们上课，教他们学习如何管理情绪、解决冲突。

县高中则正在进行扩建，两座崭新的圆顶建筑已经拔地而起，一座用于体育运动，一座用于职业技术教育，包括工程预科、计算机辅助绘图和制造，以及金属加工课、木工课。这个建设计划反映了亚姆希尔（以及美国大部分地区）已经深刻地认识到职业教育可能是把学生留在学校的一种方法。该建设计划中，还有一个葡萄栽培项目，学生经过培训后，可以去当地葡萄园工作。就这样，尽管困难重重，亚姆希尔-卡尔顿的学校还是取得了进展，最近的高中毕业率已回升至80%。

亚姆希尔卡尔顿高中为了帮助学生远离麻烦，还邀请德鲁·戈夫来给学生们上了一堂健康课，讲述他自己的吸毒经历。我们坐在教室

德鲁·戈夫走到哪儿都会带着他的儿子阿什廷,即使是在增加一个新文身的时候。(琳西·阿达里奥 摄)

后面,给他加油助威。这是德鲁第一次在公共场合讲话,他很害怕。"我的心狂跳不止。"走进学校时,他偷偷告诉我们。但事实是,他一开口,就把学生们吸引住了。他动情地谈起小时候在学校的感觉,说自己好像不属于那里,只有嗑嗨时才感觉自己被接纳了。他告诉学生们:"大麻、冰毒、海洛因、迷幻药,我都试过。"接着,他讲述了为了满足毒瘾而偷东西的经历,以及被判处 11 年监禁时的绝望。大部分学生在生活中都认识一两个这种正与毒瘾做斗争的人,于是纷纷向他提问。一个女孩走到德鲁跟前,说自己也染上过毒瘾,但她已经戒了 4 个月了。她问德鲁:"你会对 14 岁的自己说什么?"

"我会告诉他不要吸毒,"他说,"去找个人聊聊。"他留下了自己的电话和邮箱,告诉学生,如果还想进一步聊聊毒品的事,可以找他。"我想给你们传递的信息是,"他一时忘了自己正在课堂上,说了句脏话,"那他妈的根本不值得。"

第二十章
重获新生的美国

> 我知道我的要求不可能实现。但在我们这个时代,就像在任何时代那样,设想不可能的事是一个人能提出的最低要求。
>
> ——詹姆斯·鲍德温,黑人作家

2019年年初,克莱顿·格林的健康状况进一步恶化,他的心脏和肺部开始衰竭。大部分时间他都在睡觉,在家里走动一下甚至都变得困难起来。若在家里摔倒,要有12个人和消防部门的帮助才能让他站起来。这对克莱顿来说是一种耻辱,人们很难把2019年这个肥胖的病人与几十年前6号校车上那个充满活力的男孩画上等号。很快,艾琳就开始像照顾孩子一样照顾克莱顿,这对母子二人来说都很痛苦。

"有时候,我真想离家出走。"艾琳曾经对我们说。克莱顿定期住院,但他讨厌医院,总是住几天就回来。在一次住院期间,他被抓到吸食冰毒——即使在病房里,他都忍不住要吸毒。我们从纽约给他打电话，试图安慰他，鼓励他坚持下去，他答应试试看。但不久后，克莱顿便开始神志不清、胡言乱语、出现幻觉，后被送到麦克明维尔医院，最终在2019年1月29日去世，享年57岁。他的正式死因是充血性心力衰竭，但这个医学术语漏掉了太多东西。九年级时，他被学校开除；随着一家家工厂的倒闭，他也接连丢失了一份份好工作；滥用药物，制造冰毒；与毒品有关的前科；在机械方面的天赋；失败的婚姻；对朋友（包括我们）的忠诚；五个孙子和孙女全被州政府带走寄养；孤独和凄凉。这又是一起"绝望之死"，克莱顿是美国社会大萧条的受害者。

我们对本书的探索之旅开始于亚姆希尔，从某种意义上来说，飞回去参加克莱顿的葬礼，意味着我们的旅程也结束了。就像辛迪和凯文的葬礼一样，克莱顿的葬礼还是由朗达·克罗克牧师主持。她回忆起自己与克莱顿和他的同龄人聚会，坐着他那辆1955年产的雪佛兰一起"兜风"。"玩得很开心，惹是生非，"她追忆道，"一开始，一切都很天真、很甜蜜。可是现在很多人已经不在了。他们不懂得适可而止。"她想起在凯文的葬礼上曾问过："下一个会是谁？"教堂长椅上的空座位回答了她的问题：那么多克莱顿的老朋友都走了。"这里本该挤满人，"朗达告诉我们，"但我们有好些家庭失去了大部分孩子。"来参加葬礼的人中，有一些人生活很困难。我的一个老朋友以前是伐木工，比克莱顿年轻很多，但需要靠吸氧维持生命，因为他的肺活量只剩下30%了。

当许多美国人看到克莱顿这样的人时，看到的只有"重罪犯"和"瘾君子"，认为穷困是他们的报应。然而，对于我们这些了解克莱顿的人来说，他远非如此；他提醒我们，我们应该被记住的不只是最糟

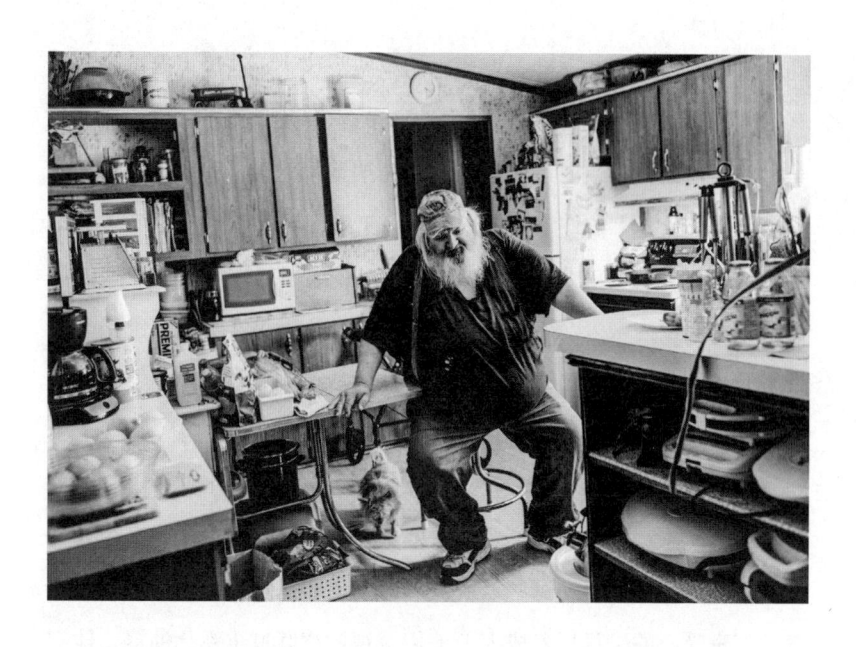

快走到生命尽头的克莱顿·格林在他家的厨房里。(琳西·阿达里奥 摄)

糕的日子。尽管克莱顿犯过错,但我们仍把他当成好朋友,部分原因是他的价值观,包括坚定不移的忠诚。作为作家,我们报道过风向标一样的政界和商界领袖,他们随着政治风向变来变去。克莱顿正好相反。我们向来知道他值得信赖,他会照顾尼可的妈妈和农场,甚至在生命的最后一周时间里,他还过来帮我们修好了那台出故障的卡特彼勒拖拉机,因为其他人都弄不好。他死后,我们发现他有我们农场油箱的钥匙,显然是为了确保其他工人不偷油。多年来,克莱顿一直是我们可以依赖的对象,我们清楚他有毒瘾、犯过罪,但也清楚他对内心价值观的坚守和对朋友们的绝对忠诚。

格林家的农舍被汤姆用做泥瓦匠赚得的工资买下,这曾是向上流动的象征，可随着艾琳准备埋葬她的第四个孩子，这里再次被悲痛的气氛所笼罩。我们悼念克莱顿，哀悼格林家的几个孩子，也哀悼老校车上的其他孩子。当时谁能想到四个克纳普家的孩子和四个格林家的孩子，以及校车上的许多其他孩子，会年纪轻轻就死掉？1977年亚姆希尔高中毕业舞会上那曲《天国的阶梯》，成了通往但丁式地狱的活板门。我们以为未来会带给我们会飞的汽车，但事实上，它给很多人带来的是失业、家庭破裂、非法药物和早亡。

我们中的一些人上了亚姆希尔的6号校车，另一些人则上了康涅狄格州格林威治的私立学校，这靠的是运气——中了"卵巢彩票"。看着格林一家和克纳普一家各失去四个孩子，既令人痛苦，又令人害怕。我们知道，尼可和这些老朋友的区别主要是他有幸由受过良好教育、充满爱心的父母抚养成人，他们重视歌德胜过重视化油器，他们通过邮件订阅《纽约时报》，他们有着丰富的人脉。如果尼可在克纳普家长大，当喝得醉醺醺的加里用0.22英寸口径的枪朝迪伊开枪，用皮带抽打孩子时，尼可也会怒不可遏，也可能辍学，制造冰毒，最终过早离世。在美国，一个人能走多远往往取决于他的起点，这样的例子数不胜数。罗伯特·肯尼迪在去世前不久曾说，"不给男人以父亲和男人的身份站在人群中的机会，会摧垮他的精神"，再加上"冷漠、不作为和缓慢衰败"，以及"对儿童的缓慢毁灭"，都会给社会造成危害。肯尼迪补充说，"只有净化这个社会，才能把这种疾病从我们的灵魂中清除"。[1] 正因如此，我们在这段旅程结束时，才不仅指出是哪里出了问题，还要提出补救的措施。

《乡下人的悲歌》(*Hillbilly Elegy*)和《你当像鸟飞往你的山》(*Educated*)的故事主要发生在阿巴拉契亚地区和爱达荷州，亚姆希尔这样的白人工人阶层地区支持特朗普，支持他企图破坏法院、媒体、情报界等机构而做出的努力。但正如作家蒂莫西·伊根所指出的那样，《乡下人的悲歌》和《你当像鸟飞往你的山》的主人公 J. D. 万斯和塔拉·韦斯特弗能够逃离令人压抑的环境，是因为各类机构提供了救生索——帮助万斯的机构是军队，帮助韦斯特弗的是一所由摩门教会资助的大学。万斯和韦斯特弗都是聪颖、勤勉之人，他们的成功在一定程度上要归功于社会设置的机构性自动扶梯。但格林和克纳普这样的人，根本无法登上这样的自动扶梯。

经过前面的探讨，我们得出了一个最重要的教训，那就是美国必须修复自动扶梯，并创造出更多的自动扶梯，来把机会传递出去，恢复人们的尊严，激发他们的创造力。我们在亚姆希尔的那些保守派朋友，为他们的拓荒者家族，也就是赶着马车队走在俄勒冈小道上（或者乘船前往新世界）的祖先们表现出来的非凡勇气，在内心感到无比的自豪，这是可以理解的。对自给自足的得意反映了自力更生这种说法在全国的受欢迎程度。然而，开拓精神的胜利不仅是因为顽强的个人主义，还取决于政府的政策。拓荒者们购买篷车驶向俄勒冈，并不纯粹是一种个人能动性的体现；他们前往俄勒冈是因为 1841 年的《先买权法》《宅地法》及该地区的地方法律允许他们成为农场主。这对东部地区没有土地的劳动者来说有着巨大的吸引力：根据当地的规定，任何抵达俄勒冈的白人都可以划出 1 平方英里的土地，用建筑物或栅栏加以改善，只要住在那里，就可以获得土地所有权。这一举措带来的结果对该地区的美国原住民来说是灾难性的，却为一个拥有大量土地的中产阶层奠定了基础。① 后来,《宅地法》有了补充法令,其中包括公共教育、赠地大学、农村电气化,以及给购房者的补贴和《退伍军人权利法案》中针对大学生的规定。政府一次次提供自动扶梯,公民们也纷纷参与,最终让全美国都从中受益。但这种共生关系近几十年来已经消失,现在是时候让美国重新登上自动扶梯了。

我们在书中描述的问题没有神奇的解决方案,要想带来改变,就必须从政策、政治、实施过程入手,但过于简单的建议可能会掩盖其中所面临的挑战的深度和复杂性。过去半个世纪已经留给我们一个教训,那就是我们必须保持谦卑的态度,因为帮助别人要比想象中难很多。

然而,不完美且不可预知的是,一点点帮助确实可以改变生活,尤其是对那些容易受影响而步入险境的年轻人而言。当尼可每天在亚姆希尔坐上6号校车时,一个来自军人家庭、名叫安的女孩,正在俄勒冈州阿什兰南部的一所高中读书。高三那年春天,这个出身工人阶层的聪明姑娘在走廊里被英语老师哈蒂·康弗斯拦住了。有些上了年纪、一头柔软的卷发已经发白的康弗斯问道:"你要去哪儿上大学,安?"安解释说自己不打算上大学。她甚至没有提出申请,家里从来

---

① 宅地的机会只提供给美国白人。从1844年起,俄勒冈州明令禁止黑人进入该地区,规定任何试图在州内定居的黑人都将遭到公开鞭笞。俄勒冈州宪法在1859年俄勒冈被授予州地位时生效,随后禁止黑人成为该地居民。同样,1850年的联邦《捐赠土地法》(Donation Land Act)宣布,宅地仅适用于全国各地的白人。俄勒冈州不仅禁止白人与黑人、美国原住民或华人通婚,还规定任何举行此类婚礼的人都将被监禁。直到20世纪50年代,这项法律仍有案可查。——原注

没有人上过大学,而且也交不起学费。

康弗斯一把抓住安的胳膊,严厉地说:"跟我来。"一路被领到学校办公室的安回忆道:"我还以为我做错了什么。"康弗斯没有给她争辩的机会,只是告诉她,必须上大学。"她只坚持让我上大学,"安说,"这让我很激动。她认为我很聪明,被人认可的感觉很好。但一想到上大学,我也恐惧不安。"很快,一切都变得模糊起来,安发现自己总是走神。大部分大学的申请截止日期已过,但仍有一些选择。前台给了安几份申请表,她害怕迟到,把申请表塞进书包后,便匆匆赶着去上下一节课了。

"回到家,我看着那些表格,差点没填,"安告诉我们,"我的家人靠薪水生活,我又是五个孩子中的老大,但康弗斯老师的坚持让我有了读大学的想法,我决定试一试。"为了节省申请费,安只申请了俄勒冈大学。幸运的是,她被录取了,附近梅德福市的卡彭特基金会(Carpenter Foundation)还给她提供了一笔奖学金。那年秋天,安走进了大学校园。"在大学里,整个世界都向我敞开了大门,我投入了它的怀抱,用科学、历史学、经济学、人类学、文学和对真理的探索充实着自己的头脑。"

由于经济上一直有困难,安从来都不确定自己能否读完大学。上学期间,她在学生自助餐厅打工,每年暑假还会找各种她能找到的工作,包括在拉斯维加斯做酒店服务员,甚至还贷过款。但最终,她顺利完成了大学学业,这也彻底改变了她的人生。安在大学期间读了新闻专业,后来一跃成为电视记者,并且认识了此后与她相伴30年的丈夫。多亏了老师小小的鼓励,安·库里后来飞黄腾达,成为美国最知名、最受尊敬的电视记者之一。她告诉我们:"我至今仍记得我的生活突然发生转变的那一刻。"

"这一切都是拜康弗斯老师所赐，但可惜的是，后来我想找她表示感谢时，她已经离世了。我不知道她是否明白我之所以能有今天全是因为她，也不知道在她的鼓励下有多少学生发现了自己的潜力，更不知道当她的努力失败时她内心是怎样的感受，但我知道，她证明了即使在一个小镇，只要一个人行动起来，也可以改变未来。"像安·库里这样有才华的年轻人如果没有大学上，甚至连高中学业都完不成时，就会导致太多的人才被搁置，太多的机会无法被抓住，这无异于美国在自讨苦吃。可只要稍微推他们一把，结果就会有大大的不同。我们不能保证每个学校的走廊里都有一位康弗斯老师，但我们可以像其他国家一样，设法将这些鼓励制度化，让年轻人更容易发挥他们的潜力。

相较于探讨政策，我们在本书中更多是在讲故事，因为我们同意哈佛大学戴维·埃尔伍德教授的观点：迈向更好政策的第一步，是修正我们对人民苦难的理解。个人的不负责任是其次，最主要的是我们对待儿童贫困问题上的集体不负责任，这在其他发达国家是不可接受的。确实，克纳普一家、格林一家和许多人犯了错，但作为一个社会，我们也犯了错，美国也因此变得没那么伟大了。

我们赞同弗吉尼亚联邦大学教授维克多·谭·陈的观点，即我们应该在一定程度上从"恩典的道德观念"的角度来看待那些掉队者的困境。我们既需要经济变革，也需要文化改革。如果国人被更多地灌输同情心，尤其是对儿童的同情心，那我们的国家就会变得更富有。

尽管这场认识之旅并没有集中在政策上，但我们也清楚地看到了政策带来的巨大影响。由于加拿大努力让人们重返工作岗位，安大略省的下岗汽车工人及其家人的境况要好于密歇根州。而在葡萄牙，吸毒者死亡的可能性要远低于美国的任何地方，因为在那里很容易接受治疗。在塔尔萨，母亲们能够打破成瘾、贫穷和犯罪的恶性循环，是因为"女性康复计划"，但在美国的其他地方却没有那么容易。美国的未来本应是一片光明，目前来看却并非如此，因为我们的高中入学率在全世界仅排第61位。虽然我们在调查哪里出了问题的过程中经常感到痛苦，但也会感到振奋，因为我们发现，那些痛苦并非不可避免。解决问题的方案并不完美，也会遭遇重重困难，但只要有合适的项目，我们就能带来巨大的变化。走出地狱的路依然存在。

在本书中，我们一直试图阐明的一点是，美国之所以会误入歧途，是因为我们将贫困或毒品仅仅视为一种选择，或是个人不负责任的后果。但从另一种意义上来讲，贫困也确实是一种选择——它是整个国家做出的选择。在过去的半个世纪里，美国政府采取的政策导致了更多的人无家可归、吸毒过量致死和犯罪，加剧了不平等。是时候做出一些不同的选择了。

很多与我们交谈过的人似乎都愿意考虑重大的举措，国家可能也已经为此做好了准备，就像上次工人阶层家庭面临这种停滞的大萧条时期那样。左翼和右翼都存在民粹主义的波动。我们现在面临的挑战是如何化挫折为力量，不再为了让自己好受些就把移民当成替罪羊，而是从证据出发，来制定真正有益的政策。

2018年民主党智库"第三条道路"（Third Way）进行的一项调查发现，75%的选民同意以下说法："我们需要为数字时代制定一个机会议程，让每一个地方的每一个人都有机会过上更好的生活。"例如有选民表示，他们更有可能支持呼吁普及宽带的候选人，因为宽带可能会像20世纪30年代时的电力那样,为人们带来前所未有的机遇。但现实是,如今有三分之一的美国人家中仍然没有宽带。

2019年,美国国家科学院、医学院和工程院受国会委托,就如何减少美国儿童贫困进行了调查,其最终发布的报告堪称具有里程碑意义。报告得出的结论是,儿童贫困导致美国每年在犯罪、教育、福利及相关支出上要花费大约10000亿美元。而如果采取一系列措施,每年花费大概十分之一的钱(1000亿美元),十年内就可以将儿童贫困数减少一半以上,同时还能创造就业机会——无论怎么算都很划算,且结果可能要好得多。[2] 我们不需要做温水里的青蛙,而是可以跳到安全的地方。综合了国家科学院和我们咨询过的其他专家的经验后,我们敦促国家采取以下一些重大举措。

第一,提供高质量的早期儿童项目。这可能是我们在帮助危险儿童方面能做的最好的一件事。就像美国的大众教育催生了工业化和创新浪潮一样,面向幼儿的普及教育项目是对美国未来的一项前途无量的投资。此外,早期儿童项目也会使父母更容易找到工作。1971年,国会通过了设立全国儿童保育计划的法案,支持者们希望尼克松总统能签署,但法案最终还是遭到了他的否决。是时候纠正这个错误了。对于生活在贫困线以下的家庭来说,现在的托儿服务几乎消耗了家庭收入的三分之一,而且在托儿服务的选择方面,美国的表现也不如其他国家。纽约市长白思豪告诉我们,他最初提倡普及学前教育只是为了帮助儿童,但后来意识到,提供高质量的托儿服务也为在职父母带来了巨大的好处。阻碍美国经济整体发展的一个因素是,我们已经从1990年女性劳动力参与率的领先者变成了落后者(现在在22个富裕国家中排第20位),而部分原因正是其他国家制定了更好的儿童保育方案。³值得期待的是，两党都表示了对早期儿童教育的支持，俄克拉何马州这样的红州在相关问题上也走在了前列。

第二，普及高中阶段教育。全国有七分之一的孩子不能按时从高中毕业（包括近四分之一的黑人学生），这些辍学者几乎没有未来可言。相比之下，在日本、俄罗斯、爱尔兰、芬兰等国，只有不到3%的学生无法从高中毕业。我们可以从要求年轻人在18岁以前或高中毕业前留在学校做起。我们还可以在学徒计划、职业培训、职业学院和其他方面做更多的工作，以增加坚持读完高中的学生最终获得工作的概率。

第三，建立全民医疗保障体系。70年前，哈里·杜鲁门总统就曾试图实现全民医保，所以我们不要再等待了，让每一个美国人都能获得医保吧。我们不一定非要采用单一支付人机制，迫使数千万美国人放弃他们满意的现有医保计划，而是可以采用德国那种多支付人机制，通过各种计划强制实施医疗保险，比如可以列出公共选项，扩大医疗补助，同时允许人们在没有其他保险的情况下提前购买老年人医疗保险。但关键问题还是，我们不应该再容许美国人被忽视了，这会导致国家竞争力受损、人们的预期寿命缩短和个人生活的崩溃。

第四，消除意外怀孕。少女怀孕是贫困的一个主要前兆，大量证据表明，免费获得长效可逆性避孕用品（如皮下埋植硅胶囊管和宫内节育器）或避孕药可以减少意外怀孕。在这类项目上每投入1美元就可以节省7美元，更不用说还可以提高少女高中毕业并找到好工作的概率。而且这一措施对社会保守派而言也有好处：意外怀孕少了，堕胎也就少了。

第五，每月支付儿童津贴。研究表明，政府每月向有孩子的家庭支付大约250美元，就会给贫困儿童一个更好的人生起点。加拿大、澳大利亚以及几乎所有欧洲国家都成功地使用了儿童津贴——加拿大贫困率降低的主因就源于此。密歇根大学福利政策专家H.卢克·谢弗（H. Luke Shaefer）等人的研究表明，这项津贴几乎可以消除美国的极端儿童贫困。[4]

第六，结束儿童无家可归的状况。我们优先考虑老兵无家可归的问题，成功将这种状况减少了一半，所以现在，让我们为了儿童跟无家可归做斗争吧。相关措施包括增加经济适用房，使用代金券，利用那些基于实证的项目，如帮助有孩家庭搬到更好社区的"创造机遇"（Creating Moves to Opportunity）。

第七，利用儿童成长基金来增加储蓄。每个美国人出生时都应该开立一个2000美元的账户，提取的账面金额只能用于教育、买房、投资生意或退休。低收入家庭往账户中存多少款，政府随后也会存入相应金额，以培养人们储蓄的习惯，帮助人们积攒更多的储备金。各种研究已经计算出，儿童成长基金能够将黑人和白人的财富差距缩小80%～90%。[5]儿童成长基金的一个变体是个人发展账户，获得资金的条件之一是完成金融知识课程。这些措施在增加储蓄方面似乎非常成功，应当列入学校课程。在20世纪90年代末和21世纪初的一项随机试验中，每年仅靠900美元生活的个人发展账户拥有者，仍能通过节省在咖啡、烟酒和外出就餐上的开支，将收入的8%存起来；他们的工作时间也更长。十年后，拥有这些账户的家庭更有可能拥有自己的房产和退休账户。但2017年，国会停止了对个人发展账户项目的资助。[6]

第八，赋予人民工作的权利。1944年，富兰克林·罗斯福提议将美国人的工作权列为《第二项权利法案》的一部分，他这么做是有道理的。在为人们创造薪酬公平的工作环境方面，政府还大有可为。当然，这并不是说政府最终要成为所有美国人的雇主。一份工作所传递的信息是"欢迎来到纳税人的世界"，领取福利有多让人感到羞耻，通过工作来挣钱就有多么能给人力量。帮助处境艰难的人最好的方法就是提供收入更高的工作，要么提高最低工资，要么在提供工作指导的同时提供收入补贴。这在一定程度上是出于政治原因："'我们想给不工作的人发工资'，进步人士其实不该这么说，因为从政治角度来讲，这无异于自寻死路。"哈佛大学的戴维·埃尔伍德教授若有所思地说，"但如果你说一份工作应该薪酬更高，人们会更容易接受。"正是出于这个原因，弗吉尼亚州参议员马克·沃纳（Mark Warner）才谨慎地将这一信息概括为"我们应该让每一个美国人都有机会去赢得美好的生活"，并且着重强调了"机会"和"赢得"这两个词。这就是提高最低工资、加强工会和工人保护、收入所得税抵免或其他收入补贴背后的理念。收入所得税抵免获得了两党的支持，而且学者们发现，这在很大程度上不会增加政府支出，因为人民变成了纳税人，而要领取的救济金也会减少。相比之下，我们对"全民基本收入"持怀疑态度，这既是因为很难获得足够的政治支持，也是因为有大量证据表明，要想获得幸福感，重要的不只是收入，还有工作带来的尊严和身份认同。

另一个明智的举措是工资保险，为接受低薪工作的下岗工人提供补贴，而不是让他们等待一份薪酬与上一份相同的工作出现。在有关工资保险的实验中，美国和加拿大都发现，这能使工人更有可能接受他们原本不屑的工作，故而对个体和整体的经济状况都更有好处。耶鲁大学著名经济学家罗伯特·席勒（Robert Shiller）认为，"工资保险可能不在你的关注范围内，但其实你应该把它列为你的关注对象"。他主张将工资保险作为减少不平等的一种方式，并且指出工资保险已经获得了两党的支持，[7]小布什和奥巴马都曾推行过一定限度内的工资保险。

我们还应该尝试一些项目，比如鼓励人们搬到有更多工作的地区，或者为高失业地区的雇主创造的每一个新工作岗位提供补贴。此外，那些相对较新的"为成功付费"就业和技能培训项目，也能帮助贫困青年在劳动力市场立足。另一个举措是设立全国性服务项目来培训危险青年，让他们拥有自律能力、工作技能和自信——这些来自军事领域的素质曾经给戴尔·布雷登这样的人带来了很大的帮助。据国防部估算，71%的美国年轻人虽然想参军，但因为曾被判重罪，或涉猎毒品、身材肥胖、未能从高中毕业等原因而失去了资格。但事实是，这些不合格的人中其实有很多是最能从参军中受益的，服一两年兵役可以让这些年轻人在以后的就业市场上获得更多的机会。

还有一个更加激进的举措，就是联邦就业保障，[8]但这要面临实施方面的挑战和巨额开支，估计每年要花费数千亿美元。或许我们先尝试一些更温和的措施会更有意义，但如果某个群体的失业状况持续存在，那么作为最后手段的有限政府就业计划，就比我们现在看到的贫困、成瘾和绝望更可取。

以上这些需要与私营和非营利部门建立合作伙伴关系的项目，都需要大量资金的投入。加拿大人和欧洲人缴的税更高一些，却实现了全民医保，减少了贫困和无家可归的人数，成瘾率也比较低，整个社会可以说变得更加人道了，所以这种妥协或许是值得的。对富人多征税的时代可能已经到来：民意调查显示，更多美国人支持对富人增税，而非减税。

即使我们只是把税率恢复到 20 世纪 90 年代中后期的水平——那时经济蓬勃发展，人们普遍认为国家步入了正轨——我们也能筹到足够的资金，来资助上述议程中的大部分项目。当时的那些税显然没有使经济放缓，因为我们上一次还清债务、经济也似乎对每个人都有利的时期，正是 20 世纪 90 年代中后期。这难道不值得讨论一下吗？

按照约翰·梅纳德·凯恩斯、詹姆斯·托宾、比尔·盖茨等人的建议，另一种筹集大量资金的方式是对股票、债券、外汇、大宗商品和衍生品交易征收小额的金融交易税。经济政策研究所建议，这样的税收每年可以筹集 1000 多亿美元，可用于支付儿童津贴、早期儿童教育或戒毒戒酒治疗的费用。值得研究的想法还有很多，比如征收财富税、限制资本收益税的递增基础、统一资本收益税和收入所得税税率、提高遗产税税率等。

给人民钱可能看起来像是政府津贴，但其实是对国家人力基础设施的长期资本投资。就像当时在建的州际高速公路为我们提供了基础设施一样，《退伍军人权利法案》中的教育福利也帮助美国建立了全国性的人力资本基础。这两种投资都是有助于释放市场力量的至关重要的平台，就像 19 世纪时新铁路刺激了经济增长，大众教育催生了跨国创业活动，使美国一跃成为世界强国那样。现在，随着一些发展中国家建立起了强大的经济基础，并对其人民进行了大量投资，人口少得多的美国必将面临落后的风险。在某种程度上，阻碍美国发展的因素是数千万人缺乏提高生产力所需的教育或技能，他们的潜力没有得到充分开发。道路和桥梁，再加上更强大的教育，可以建立起一种结构基础，提高国家的生产力、创新力和全球竞争力。要想成为超级大国，我们就必须让所有美国人强大起来。

但其中也有一个挑战，用保守派民谣歌手梅尔·哈格德（Merle Haggard）的话说就是，那些患有"工人抑郁症"的人不会拿起干草叉，要求富人填补漏洞。相反，他们可能会把干草叉对准华盛顿或纽约那些似乎高人一等、受过良好教育的自由派都市人。在这个不平等加剧的时代，我们却没有更有力的措施来帮助穷苦之人，这似乎有点奇怪。但政治学家们发现，即使在民主国家，不平等的加剧也会让富人拥有更多的财富和政治权力，而他们又会反过来利用这些权力来巩固自身财富。这种情况发展下去的结果就是，经济正义越紧迫，追求它的可能性就越小。

本书中的故事往往很残酷，但我们仍对未来的可能性保持乐观，因为我们亲眼见证了生活中的那些巨大进步。在过去的一个世纪里，预期寿命、医疗保健和生活水平的提高程度着实令人惊叹，所以我们更愿意把美国工人阶层在过去40年中遇到的麻烦视为例外，而非新常态。这些麻烦是否最终会变成新常态，将在一定程度上取决于整个国家准备怎么做。诚然，这些麻烦有一部分是技术、贸易和自动化造成的，但主要原因还是政策性的错误和对个人责任扭曲的痴迷。"作为一名经济学家，总有人问我：'且不说所有美国人了，哪怕就只是让大多数美国人过上中产阶层那样的生活，我们恐怕也负担不起吧？'"约瑟夫·斯蒂格利茨指出，"但不知何故，第二次世界大战后那些年，美国比现在穷多了，可那时就做到了这一点呀。"[9] 所以，我们的回答是，能做到。作为一个国家，我们可以重新站稳脚跟。

好在越来越多的人已经认识到美国误入歧途，辜负了许多国民。2018 年，全球投资管理公司贝莱德集团董事长拉里·芬克（Larry Fink）就曾致函其他首席执行官，并警告称："一个公司要想长期繁荣，不仅必须实现财务业绩，还必须展示它如何为社会做出积极的贡献。"和政府一样，私营部门在释放人类潜力方面也发挥着作用。星巴克就是这类公司的典范，不但会为员工提供医疗保险、缴纳大学学费，还会给他们股票所有权，而且因为有很多门店，这些福利最终带来的影响也非常显著。20 世纪 70 年代，"链锯"艾尔（"Chainsaw" Al）和"中子"杰克（"Neutron" Jack）[1] 这样的高管曾竞相裁员、放弃养老金计划和外包服务，那么在未来几年内，是否会有一些高管站出来，竞相让企业成为更负责任的社会成员？

很多企业发现，要想招募最优秀的年轻人，让自己的品牌吸引年轻一代，企业就不能只在意股价。税收政策无疑也会鼓励公司推行利润分享，进而产生极大的影响。2009 年的汽车行业救助计划曾允许汽车工人放弃工资和福利，以换取将来的利润分红。在 2017 年，通用汽车公司的生产工人收到了高达 1.2 万美元的利润分享支票。此外，公司还可以提供更多培训。尽管自 20 世纪 90 年代以来，工作变得更加技术化，但企业已经大幅减少了外部教育费和在职培训费。这对短期利润可能有利，但会危害公司的未来，削弱员工的士气和国家的人

---

[1] "链锯"艾尔是美国企业家艾伯特·邓拉普的绰号，因其在削减成本方面的激进举措而得名；"中子"杰克是原通用电气董事长兼首席执行官杰克·韦尔奇的绰号，其以强悍的管理手段著称。

力资本基础。

当然，这些重大举措并不一定会像我们希望的那样奏效，因为现实总会打破希望。比如资金就会很短缺，尤其是在我们还得想办法摆脱债务和赤字的情况下。这些提议也没有解决导致经济被操纵的政治扭曲问题。我们确实需要采取措施，让政治制度更积极地回应普通公民，更少地关注大慈善家和说客。让投票变得更容易也会有所帮助。不过，其他国家的经验已经表明，这些重大举措确实可以提升人力资本，增加机会，提高流动性，创造一个更健康的社会。英国在前首相托尼·布莱尔的领导下齐心协力减少儿童贫困，在短短五年内英国的儿童贫困率就降低了近一半，所以这是可以做到的。一些人的悲剧可能不可避免，但随着时间的推移，走向犯罪、吸毒、失业和早亡的孩子，可能会越来越少。

在为本书收集资料的过程中，我们发现很多钱都被浪费在了为游艇、高尔夫球场或私人飞机提供补贴上。但是，使这场美国之旅更加痛苦的是，我们亲眼看到了美国最重要的资源——人——遭到浪费。看到老朋友们受苦受难，看到功能失调已经传给了他们的儿孙辈，我们心里极其难受。在过去几十年的报道生涯中，我们痛心地看到很多人在战争或难民营中遭受了不必要的痛苦，但更令我们痛心的是看到老朋友们遭受不必要的痛苦。他们本来是有能力为自己和国家创造更大价值的。在国外，我们经常引用一句格言，"人才到处都是，机会不是"——我们逐渐认识到，这句话也适用于美国。参加完克莱顿的追思会，在准备离开时，雪莉想起了约翰·多恩牧师大约四个世纪前写下的著名诗句：

没有人是一座孤岛，

可以自全。

每个人都是大陆的一片，

整体的一部分。

如果海水冲掉一块，

欧洲就减小。

多恩在几行后结束了这首诗，其中提到教堂的钟声在某人死后敲响，"因此，不要问丧钟为谁而鸣，丧钟为你而鸣"。教堂现在已经不会为每位死去的人都鸣钟了，但意义是一样的。每当克莱顿这样的人早亡，每当有人死于成瘾、自杀、犯罪或绝望，我们都会有损失。我们有办法做得更好。我们可以支撑起美国梦，让今天的孩子们登上6号校车，蹦蹦跳跳地走进全国各地的学校，实现更多激励他们的梦想，让这里真正成为伍迪·格思里的愿景中那片"属于你和我"的土地。

附录

花十分钟就能带来改变的 10 个步骤

在接下来的十分钟里,你可以通过以下 10 个步骤,为这个世界带来改变。

1. 考虑做一名辅导员。尤其需要男性来指导处境危险的男孩,很多男孩都需要可信赖的男性榜样。了解一下"大哥哥大姐姐"(Big Brothers Big Sisters)这样的组织。如果你想在网上提供帮助,可以去了解一下"我指导"(iMentor)。
2. 考虑通过"救助儿童会"(Save the Children)资助一个美国儿童,每月大约需要 30 美元。我们通常会把儿童资助项目与非洲贫困儿童联系在一起,但"救助儿童会"也有稳健的项目来帮助美国贫困地区的家庭。
3. 访问我们在书中提到的一些非营利组织的网站:帮助阿肯色州贫困儿童和青年的 TOPPS(http://www.toppsinc.org/);帮助俄勒冈州成瘾者的"激起希望"(http://www.provokinghope.com/);帮助俄克拉何马州女性成瘾者的"女性康复计划"(https://www.fcsok.org/services/ women-in-recovery/)。你可以通过告诉朋友、在社交媒体上关注、发布相关信息来出一份力，帮它们宣传。

4. 尝试支持危险儿童教育，尤其是幼儿教育。如果人们像资助大学和商学院一样资助"教育护理"（https://www.educareschools.org/）这类面向低收入家庭儿童的幼儿园，那将会带来变革。向"阅读为医嘱，童书为处方"捐赠 20 美元就可以让一名儿童加入一个国家项目，儿科医生会开出阅读"处方"，在儿童去医生办公室时向他们分发儿童读物。"阅读伙伴"（Reading Partners）提供自愿辅导儿童阅读的机会。你也可以写信给国会议员，敦促他们全额资助针对危险儿童的早期儿童项目。写信的小技巧可以在 http://www.nea.org/home/19657.htm 找到。

5. 成为一个你喜欢的组织的大使，或者相关事业的倡导者。在美国，儿童因为不能投票而被忽视，所以需要其他人为他们发声。一个很好的选择是"成果"（http://www.results.org/），它主要指导公民如何在贫困和儿童早期教育等问题上有效地游说国会议员。

6. 如果你在读书俱乐部读到这本书，考虑一下让俱乐部至少在这节课上解决一个问题。也许是呼吁你所在的州扩大医疗补助计划，或者呼吁你所在的学区为危险儿童做更多的事，或者呼吁当地检察官支持更多针对毒品罪犯的司法分流项目，而不是一次又一次地把他们关押起来。共同解决问题才更有趣，而且有一些非常成功的"捐赠圈"的典型，比如"全圈基金"（Full Circle Fund）或"爱达荷妇女慈善基金会"（Idaho Women's Charitable Foundation）。

7. 考虑一下在无家可归者收容所做一名志愿者。相关信息可以在"全国无家可归者援助联盟"（The National Coalition for the Homeless）和"志愿者匹配"（VolunteerMatch）的网站上找到。或者在"偏远地区医疗"举办的健康集市上做一名志愿者（他们需要各种各样的志愿者，不只是医护人员）。这种志愿活动可能听起来像是一种牺牲，但也是一种有益的经历。

8. 打破禁忌！在处理难以启齿的政策问题，比如心理健康、家庭暴力或者任何与性有关的问题时，美国的表现往往很糟糕。我们要打破僵局，如果不能讨论这些问题，就永远无法在这些问题上取得进步。

9. 奖励那些有道德罗盘的公司，惩罚那些没有的。如果有更多美国人支持那些为工人提供医疗保险和合理工资和福利的公司，我们就可以利用美国的工业为更多的工人提供支持。同样，考虑投资有社会责任心的基金，"先锋领航"（Vanguard）、"安硕"（iShares）和"美国教师保险和年金协会"（TIAA）等大型基金公司会提供各种选择。

10. 开始开辟属于自己的改变现状之路。举个例子来说，写这本书的时候，我们在亚姆希尔的克里斯多夫农场的樱桃园需要更新换代，于是在看到该地区的就业需求后，我们决定在这片土地上种植酒苹果和酒葡萄。相比于其他用途，在农场里酿造苹果酒、种植黑皮诺葡萄可以为当地人提供更多的工作岗位。我们已经雇用了一些有不良历史的当地人来开垦土地、种植并培育苹果树。这个项目的网址是 http://www.KristofFarms.com，请访问这个网站，以获取最新信息。这会是一件有风险的事，也是一次冒险经历，但我们也很乐意看到此举可以帮助我们珍视的社区。

致谢

报道并撰写本书的过程令人心碎，能写出这本书是因为有很多人向我们敞开了心扉。克莱顿·格林为要不要让我们写他贩卖冰毒的事考虑了好几个月。"太尴尬了，"他叹了口气说，"邻居们会怎么想？"但最终，他还是让我们写下来了，因为那就是可恶的事实，也因为他信任我们。这是一项沉重的责任，希望出现在本书中的朋友们不会觉得我们辜负了他们的信任。写这本书时，我们还担心一个问题：对书中人物的生活进行不留情面的描述，可能会让一些读者觉得克莱顿和其他一些人都是自作自受的失败者。但事实是，他们既是复杂的人，也是我们非常关心的朋友。

有些人愿意分享他们的故事，比如克莱顿，部分原因是他们已经认识我们几十年了。玛丽·梅厄从七年级起就是尼可的朋友。虽然她一直极力隐瞒自己在与酒精、毒品和无家可归做斗争，但考虑再三之后，她还是讲出了自己的故事，因为她相信，我们会给无家可归赋予人性的色彩，激发出更多的同情心和同理心。还有一些人，比如在阿富汗服役后染上毒瘾的退伍军人丹尼尔·麦克道尔，虽然此前根本不认识我们，但他还是和盘托出他所受的屈辱，因为他想让世人更好地理解成瘾问题，明白失败政策的代价。丹尼尔愿意公开讲述自己的毒瘾，和他在战场中的表现一样勇敢。

因此，我们非常感谢克莱顿、玛丽和丹尼尔，还有艾琳、迪伊、基伦和安布尔这样的人。他们给我们讲这些故事，是因为他们相信，严酷的事实将有助于制定更合理的政策，减轻其他人的痛苦。我们的老朋友克莱顿坦诚地讲述了自己的苦难，帮助我们了解了这些问题，但令人痛心的是，本书尚未完成，他就离开了人世。

有时，纽约的朋友们会问我们：那些亚姆希尔的老朋友在失业、吸毒，或无家可归时和我们的关系如何，是否有怨恨，或者彼此之间是否有无法逾越的鸿沟？这个问题应该问他们，但我们的回答是——我们的友谊比分歧更深。确实，我们有不同的生活经历，一些老朋友对我们的进步观念，或者对我们缺乏宗教信仰感到绝望——就像他们曾经对尼可糟糕的焊接技术或差劲的汽车修理技术感到绝望一样。但他们原谅了我们的缺点，并欢迎雪莉进入他们的生活和内心。"你和我一样，都是亚姆希尔的孩子，"克莱顿对尼可说，"无论你有多大成就，无论你去了哪里，你都是亚姆希尔的一分子。"这也有助于尼可的妈妈继续融入社区，并受到所有人的爱戴。最终，我们和老朋友们建立了亲密的关系，因为我们都爱亚姆希尔，而且我们都意识到，自从播放着《天国的阶梯》的舞会结束后，有些地方出了大问题。

感谢《纽约时报》为了这个项目给尼可放了一个"书假"，他1984年被亚伯·罗森塔尔和约翰·李聘为年轻的经济记者，在报社工作的这35年里，遇到的阿瑟·苏兹贝格、A. G. 苏兹贝格和詹姆斯·贝内特，以及其他很多人，他们都是出色的老板和伙伴。我们也非常感谢我们多年来合作的出版社——克诺普夫出版社，以及一直合作的图书编辑乔纳森·西格尔，他简直是作者们梦寐以求的那种编辑：聪明、考虑周全、有创造力，而且通情达理。和很多其他出版社相比，克诺普夫用心校订并认真对待手稿，乔纳森为图书编辑设定了黄金标准。我们很幸运，无论是新闻还是图书，我们遇到的编辑和其他出版从业者都专注于质量。我们还要感谢克诺普夫出版社的马库斯·多勒、马德琳·麦金托什和桑尼·梅塔，感谢他们支持那些引人深思的、引发全国性大讨论的书。我们感谢塞缪尔·阿伯和艾琳·塞勒斯每天的帮助，也感谢公司里负责翻译、插图拍摄、封面设计等工作的其他很多人。丹·诺瓦克在法律和其他问题上给予了明智的建议。奇普·基德设计了这本书的封面，我们以前的书的封面也是他设计的。艾米·瑞安审过的稿子看得我们眼花缭乱，她多次将我们从自身的局限中拯救出来。艾伦·费尔德曼指导我们完成制作过程，让一切看起来很容易。保罗·博加兹帮助我们接触读者，还有杰西卡·珀塞尔和克诺普夫的宣传团队，连同我们在美国项目局的演讲经纪人一起，带我们到全国各地宣传推广这本书。制作一本书需要很多人的共同努力，而克诺普夫是一个了不起的团队，我们非常有幸成为其中的一员。

1993年我们还是年轻的驻外记者，那时安妮·锡博尔德就是我们的文学经纪人了。在我们的同事比尔·萨菲尔的建议下，她给传奇人物莫特·詹克罗发去了传真。从那以后，我们就一直和詹克罗&内斯比特公司合作。安妮一直是个明智、热情，且有耐心的啦啦队队长，读过这本书的好几版草稿。与我们合作的这三家公司——克诺普夫出版社、《纽约时报》和詹克罗&内斯比特公司——代表的是同样深切关注质量、意义和社会使命的营利性公司。能与其中的任何一家公司合作都是幸运的，我们则有幸能与这三家公司合作。

十分感谢詹妮弗·加纳录制了《为何生活越来越像走钢索》的有声书，也感谢她为儿童所做的不懈努力。她是"救助儿童会"的董事会成员，一直热心于倡导采取更明智的政策来帮助贫困儿童。

福特基金会给了我们一笔钱款，用于拍摄书中的照片。我们特别感谢福特基金会的达伦·沃克、诺雷恩·汗、戴夫·马佐利、凯尔西·贝克和格蕾丝·阿尼奥努埃沃，更要感谢福特基金会为解决我们在书中谈到的问题所做的工作。

书中的照片大多出自琳西·阿达里奥之手，她是我们的老朋友，我们非常欣赏她的摄影作品（和她的心灵）。在琳西的职业生涯中，她多半在报道阿富汗、伊拉克和苏丹等地的冲突，我们在国外和她合作过，所以这次带她去俄勒冈、俄克拉何马和亚拉巴马是一种享受；在一个没有军阀和枪战的地方与琳西共事特别愉快。艾丽丝·加布里纳对照片做了精细的编辑。

许多专家在报道本书的过程中和我们讨论了一些问题，或者读了书中的部分内容。我们非常感谢读者和评论家，其中包括 MDRC 的戈登·伯林、罗素·塞奇基金会的谢尔登·丹齐格、乔治·凯泽家族基金会的肯·列维特、布鲁金斯学会的伊莎贝尔·索希尔和密歇根大学的 H.卢克·谢弗。他们都是研究不平等问题的专家，他们的评论对我们非常有帮助。其他读过全部或部分手稿的读者包括《纽约时报》的格伦·克莱蒙、丽芮尔·希加和娜塔莉·基特洛夫；亚姆希尔的鲍勃·班森和乔妮·马滕；简·克里斯多夫、达雷尔·邓恩和凯瑟琳·苗；还有我们的表兄弟乔治·阿波斯托里卡斯。特别感谢我们的朋友乔希·刘易斯，他提出了出色且详细的建议。他曾把我们从萨蒙河上的一块岩石上救下来，这证明他不只是一名优秀的编辑，还是一名身手敏捷的皮划艇手。

写这本书时，我们还在与普林斯顿大学教授艾伦·克鲁格、乔治·凯泽家族基金会的乔治·B.凯泽和其他许多人有益的交谈中获得了启发。艾伦·克鲁格在本书即将完稿时去世。

普林斯顿大学的几位优秀的学生在事实核查、研究和早期资料阅读方面提供了帮助，并给予了出色的建议，这些学生包括内森·列维特，他也曾在俄克拉何马州的部分地区与我们合作，以及伊桑·斯特伦菲尔德、约瑟夫·查尼、朱莉娅·希伦布兰德和谢默斯·麦克多诺。

与我们一同踏上这段旅程的还有一支摄制组，他们制作了一部套拍电视纪录片。《展示力量》(*Show of Force*)的纪录片团队给予了我们极大的帮助。这个团队帮助我们找到了巴尔的摩的丹尼尔·麦克道尔和史蒂夫·奥尔森警督、华盛顿特区的玛奎塔·阿博特，以及其他很多我们采访过的人。纪录片团队分享了文字内容，在坚定地致力于揭示这些问题的同时，维护了那些经历困境的人的尊严。《展示力量》团队的成员有马罗·切尔马耶夫、乔希·本内特和杰夫·杜普雷，我们和他们合作拍摄过纪录片，还有维瓦·范·洛克、保拉·阿斯托加、克里斯蒂娜·阿瓦洛斯、莉奇·科普林、艾琳·克伦帕克、沃尔夫冈·赫尔德和吉娜·内米洛夫斯基。

有这么多的帮助，我们应该不会搞砸。但我们不想按惯例说那些套话，什么"如果出现任何错误，我们概不负责"。我们想说："任何错都是我们夫妇的错。"

注释

第一章　6号校车上的孩子们

1. 这个数据来自爱德华·R. 默罗（Edward R. Murrow）于1960年拍摄的关于流动工人的纪录片《耻辱的收获》（*Harvest of Shame*）。这部纪录片在一定程度上改善了流动雇农的生活条件。

2. 参见D. 伦哈特（D. Leonhardt）的《我们对经济的衡量完全错误》（*We're Measuring the Economy All Wrong*），2018年9月14日发表于《纽约时报》。这是扣除通货膨胀因素后的结果。

3. 周薪和时薪数据来自美国劳工统计局网站"当前人口调查"（Current Population Survey），《数据库和按主题分类的表格和计算》1979年至2019年。对于有大专学历或副学士学位的劳动者来说，扣除通货膨胀因素后，2019年的平均工资比1979年低了约15%。高中辍学生的情况更糟，在扣除通货膨胀因素后，他们的平均工资比1979年低了约21%。

4. 参见J. 雷（J. Ray）的《2018年美国人的压力、担忧和愤怒加剧》（*Americans' Stress, Worry and Anger Intensified in 2018*），2019年4月25日发表于《盖洛普新闻》。

5 参见美国国家卫生统计中心 2019 年发布的《药物过量死亡临时统计》（ Provisional Drug Overdose Death Counts ）。2017 年该数值达到峰值，有 7 万多人死于药物过量。

6 参见国家酒精滥用与酒精中毒研究所的《酒精事实与统计》（ Alcohol Facts and Statistics ）。

7 参见国家心理健康研究所的《自杀》（ Suicide ）。

第二章 "我们排名第 30 位！"

1 参见 J. E. 斯蒂格利茨（ J. E. Stiglitz ）、A. 森（ A. Sen ）和 J–P. 菲图西（ J–P. Fitoussi ）于 2009 年发表的《经济表现与社会进步衡量委员会报告》（ Report by the Commission on the Measurement of Economic Performance and Social Progress ）。

2 参见 P. 奥康纳（ P. O'Connor ）的《民调发现经济焦虑普遍存在》（ Poll Finds Widespread Economic Anxiety ），2014 年 8 月 5 日发表于《华尔街日报》。此为《华尔街日报》和全国广播公司的新闻民调结果。

3 参见 J. 杜沙姆（ J. Ducharme ）的《美国自杀率达到"二战"以来最高水平》（ U.S. Suicide Rates Are the Highest They've Been Since World War II ），2019 年 6 月 20 日发表于《时代周刊》。犹他州赫里曼镇在不到一年的时间里有六名高中生和一名刚毕业的学生自杀。同时参见 I. 洛维特（ I. Lovett ）的《一名青少年自杀，随后又有六名青少年自杀》（ One Teenager Killed Himself, Then Six More Followed ），2019 年 4 月 13 日发表于《华尔街日报》。

4 参见 R. N. 利帕里（ R. N. Lipari ）和 S. L. 范－霍恩（ S.L.Van Horn ）的《与患有物质使用障碍的父母生活在一起的儿童》（ Children Living with

Parents Who Have a Substance Use Disorder），出自美国物质滥用和精神健康服务管理局 2017 年 8 月 24 日发布的《行为健康统计与质量中心（CBHSQ）报告》。

5 参见政策研究所 C. 柯林斯（C. Collins）和 J. 霍克西（J. Hoxie）2017 年 11 月发表的《亿万富翁的生财之道》（*Billionaire Bonanza*）。柯林斯和霍克西说，美国所有家庭中最富有的 1% 拥有 39.7% 的全部私人财富。1860 年到 1900 年，美国家庭中最富有的 2% 拥有超过三分之一的全国财富，而最富有的 10% 拥有大约四分之三的全国财富。

6 马克·华纳参议员当然相信市场经济，但他认为当前的制度扭曲了激励政策，投资于设备，而不是人力资源。他还指出，绝大部分风险资本流向了纽约州、加州和马萨诸塞州的白人男性，他希望看到更多努力，为苦苦挣扎的美国人拓宽赚钱脱贫的机会。他希望创造更多激励措施，投资于人力资本，而不是机器。例如，他建议，研发税收抵免（R&D Tax Credit）类的东西不仅适用于购买电脑，也适用于培训员工。

7 2019 年 4 月 7 日，瑞·达利欧在推特上发表评论，详见 https://twitter.com/RayDalio/status/1114987900201066496。

8 达利欧的评论来自一篇题为《资本主义为何需要改革及如何改革》（*Why and How Capitalism Needs to Be Reformed*）的文章，该文章于 2019 年 4 月 12 日发表在他的网站 economprinciples.org 上。

9 参见 F. 纽波特（F. Newport）的《相比于资本主义，民主党人对社会主义更有信心》（*Democrats More Positive About Socialism Than Capitalism*），2018 年 8 月 13 日发表于《盖洛普新闻》。

10 参见美国联邦储备委员会 J. 拉里莫尔（J. Larrimore）、A. 杜兰特（A. Durante）和 K. 克赖斯（K. Kreiss）等于 2018 年 5 月发表的《2017 年美国家庭经济福祉报告》（*Report on the Economic Well-Being of U.S. Households in 2017*）。

11 参见 D. 施耐德（D. Schneider）和 K. 哈克内特（K. Harknett）的《日常工作日程不稳定对劳动者健康和福祉的影响》（Consequences of Routine Work-Schedule Instability for Worker Health and Well-Being），2019 年 2 月 1 日发表于《美国社会学评论》。

12 参见 H. 朗的《像你这样的人从没做到过：一个高中辍学生如何成为旧金山联邦储备银行主席》（Nobody Like You Has Ever Done It: How a High School Dropout Became President of the San Francisco Federal Reserve），2019 年 1 月 18 日发表于《华盛顿邮报》。

13 参见《在毕业典礼上致告别辞的最优秀毕业生项目》（The Valedictorians Project），2019 年 1 月发表于《波士顿环球报》。

14 参见弗吉尼亚大学政治中心 G. 斯凯利（G. Skelley）于 2017 年 6 月 1 日发表的《究竟有多少"2012 奥巴马－2016 特朗普"选民？》（Just How Many Obama 2012-Trump 2016 Voters Were There?）。斯凯利在文中称，这样的选民有 8.4 万。

15 参见 K. D. 威廉森（K. D. Williamson）的《家庭的混乱，国家的混乱：白人工人阶层的功能失调》（Chaos in the Family, Chaos in the State: The White Working Class's Dysfunction），2016 年 3 月 17 日发表于《国家评论》。

第三章　当工作消失时

1 "联邦残疾人计划"是一些人的生命线，但也让另一些人陷入长期贫困，当经济条件或自身境况改善时，他们更难重返劳动力市场。2015 年 9 月触底反弹后，美国的劳动力参与率有所上升，部分原因是一些领取残疾人保障金的人重返工作岗位，但他们这么做往往会失去福利。

美联储主席杰罗姆·鲍威尔（Jerome Powell）建议，允许领取伤残津贴的人工作，同时减少福利损失。另一种方法是给他们放假，这样他们就可以在一定年限内重返就业市场，同时不失去残疾人保障金，或者允许他们工作更长时间，而不面临罚款。这些措施会给凯文·格林或"弹球"戈夫这样的人更多重返劳动力市场的动力。

2 参见 J. Wm. 莫耶（J. Wm. Moyer）的《由于交通事故债务，可能有 700 多万人失去驾驶执照》（More Than 7 Million May Have Lost Driver's Licenses Because of Traffic Debt），2018 年 5 月 19 日发表于《华盛顿邮报》。

3 参见美国联邦储备委员会于 2019 年 4 月 24 日发表的《家庭与非营利组织；净资产水平（TNWBSHNO）》[Households and Nonprofit Organizations; Net Worth, Level (TNWBSHNO)]，检索自圣路易斯联邦储备银行（FRED），网址 https://fred.stlouisfed.org/series/TNWBSHNO。

4 大卫·莱昂哈特（David Leonhardt）利用托马斯·皮凯蒂（Thomas Piketty）、伊曼纽尔·塞斯（Emmanuel Saez）和加布里埃尔·祖克曼（Gabriel Zucman）的收入数据（扣除税收和转移支付后），以及经济分析局的 GDP 数据，用一张出色的图表证明了这一点。参见莱昂哈特的《美国中上层阶层的真实现状》（How the Upper Middle Class Is Really Doing），2019 年 2 月 24 日发表于《纽约时报》。

5 参见政策研究所于 2019 年 3 月 26 日发表的《华尔街如何推动性别和种族薪酬差距》（How Wall Street Drives Gender and Race Pay Gaps）。最新报告显示，181300 名总部位于纽约的华尔街员工的奖金总额高达 275 亿美元，是美国 64 万领取联邦最低工资的全职员工（每周至少工作 35 个小时）年收入总和的 3 倍多。

6 参见 D. 德西尔弗（D. Desilver）于 2018 年 8 月 7 日发表的《对于大

多数美国劳动者而言，几十年来，实际工资几乎没有变化》（*For Most U.S. Workers, Real Wages Have Barely Budged in Decades*），皮尤研究中心事实库。这是指非农业私营部门非管理人员的平均时薪。1973年以后，平均工资一直小幅下降，直到20世纪90年代，之后又小幅上升。总的来说，扣除通货膨胀因素后，平均工资略低于1973年1月的水平。

7 参见圣路易斯联邦储备银行的《财富的人口统计数据：在如今的经济条件下，年龄、教育和种族如何区分成功者和挣扎者》（*The Demographics of Wealth: How Age, Education and Race Separate Thrivers from Strugglers in Today's Economy*），表2"按户主年龄划分的家庭财富中值"，第7页，2015年7月发表于《论文3：年龄、出生年份和财富》。

8 参见R. 切蒂、D. 格鲁斯基（D. Grusky）和M. 黑尔（M. Hell）等的《褪色的美国梦：绝对收入流动性趋势》（*The Fading American Dream: Trends in Absolute Income Mobility*），2017年4月28日发表于《科学》。另一种衡量经济流动性的指标——代际收入弹性——表明，美国人在收入分配中的排名大约有40%是由父母的收入决定的。

9 参见美国国会联合经济委员会、副主席团队成员、犹他州参议员M. 李（M. Lee）的《不作为、脱节和生病：脱离劳动力大军的壮年男性画像》（*Inactive, Disconnected and Ailing: A Portrait of Prime-Age Men Out of the Labor Force*），社会资本项目，2018年9月18日。

10 参见英国埃塞克斯大学D. 布朗（D. Brown）和E. 德卡奥（E. De Cao）的《失业对美国儿童虐待的影响》（*The Impact of Unemployment on Child Maltreatment in the United States*），2018年3月工作文件。

11 参见E. L. 格莱泽（E. L. Glaeser）、L. 萨默斯（L. Summers）和B. 奥斯汀（B. Austin）的《中心地区就业危机救助计划》（*A Rescue Plan for a*

Jobs Crisis in the Heartland），2018 年 5 月 24 日发表于《纽约时报》。另见 B. 奥斯汀、E.L. 格莱泽和 L. 萨默斯的《拯救中心地区：21 世纪美国地区导向型政策》（Saving the Heartland: Place-Based Policies in 21st Century America），布鲁金斯学会，2018 年 3 月 8 日。国会对创造就业的计划越来越感兴趣。但在充分就业时期，在国家层面推行这样的计划可能没有意义。相反，由于地区差异，我们应该以高失业率地区为对象。我们还可以为提供就业机会的雇主推出激励措施，扩大收入所得税抵免覆盖面，并对失足少年等危险人口采取特殊干预措施，比如在创造就业机会上有出色纪录的职业学院。

12 参见 L. 内德尔科斯卡（L. Nedelkoska）和 G. 昆蒂尼（G. Quintini）的《自动化、技能使用和培训》（Automation, Skills Use and Training），2018 年经合组织工作文件。

13 参见 L. 弗龙斯基（L. Wronski）利用在线调查系统服务网站"调查猴子"于 2018 年 12 月 10 日至 17 日进行的有关"工作中的好奇心"的相关调查《描述 2018 年的热门词汇：伟大与令人疲惫》（Top Words to Describe 2018: Great and Exhausting）。

14 来自哈佛大学的三位著名经济学家本杰明·奥斯汀、爱德华·格莱泽和劳伦斯·萨默斯在《拯救中心地区》一文中写道："在整篇论文中，我们关注的是不工作，而不是收入不平等，因为我们认为这是一个更大的问题。大量证据表明，长期不工作的人境遇凄凉。"

15 参见 R. 谢菲尔德（R. Sheffield）和 R. 雷克托（R. Rector）的《空调、有线电视和 Xbox 游戏机：何为当今美国的贫困？》（Air Conditioning, Cable TV, and an Xbox: What Is Poverty in the United States Today?），美国传统基金会，2011 年 7 月 19 日。同时参见 D. 汤普森（D. Thompson）的《传统基金会称，3000 万贫困人口并不像你想象的那么穷》（30 Million in Poverty Aren't as Poor as You Think, Says Heritage

Foundation），2011年7月19日发表于《大西洋月刊》。文章指出，电子产品和其他领域生产率的提高使某些产品非常便宜，而医疗保健、教育和住房开销依然高昂。

16 参见V. 默西（V. Murthy）的《工作与孤独流行病》（Work and the Loneliness Epidemic），2017年9月发表于《哈佛商业评论》。文章指出，作为一个国家，我们已经采取行动应对香烟对公共健康的威胁，但在很大程度上没有觉察到孤独带来的威胁。

第四章　美国贵族

1. 参见R. 切蒂、J.N. 弗里德曼（J. N. Friedman）和E. 塞斯（E. Saez）等的《流动报告卡：大学在代际流动中的作用》（Mobility Report Cards: The Role of Colleges in Intergenerational Mobility），2017年7月国家经济研究局第23618号工作文件。

2. 我们之所以知道常春藤教练公司的收费结构，是因为它起诉了一个家庭本该支付150万美元，却只给了一半的钱，他们曾引导这家的孩子就读寄宿学校，然后进入名牌大学。于是，那个孩子早早就被常春藤盟校录取了。参见S. 捷雅席克（S. Jaschik）的《150万美元进入常春藤盟校》（$1.5 Million to Get into an Ivy），2018年2月12日发表于《高校情报》。

3. 参见美国教育部发表的《大学支付能力与完成率：确保获得机会的途径》（College Affordability and Completion: Ensuring a Pathway to Opportunity），网址 www.ed.gov/college。

4. 参见旧金山联邦储备银行M. C. 戴利（M. C. Daly）和L. 本·贾利（L. Bengali）的《上大学还值得吗？》（Is It Still Worth Going to College?），

2014年5月5日发表于《旧金山联邦储备银行经济信函》。

5 参见R.切蒂于2017年3月在《经济流动：关于加强家庭、社区和经济的研究和看法》上发表的《增加经济流动的机会：新证据与政策教训》（Improving Opportunities for Economic Mobility: New Evidence and Policy Lessons），第37页。

6 参见K.费希尔（K. Fischer）的《不平等的引擎》（Engine of Inequality），发表于2016年1月17日《高等教育纪事报》。

7 参见《种族隔离的今昔》（Segregation Then & Now），发表于公共教育中心网站，网址CenterforPublicEducation.org/research/segregation-then-now。

8 参见R.C.约翰逊（R.C. Johnson）和A.纳扎良（A. Nazaryan）的《梦想的孩子：为什么学校整合有效？》（Children of the Dream: Why School Integration Works）第二卷（Basic Books出版社，纽约，2019）。

9 参见E.鲁德（E. Rude）的《美国食品券欺诈短史》（The Very Short History of Food Stamp Fraud in America），2017年3月30日发表于《时代周刊》。

10 参见加州大学伯克利分校G.祖克曼于2015年9月的报告演讲《国家的隐藏财富：避税天堂的祸害》（The Hidden Wealth of Nations: The Scourge of Tax Havens）。据祖克曼计算，由于隐藏资产，财政部每年损失360亿美元。这只是骗税行为的一小部分。总体上，据美国国税局估算，每年约有4580亿美元欠缴税款，后续调查表明，少缴税款的主要是非常富有的人。

11 参见J.E.斯蒂格利茨、A.森和J-P.菲图西于2009年发表的《经济业绩和社会进步衡量委员会报告》（Report by the Commission on the Measurement of Economic Performance and Social Progress）。

12 参见M.P.辛恩（M.P. Sinn）的《政府在企业福利补贴上的支出多过

在社会福利项目上的支出》（Government Spends More on Corporate Welfare Subsidies Than Social Welfare Programs），2013 年发表于《数字思考》。

13 参见税收和经济政策研究所 2019 年 2 月 13 日的博客文章《鼎盛时期的亚马逊：利润翻倍，联邦所得税为零》（Amazon in Its Prime: Doubles Profits, Pays 0 in Federal Income Taxes）。

14 参见 J. 布伦纳（J. Brunner）的《波音公司首次披露州减税优惠：2015 年减税 3.05 亿美元》（For the First Time, Boeing Reveals State Tax Breaks: $305 Million in 2015），2016 年 4 月 29 日发表于《西雅图时报》。

15 参见 L. 津加莱斯的《欧盟对谷歌罚款说明了美国手机费用高的原因》（How E.U.'s Google Fine Explains High Cellphone Costs in the U.S.），2018 年 7 月 24 日发表于《纽约时报》社论对页版面。

16 参见 P. 基尔（P. Kiel）和 J. 艾辛格（J. Eisinger）的《谁更有可能被审计：收入 2 万美元还是 40 万美元的人？》（Who's More Likely to Be Audited: A Person Making $20,000—or $400,000?），2018 年 12 月 12 日发表于在线新闻网站"为了人民"。关于收入最高的 5% 的纳税人占所有漏报群体的大部分这一事实，参见 2010 年 9 发表于《国家税收杂志》、由安德鲁·约翰斯和乔尔·斯莱姆罗德撰写的《所得税纳税不遵从行为分布》一文，尤其是表 3。

17 参见《曼哈顿检察官敦促杜威高管入狱，指控其"欺诈本庭"》（Manhattan DA Urges Jail for Dewey Exec, Alleges 'Fraud on This Court'），2018 年 11 月 13 日发表于《纽约法制报》。

18 参见联合国大会人权理事会 2018 年 5 月 4 日发表的《极端贫困和人权问题特别报告员美国考察报告》（Report of the Special Rapporteur on Extreme Poverty and Human Rights on His Mission to the United States of

America)。

19 参见劳工统计局 2019 年 1 月 18 日发表的《工会成员摘要》(*Union Members Summary*)。

20 参见美国财政部经济政策办公室 2016 年 3 月发表的《竞业禁止合同：经济效果和政策影响》(*Non-compete Contracts: Economic Effects and Policy Implications*)。

21 参见 J. 斯坦（J. Stein）的《2008 年金融危机后许多制定金融规制的议员和助理现为华尔街效劳》(*Many Lawmakers and Aides Who Crafted Financial Regulations After the 2008 Crisis Now Work for Wall Street*)，2018 年 9 月 7 日发表于《华盛顿邮报》。

第五章　美国是如何步入歧途的

1 参见 C. 戈尔丁（C. Goldin）和 L. F. 卡茨（L. F. Katz）的《教育与技术之间的竞赛》(*The Race Between Education and Technology*)，第 12 页（贝尔纳普出版社，剑桥，2008 年）。

2 根据托马斯·皮凯蒂、伊曼纽尔·塞斯和加布里埃尔·祖克曼的数据，这是扣除税收和政府转移支付后的实际收入。参见大卫·莱昂哈特 2019 年 2 月 24 日在《纽约时报》上发表的《美国中上层阶层的真实现状》。

3 参见 I. 索希尔（I. Sawhill）的《被遗忘的美国人》(*The Forgotten Americans*)，第 60—62 页（耶鲁大学出版社，纽黑文，2018 年）。

4 参见 F. 阿尔瓦拉多（F. Alvarado）、L. 钱斯尔（L. Chancel）和 T. 皮凯蒂等的《2018 年世界不平等报告》(*World Inequality Report 2018*)（哈佛大学出版社，剑桥，2018 年）。

5 一些美法两国比较的数字来自索希尔的《被遗忘的美国人》,第79—80页。

6 乔希·莱文在《女王:美国神话背后被遗忘的生活》(The Queen: The Forgotten Life Behind an American Myth)中讲述了琳达·泰勒的故事。

7 政治哲学界曾有过一场大辩论,在政府产生之前自然状态下的生活到底是田园般的生活,还是可怖的生活。让-雅克·卢梭认为是前者,托马斯·霍布斯认为是后者。霍布斯在1651年出版的《利维坦》一书中提出了一个著名的观点,即个人需要向强大的政府让渡部分权利,以避免一种"孤独、贫困、污秽、野蛮、又短暂"的生活。

8 参见S. 珀尔斯坦(S. Pearlstein)的《美国资本主义能存在下去吗?》(Can American Capitalism Survive?),第13—14页、第22页(圣马丁出版社,纽约,2018年)。

9 参见M. 托马斯基的《20世纪70年代的真正遗产》(The Real Legacy of the 1970s),2019年2月3日发表于《纽约时报》。

10 参见经济政策研究所L. 米歇尔(L. Mishel)和J. 席德尔(J. Schieder)于2018年8月16日发表的《2017年CEO薪酬暴涨》(CEO Compensation Surged in 2017)。

11 参见2018年5月30日提交给美国证券交易委员会的沃尔玛委托书附表14A。

12 参见O. 卡斯的《曾经和未来的劳动者》(The Once and Future Worker),第4页(Encounter Books出版社,纽约,2018年)。

13 参见C. 兰佩尔(C. Rampell)的《事实证明,阿肯色州的医疗补助试验是一场灾难》(Arkansas's Medicaid Experiment Has Proved Disastrous),2018年11月19日发表于《华盛顿邮报》。

14 参见乔治梅森大学莫卡特斯中心J. 布恩德里克(J. Bundrick)和T. 斯耐德(T. Snyder)2017年工作文件《企业补贴会刺激经济活动吗?来

自阿肯色州快速行动封闭式基金的证据》(*Do Business Subsidies Lead to Increased Economic Activity? Evidence from Arkansas's Quick Action Closing Fund*)。

15 参见 V. T. 陈（V. T. Chen）的《宽松：不公平经济中的失业与绝望》(*Cut Loose: Jobless and Hopeless in an Unfair Economy*)，（加利福尼亚大学出版社，奥克兰，2015年）。关于福特的温莎工厂和护理课程的讨论见第61页；第228页提到陷入"冷漠、绝望和自责"中，对此我们十分赞同，我们需要的不只是更明智的政策，还需要一种社会说法，对有过失的人少些评判和轻蔑。

16 参见 P. 克鲁格曼（P. Krugman）的《特朗普之地怎么了？》(*What's the Matter with Trumpland?*)，2018年4月2日发表于《纽约时报》。

17 克鲁格曼把这些观点讲得很清楚，出处同16。

18 参见 I. 索希尔的《被遗忘的美国人》，第13页。

19 参见 S. 平克的（S. Pinker）的《我们天性中更好的天使》(*The Better Angels of Our Nature*)，第408页（企鹅图书，纽约，2012年）。

20 参见 K. 鲍曼（K. Bowman）的《跨种族婚姻：改变法律、思想和心灵》(*Interracial Marriage: Changing Laws, Minds and Hearts*)，2017年1月13日发表于《福布斯》。另见 E. 奥尼尔（E. O'Neil）、H. 西姆斯（H. Sims）和 K. 鲍曼的《美国企业研究所政治报告：特朗普总统任期：改变、改变、改变》(*AEI Political Report: The Trump Presidency: Change, Change, Change*)，美国企业研究所，2017年1月13日。

21 参见 H. 卡斯基延（H. Karthikeyan）和 G. J. 金（G. J. Chin）的《保留种族身份》(*Preserving Racial Identity*)第9页，发表于2002年《亚洲法》第1期。

第六章　穿实验服的毒贩

1. 参见 B. 迈耶（B. Meier）的《止痛药》（Pain Killer），（兰登书屋，纽约，2018 年）。迈耶对普渡制药公司做了开创性的报道，他的书也是一部制药公司如何不惜巨大的人力成本兜售药品的编年史。

2. 参见约翰·霍普金斯大学布隆博格公共卫生学院 2018 年 6 月 22 日发表的《医疗保险计划可能会助长阿片类药物流行》（Health Insurance Plans May Be Fueling Opioid Epidemic）。

3. 疼痛专家 2019 年 3 月在《疼痛医学》上发表的《由疼痛专家和领导者组成的国际利益相关者团体呼吁采取紧急行动强制逐渐减少阿片类药物》（International Stakeholder Community of Pain Experts and Leaders Call for an Urgent Action on Forced Opioid Tapering）联合声明称，"目前，近 1800 万美国人正在长期服用阿片类处方药"。

4. 参见 M. 福赛思（M. Forsythe）和 W. 波格丹尼奇（W. Bogdanich）的《诉讼称，麦肯锡建议普渡制药公司如何"大幅增加"阿片类药物的销量》（McKinsey Advised Purdue Pharma How to "Turbocharge" Opioid Sales, Lawsuit Says），2019 年 2 月 1 日发表于《纽约时报》。

5. 参见美国司法部 2018 年 8 月 22 日新闻稿《美国司法部首次采取法律行动，减少阿片类药物处方开具过量》（Justice Department Takes First-of-Its-Kind-Legal Action to Reduce Opioid Over-Prescription）。

6. 参见 E. 休斯（E. Hughes）的《疼痛骗子》（The Pain Hustlers），2018 年 5 月 2 日发表于《纽约时报》。

7. 参见美国参议院国土安全和政府事务委员会高级委员办公室 2018 年 10 月 17 日发表的《助长一种流行病：因西斯促销芬太尼战略内幕》（Fueling an Epidemic: Inside the Insys Strategy for Boosting Fentanyl Sales），第 8 页。

8 参见S. E. 哈德兰德（S. E. Hadland）等的《制药行业营销阿片类产品与阿片类药物相关过量死亡率的关联》（Association of Pharmaceutical Industry Marketing of Opioid Products with Mortality from Opioid-Related Overdoses），2019年发表于《美国医学会杂志网络公开版》。

9 关于因西斯的信息主要来自《助长一种流行病》。

10 参见众议院能源和商业委员会下辖监督和调查小组委员会2018年5月8日发表的《打击阿片类药物泛滥：研究对分配和转移的关注》（Combating the Opioid Epidemic: Examining Concerns About Distribution and Diversion）。另见S. 阿穆尔（S. Armour）和T. M. 伯顿（T. M. Burton）的《向小城镇运送阿片类药物受到听证会关注》（Opioid Shipments to Small Towns Come Under Spotlight at Hearing），2018年5月8日发表于《华尔街日报》。

11 参见E. 弗赖伊（E. Fry）的《麦克森的大股东，管理专家说，阿片类药物危机本该让首席执行官损失一些奖金》（Big McKesson Shareholder, Governance Experts Say the Opioid Crisis Should Have Cost the CEO Some Bonus Pay），2017年7月10日发表于《财富》。

12 参见J. 考尔金斯和K. 汉弗莱斯的《我们中间的毒贩：寻找那些穿实验服或细条纹西装的人》（Drug Dealers Among Us: Look for Those Wearing Lab Coats or Pinstripe Suits），2018年2月6日发表于《国会山报》。

第七章　输掉禁毒战争

1 埃利希曼在结束他的白宫任职多年后，于1996年对正在撰写一本关于毒品政策的书的丹·鲍姆发表了这番关于禁毒战争的言论。参见D.

鲍姆（D. Baum）的《让一切合法化》（Legalize It All），2016年4月发表于《哈珀斯杂志》。在一定程度上，由于这段引语，自由派有时认为，禁毒战争和大规模监禁只是一个保守派的阴谋；事实上，现实比这要复杂得多，这是两党的失败。小詹姆斯·福曼（James Forman Jr.）在他的普利策奖获奖作品《把我们自己人关起来》（Locking Up Our Own）中指出，黑人领袖最初支持打击犯罪和采取严厉的治安措施，因为他们管辖的城市充斥着毒品和犯罪。

2 参见M. 华纳、L. H. 陈（L. H. Chen）和D. M. 马库茨（D. M. Makuc）等的《1980—2008年美国的药物中毒死亡》（Drug Poisoning Deaths in the United States, 1980—2008），美国卫生与公众服务部，国家卫生统计中心，第81号数据简报，第1页，2011年12月。

3 尼克松请来杰尔姆·贾菲（Jerome Jaffe）博士领导戒毒工作，他曾在芝加哥管理一个戒毒项目，这实际上相当于为那些想要治疗的成瘾者除罪。同样，去越南的美国士兵在回国前也接受了治疗，没有被送上军事法庭或受到惩罚。详请参阅PBS前线对贾菲博士的采访：https://www.pbs.org/wgbh/pages/frontline/shows/drugs/interviews/jaffe.html。

4 参见美国物质滥用和精神健康服务管理局2018年发表的《美国物质滥用和心理健康关键指标》（Key Substance Abuse and Mental Health Indicators in the United States）。

5 参见国家药物滥用研究所2018年1月发表的《戒毒原则：基于研究的指南（第三版）》[Principles of Drug Addiction Treatment: A Research-Based Guide (Third Edition)]。

6 参见J. 吴（J. Ng）、C. 萨瑟兰（C. Sutherland）和M. R. 柯尔柏（M. R. Kolber）的《证据支持有医护监督的注射场所吗？》（Does Evidence Support Supervised Injection Sites?），发表于《加拿大家庭医生》第63

卷，第 11 期（2017 年 11 月），第 866 页。

7 参见《成瘾者应该可以在安全注射场所合法注射毒品》卷首语（*Addicts Should Be Able to Shoot Up Legally in Safe-Injection Facilities*），2018 年 7 月 1 日发表于《科学美国人》。

8 参见 J. 麦克（J. Mack）的《密歇根州每年的阿片类药物处方比密歇根州的人口还多》（*Michigan Has More Annual Opioid Prescriptions Than People*），2017 年 6 月发表于《密歇根当地新闻》。2016 年，密歇根州的医生开了 1100 万张阿片类药物处方，密歇根州总人口将近 1000 万。

第八章　自力更生

1 耶鲁大学著名心理学教授保罗·布鲁姆（Paul Bloom）在一本名为《反对同理心》（*Against Empathy*）的书中予以反驳。布鲁姆宣称自己正在参与一场"反同理心运动"，并警告说，同理心可能会导致抑郁，或导致不理智地去帮助某个特定的大眼睛孩子，而不是帮助更需要关注的更大的群体。和许多批评者一样，我们认为布鲁姆对同理心的定义过于狭隘，不公平地将其与理性对立起来。我们当然反对非理性，但我们相信有同理心的人更坚毅。

2 我们在纽约公共广播（WNYC）的电台节目《媒体》（*On the Media*）的一个精彩的节目中了解到瓦尼关于贫困的观点。可以登录这个网址收听：www.wnyc.org/poverty。

第九章 绝望之死

1. 19 世纪的预期寿命存在相互矛盾的估计,参见 J. D. 哈克(J. D. Hacker)的《美国白人十年寿命表》(*Decennial Life Tables for the White Population of the United States*)手稿,表 8,美国国家医学图书馆,2011 年。19 世纪 60 年代,白人男性的预期寿命为 35.6 岁。我们不知道这一时期包括黑人或美国原住民在内的美国人预期寿命的可靠数字,但他们的预期寿命肯定低得多。因此,我们认为总体寿命"不到 35 岁"。

2. 参见 L. 伯恩斯坦(L. Bernstein)和 C. 英格拉哈姆(C. Ingraham)的《在毒品危机的推动下,美国人的预期寿命连续第二年下降》(*Fueled by Drug Crisis, U.S. Life Expectancy Declines for a Second Straight Year*),2017 年 12 月 21 日发表于《华盛顿邮报》。

3. 参见 J. J. 李(J. J. Lee)等的《110 万个体教育背景的全基因组关联研究中的基因发现和多基因预测》(*Gene Discovery and Polygenic Prediction from a Genome-wide Association Study of Educational Attainment in 1.1 Million Individuals*),2018 年 7 月 23 日发表于《自然遗传学》。

4. 在我们的《天空的另一半 2》(*A Path Appears*)(克诺普夫出版社,纽约,2014 年)"希望的力量"一章中,我们讨论了这个问题。

5. 参见 E. B. 塔珀(E. B. Tapper)和 N. D. 帕里克(N. D. Parikh)的《美国 1999—2016 年肝硬化和肝癌死亡率:观察性研究》(*Mortality Due to Cirrhosis and Liver Cancer in the United States, 1999—2016: Observational Study*),2018 年 7 月 18 日发表于《英国医学杂志》。

第十章　有效的干预措施

1. 参见乔治城大学法学院贫困与不平等研究中心 M. S. 萨尔（M. S. Saar）、R. 爱泼斯坦（R. Epstein）和 L. 罗森塔尔（L. Rosenthal）等于 2016 年发表的《从性虐待到监狱系统：女孩的故事》(The Sexual Abuse to Prison Pipeline: The Girls' Story)。

2. 参见维拉司法研究所 E. 斯瓦沃拉（E. Swavola）、K. 赖利（K. Riley）和 R. 苏布拉曼尼亚（R. Subramanian）等于 2016 年发表的《被忽视的人：改革时代的女性和监狱》(Overlooked: Women and Jails in an Era of Reform)，第 12 页。

3. 参见 G. A. 扎尔金（G. A. Zarkin）、A. J. 考威尔（A. J. Cowell）、K. A. 希克斯（K. A. Hicks）和 M.J. 米尔斯（M. J. Mills）的《州立监狱囚犯物质滥用治疗项目的收益与成本：终身模拟模型的结果》(Benefits and Costs of Substance Abuse Treatment Programs for State Prison Inmates: Results from a Lifetime Simulation Model)，2012 年 6 月发表于《健康经济学》。

第十一章　全民医疗：一天，一个城镇

1. 参见联合健康基金会发布的《美国健康排名：2017 年年度报告》(America's Health Rankings: 2017 Annual Report)，第 43 页。

2. 参见 A. P. 塔克雷尔（A. P. Thakrar）、A. D. 福里斯特（A. D. Forrest）、M. G. 马丁福特（M. G. Maltenfort）和 C. B. 福里斯特的《美国与 19 个经合组织国家儿童死亡率比较：50 年时间趋势分析》(Child Mortality in the US and 19 OECD Comparator Nations: A 50-Year Time-Trend

Analysis），2018 年 1 月发表于《健康事务》。

3 有时，怀疑论者会指出，数据收集方式的差异使跨国比较变得很复杂。这么说是有道理的，我们认为，一些国家有时不会把出生后不久死亡的新生儿计入婴儿死亡统计数据。但在发达国家，报告标准似乎是相似的。一项研究调查了这一问题，发现胎儿死亡率受所采用标准的影响，但婴儿死亡率没有受到实质性影响。参见 A. D. 莫汉戈（A. D. Mohangoo）、B. 布隆德尔（B. Blondel）和 M. 吉斯勒（M. Gissler）等的《高收入国家胎儿和新生儿死亡率的国际比较：排除阈值应基于出生体重，还是胎龄？》（International Comparisons of Fetal and Neonatal Mortality Rates in High-Income Countries: Should Exclusion Thresholds Be Based on Birth Weight or Gestational Age?），2013 年 5 月 13 日发表于《公共科学图书馆》。

4 参见 R. M. 卡普兰（R. M. Kaplan）的《不仅仅是医学》（More Than Medicine），第 96—98 页（哈佛大学出版社，剑桥，2019 年）。

5 这项研究显示，每 830 名投保人中就有一个人得救。贝克尔带领本杰明·萨默斯和阿诺德·爱泼斯坦进行了一项类似的研究，发现在亚利桑那州、缅因州和纽约州，保险挽救的生命更多；在那些地方，为额外 176 个人投保，每年会挽救一条生命。

6 参见国际健康计划联合会发布的《2015 年比较价格报告》（2015 Comparative Price Report）。报告中列出的价格是每个国家的平均价格，西班牙和瑞士的药品和手术价格一直都很低，而美国一直都很贵。

7 参见 R. M. 卡普兰的《不仅仅是医学》，第 128—129 页。

8 参见 A. M. 吉利根（A. M. Gilligan）、D. S. 艾伯茨（D. S. Alberts）、D. J. 罗（D. J. Roe）和 G. H. 斯克雷普内克（G. H. Skrepnek）的《死亡还是债务？对新诊断癌症患者财务毒性的国家评估》（Death or Debt? National Estimates of Financial Toxicity in Persons with Newly-Diagnosed

Cancer），2018 年 10 月发表于《美国医学杂志》。

第十二章　富裕国家的无家可归者

1. 参见美国住房和城市发展部 M. 亨利（M. Henry）、A. 玛哈伊（A. Mahathey）和 T. 莫里尔（T. Morrill）等于 2018 年 12 月提交给国会的《2018 年度无家可归者评估报告》（The 2018 Annual Homeless Assessment Report to Congress）的《第一部分：无家可归的时间点估计》（Part I: Point-in-Time Estimates of Homelessness），第 1 页。

2. 参见 A. 波夫拉西翁（A. Poblacion）、A. 博韦利-阿蒙（A. Bovell-Ammon）和 R. 谢沃德（R. Sheward）等于 2017 年 7 月发表的《稳定的住所造就稳定的家庭》（Stable Homes Make Stable Families），出自《儿童健康观察，假如？》系列。

3. 参见国家低收入住房联盟 A. 奥拉姆德（A. Auramd）、D. 伊曼纽尔（D. Emmanuel）和 D. 延特尔（D. Yentel）2018 年发表的《遥不可及：高成本住房》（Out of Reach: The High Cost of Housing）。

4. 参见 E. L. 格莱泽和 J. 吉尤科（J. Gyourko）的《分区对住房负担能力的影响》（The Impact of Zoning on Housing Affordability），2002 年 3 月国家经济研究局工作文件。

5. 出处同 4。

6. 参见白宫 2016 年 9 月发布的《住房发展工具包》（Housing Development Toolkit），第 7 页。

7. 参见 D. 费尔南德斯（D. Fernandes）、小约翰·G·林奇（J. G. Lynch Jr.）和 R.G. 内特梅尔（R. G. Netemeyer）的《金融知识与金融教育对下游金融行为的影响》（The Effect of Financial Literacy and Financial

Education on Downstream Financial Behaviors），2014 年 8 月发表于《管理科学》。经仔细研究发现，金融知识对个人发展很有帮助，一些学校的课程也能带来不错的效果。

8　参见 K. 奥顿（K. Orton）的《联邦政府在补贴房主上的支出多于帮助国民避免无家可归的支出》（Federal Government Spends More Subsidizing Homeowners Than It Does Helping People Avoid Homelessness），2017 年 10 月 11 日发表于《华盛顿邮报》。另见 M. 诺沃格拉达克（M. Novogradac）的《房主获得的税收补贴再次远超租客》（Once Again, Homeownership Gets Far More Tax Subsidies Than Rental Housing），2018 年 7 月 2 日发表于《诺沃格拉达克税收抵免》。2017 年税改法案出台后，抵押贷款利息扣除的成本预计将从 2017 年的 660 亿美元降至 2018 年的 410 亿美元；将 50 万美元从房屋销售的资本收益中剔除，每年还有 360 亿美元。

9　参见 P. 郝瑞斯基（P. Whoriskey）的《一个由移动房屋组成的十亿美元帝国》（A Billion-Dollar Empire Made of Mobile Homes），2019 年 2 月 14 日发表于《华盛顿邮报》。

第十三章　逃脱艺术家

1　参见 Y. 陈（Y. Chen）和 T. J. 范德维尔（T. J. VanderWeele）的《宗教教育与从青春期到成年早期的后续健康和幸福感的关联：一项全结果分析》（Associations of Religious Upbringing with Subsequent Health and Well-Being from Adolescence to Young Adulthood: An Outcome-Wide Analysis），2018 年 6 月 29 日发表于《美国流行病学杂志》。

2　参见美国企业研究所 W. B. 威尔科克斯（W. B. Wilcox）、W. R. 王（W. R.

Wang)和 R. B. 明西(R. B. Mincy)2018 发表的《黑人在美国取得成功》(*Black Men Making It in America*)。同一项研究还发现,如果黑人男性已婚,是教友,或者有青少年或年轻男性的自主性,更可能步入中产阶层。高等教育和全职工作也与成功有关联,这一点不足为怪。

第十四章 脸上挨了一枪

1 参见 J. 特拉维斯(J. Travis)、B. 韦斯顿(B. Western)和 S. 雷德本(S. Redburn)编著的《美国监禁率上升:探索其原因和后果》(*The Growth of Incarceration in the United States: Exploring Causes and Consequences*),第 33 页(国立兰佩尔出版社,华盛顿特区,2014 年)。

2 参见《事实说明:美国劳教的趋势》(*Fact Sheet: Trends in U.S. Corrections*),量刑项目,华盛顿特区,2018 年 6 月。

3 参见美国前司法部部长 W. P. 巴尔(W. P. Barr)1992 年 10 月 28 日发表的开场白《更多监禁的理由》(*The Case for More Incarceration*)。

4 参见 A. 内利斯(A. Nellis)的《静止的生活:美国越来越多地使用无期徒刑和长期徒刑》(*Still Life: America's Increasing Use of Life and Long-Term Sentences*)第 5 页,量刑项目,2017 年。这七分之一的数字还包括另外 44311 名正在服 50 年或以上徒刑的人,这几乎相当于无期徒刑。关于终身监禁的费用,出处同 3,详见第 26 页。

5 参见 D. 艾伦(D. Allen)的《我们应如何处理违法行为?不要说监狱》(*How Should We Deal with Wrongdoing? And You Can't Say Prison*),2018 年 5 月 16 日发表于《华盛顿邮报》。

6 参见布鲁金斯学会 E. 罗德里格(E. Rodrigue)和 R. V. 里夫斯(R. V.

Reeves)2015年2月5日发表的《家访项目：对第114届国会的早期测试》(Home Visiting Programs: An Early Test for the 114th Congress)。另见国家家访资源中心的《2018年家访年鉴》，该年鉴称，2017年，在1800万个本应受益的家庭中，基于证据的家访项目服务了30万个家庭。

7 参见S. 丹齐格（S. Danziger）、J. 勒瓦夫（J. Levav）和L. 阿夫南·佩索（L. Avnaim-Pesso）的《司法裁决中的外部因素》(Extraneous Factors in Judicial Decisions)，2011年4月26日发表于《美国国家科学院院刊》。

8 参见O. 埃伦（O. Eren）和N. 莫坎（N. Mocan）的《情绪化的法官和不幸的青少年》(Emotional Judges and Unlucky Juveniles)，《美国经济杂志：应用经济学10》第3期，卷3（2016年9月），第171—205页。

9 迈克尔·亚历山大在《新吉姆·克劳主义：色盲时代的大规模监禁》(The New Jim Crow: Mass Incarceration in the Age of Colorblindness)一书中有力地阐述了这一点。

10 参见M. 伯特兰（M. Bertrand）和S. 穆莱纳坦（S. Mullainathan）的《艾米莉和格雷格比拉吉莎和贾马尔更适合被雇用吗？劳动力市场歧视的田野试验》(Are Emily and Greg More Employable Than Lakisha and Jamal? A Field Experiment on Labor Market Discrimination)，《美国经济评论》94卷，第4期（2004年9月），第991—1013页。

11 参见O. 帕特森（O. Patterson）和E. 福斯（E. Fosse）主编的《文化矩阵：理解黑人青年》(The Cultural Matrix: Understanding Black Youth)，（哈佛大学出版社，剑桥，2015年）。

12 参见2015年11月乔治·凯泽家族基金会与CNN关于美国种族的调查。

13 参见美国联邦储备委员会L. J. 德特兰（L. J. Dettling）、J. W. 许（J. W.

Hsu)、L. 雅各布斯（L. Jacobs）等在 E. 利亚内斯（E. Llanes）协助下撰写的《按种族和民族划分的财富持有的最新趋势：证据来自消费者财务调查报告》(Recent Trends in Wealth-Holding by Race and Ethnicity: Evidence from the Survey of Consumer Finances)，美联储笔记，2017年9月27日。

14 参见布鲁金斯学会都市政策项目 J. 罗思韦尔（J. Rothwell）的《住房成本、分区和进入高分学校》(Housing Costs, Zoning, and Access to High-Scoring Schools) 第8页，2012年4月。

15 参见 S. 索尔（S. Saul）和 M. 弗莱根海默（M. Flegenheimer）的《埃尔帕索返校节使贝托·奥罗克这颗明星冉冉升起》(The El Paso Homecoming That Set Beto O'Rourke's Star on the Rise)，2019年4月27日发表于《纽约时报》。

16 参见美国内政部印第安人教育局网站 www.bie.edu 发布的《重新计划概要》(Synopsis of Reprogramming)。

17 参见印第安人卫生服务署发布的《IHS 概况》2015—2018年数据。

18 参见美国审计总署《监狱管理局：需要更好的规划和评估，以了解和控制不断上升的囚犯医疗费用》(Bureau of Prisons: Better Planning and Evaluation Needed to Understand and Control Rising Inmate Health Care Costs)，GAO-17-379，2017年6月29日出版，2017年7月31日发布。

第十五章　上帝保佑家庭

1 参见 B. 戈尔茨坦（B.Goldstein）的《纽特·金里奇的三任妻子告诉我们他将会是怎样一位总统》(What Newt Gingrich's Three Wives Tell Us About the President He'd Be)，2012年1月2日发表于《华盛顿邮报》。

2 参见 J. 斯温（J. Swaine）和 D. 史密斯（D. Smith）的《特朗普提名的美联储理事因未向前妻支付超过 30 万美元被判藐视法庭》(*Trump Fed Pick Was Held in Contempt for Failing to Pay Ex-Wife Over $300,000*)，2019 年 3 月 30 日发表于《卫报》。

3 参见 J. A. 马丁（J. A. Martin）、B. E. 汉密尔顿（B. E. Hamilton）和 M. J. K. 奥斯特曼（M. J. K. Osterman）等的《出生：2016 年最终数据》(*Births: Final Data for 2016*)表 9，第 31 页，2018 年 1 月 31 日发表于《国家人口统计报告》。

4 参见威斯康星大学麦迪逊分校贫困研究所 M. 坎齐安（M. Cancian）、D. R. 迈耶（D. R. Meyer）和 S. T. 库克的《继父母和半同胞：从孩子的角度看家庭的复杂性》(*Stepparents and Half-Siblings: Family Complexity from a Child's Perspective*)，第 3 页，2011 年 9 月发表于《快速聚焦》。

5 一些研究发现，同性伴侣的孩子生活得稍差些，但这似乎是因为这些孩子通常生活在离异家庭。典型的情况是，孩子出生在异性婚姻的家庭中，父母有一方出柜后，这对夫妻选择离婚。父母离婚是一种童年不良经历，所以，总体上对儿童的未来有影响。然而，其他研究人员发现，一出生就被同性伴侣抚养的孩子的生活略好于平均水平。这大概也与家长的性取向无关，而是因为有孩子的同性家长比普通人更富有一些，社会经济地位也更高一些。此外，由于同性父母积极地想要孩子，并为生孩子投入大量资金，这样的孩子不太可能被忽视。参见 D. 马兹雷卡伊（D. Mazrekaj）、K. de. 威特（K. de. Witte）和 S. 卡比（S. Cabus）的《一出生就被同性伴侣抚养的孩子的学习成绩：证据来自行政管理平行数据》(*School Outcomes of Children Raised by Same-Sex Couples from Birth: Evidence from Administrative Panel Data*)，美国经济学会会议，2019 年 1 月 5 日。

6 参见布鲁金斯学会 R. V. 里夫斯和 J. 费纳托尔（J. Venator）的《拯救霍

雷肖·阿尔杰》(Saving Horatio Alger)，2014年8月21日发表于《社会流动备忘录》。

7 参见国家收养委员会N. 齐尔（N. Zill）的《更好的前景、更低的成本：为增加寄养辩护》(Better Prospects, Lower Cost: The Case for Increasing Foster Care Adoption)，2011年5月发表于《收养倡导者》。

8 参见全国州议会会议网站（www.ncsl.org）2019年2月25日发布的《支持寄养中心的大龄青年》(Supporting Older Youth in Foster Care)。

9 参见全国寄养青年协会网站（www.nfyi.org）2017年5月26日发布的《因为超龄离开寄养中心》(Aging Out of Foster Care)。

10 对拉丁裔移民的怨恨不仅源于失业，也源于对白人工人阶层的社会地位直线下降的懊恼，人口和文化的变化让他们感觉自己有点像作家阿莉·拉塞尔·霍赫希尔德（Arlie Russell Hochschild）所说的"故土的陌生人"。

第十六章 两颗真心的结合

1 参见W. B. 威尔科克斯、W. R. 王和R. B. 明西的《黑人在美国取得成功》一文。当然，这是相互关系，不是因果关系，一些未婚男性有危险因素，也使他们不太适合结婚。

2 想象一下在洛杉矶两个不同社区长大的低收入黑人男性。在沃茨的低收入家庭长大的年轻黑人男性中，44%的人在2010年人口普查那天被关进监狱。但在两英里以南的康普顿，在小时候同样贫穷的年轻黑人男性中，只有6%的人在那天被监禁。这两个社区的区别之一是家庭结构：20世纪80年代，当这些人还是孩子的时候，在沃茨有孩子的家庭中，87%是单亲家庭，而在康普顿只有50%是单亲家庭。这一切都凸显了帕特·莫伊尼汉关于家庭结构的重要性的观点。家庭结构不仅对孩子，对成年人和整个社会也同样重要。

3. 参见 D. 奥托、D. 多恩（D. Dorn）和 G. 汉森（G. Hanson）的《当工作消失时：制造业衰退和年轻男性的婚姻市场价值下降》(When Work Disappears: Manufacturing Decline and the Falling Marriage Market Value of Young Men)，国家经济研究局工作文件，2018 年 12 月修订。另见 D. 施耐德（D. Schneider）、C. 哈克内特和 M. 斯廷普森（M. Stimpson）的《美国初婚率下降说明了什么？》(What Explains the Decline in First Marriage in the United States?)，2018 年 5 月 8 日发表于《婚姻与家庭》。

4. 对已将最低工资提高到每小时 15 美元的城市进行的研究迄今没有显示出相应的就业岗位大幅减少，部分原因可能是忠诚度略有提高，人员流动率有所下降。参见加州大学伯克利分校劳动与就业研究所 S. A. 阿莱格托（S. A. Allegretto）、A. 戈多伊（A. Godoey）、C. 纳德勒（C. Nadler）和 M. 赖希（M. Reich）2018 年 9 月 6 日发表的《地方最低工资政策的新浪潮：来自六个城市的证据》(The New Wave of Local Minimum Wage Policies: Evidence from Six Cities)。其他研究表明，提高最低工资有一些负面影响，包括企业自动化程度的提高。另见国家经济研究局 D. 诺伊马克（D. Neumark）、J. M. 扬·萨拉斯（J. M. Ian Salas）和 W. 瓦舍尔 2013 年 6 月发表的《重新审视最低工资与就业之辩：把孩子和洗澡水一起泼掉？》(Revisiting the Minimum Wage–Employment Debate: Throwing Out the Baby with the Bathwater?)。

5. 参见 M. 佐尔瑙（M. Zolna）和 L. 林德伯格（L. Lindberg）的《意外怀孕：2001 年至 2008 年美国年轻成年未婚女性的发生和结果》(Unintended Pregnancy: Incidence and Outcomes Among Young Adult Unmarried Women in the United States, 2001 and 2008)，2012 年 4 月

古特马赫研究所报告。

第十七章　我们食子

1. 根据官方数据，每年有 1600 名儿童死亡，尽管专家表示实际总数是这个数字的 2 倍。

2. 贫困男孩在 21 岁前被捕的可能性是普通男孩的 2 倍，贫困女孩在 21 岁前未婚生子的可能性是普通女孩的 6 倍。参见 G. J. 邓肯（G. J. Duncan）和 A. 卡利尔（A. Kalil）的《幼儿贫困与成人的成就、行为和健康》(Early-Childhood Poverty and Adult Attainment, Behavior, and Health)，2010 年 2 月 4 日发表于《儿童发展》。

3. 参见 J. L. 黄（J. L. Oei）的《成人产前接触毒品的后果》(Adult Consequences of Prenatal Drug Exposure)，2018 年 1 月 3 日发表于《内科医学》。

4. 参见 V. J. 费利蒂（V. J. Felitti）、R. F. 安达（R. F. Anda）和 D. 努登贝里（D. Nordenberg）等的《儿童期虐待和家庭功能失调与成人许多主要死因的关系》(Relationship of Childhood Abuse and Household Dysfunction to Many of the Leading Causes of Death in Adults)，第 245—258 页，1998 年 5 月发表于《美国预防医学杂志》。

5. 参见全国州议会会议网站（www.ncsl.org）2018 年 10 月 11 日发表的《预防少女怀孕》(Teen Pregnancy Prevention)。

6. 国家教育统计中心发表的《公共核心数据：美国公立学校》(Common Core of Data: America's Public Schools)显示，2016—2017 学年毕业率达到 84.6%，高于 2011 年的 79%。另见 M. 巴林吉特（M. Balingit）的《美国高中毕业率再创新高》(U.S. High School Graduation Rates Rise to

New High），2017年12月4日发表于《华盛顿邮报》。

7 上高中时，你可能学过拉马克的进化论——动物在一生中会发生变化，并将这些变化遗传给后代——这是错误的。例如，古代长颈鹿不会因为伸长脖子去够高高的树枝，就生下脖子更长的幼崽。但表观遗传学是一个新的科学领域，它表明环境因素可以影响基因表达，因此获得的性状有时可能会遗传给下一代。这不是拉马克遗传学，但究竟是什么还不太清楚；这是一门处于萌芽阶段的革命性学科。

8 参见M. 麦克劳克林（M. McLaughlin）和M. R. 兰克（M. R. Rank）的《美国儿童贫困的经济成本估算》（Estimating the Economic Cost of Child Poverty in the United States），2018年3月30日发表于《社会工作研究》。

9 有些凶杀案的成本更高，包括一个高达1700万美元的凶杀案，但大多数估计在300万到500万美元（如果凶手被定罪并被监禁的话）。参见M. 德利西（M. DeLisi）、A. 科斯洛斯基（A. Kosloski）和M. 斯温（M. Sween）等的《数字谋杀：杀人犯样本产生的金钱成本》（Murder by Numbers: Monetary Costs Imposed by a Sample of Homicide Offenders），2010年8月发表于《司法精神病学和心理学》。

10 参见Ö. 法尔克（Ö. Falk）、M. 瓦伦纽斯（M. Wallinius）和S. 隆斯特罗姆（S. Lundström）的《1%的人口对63%的暴力犯罪定罪负责》（The 1% of the Population Accountable for 63% of All Violent Crime Convictions），发表于《社会精神病学精神疾病流行病学》第4期，第49卷（2014年），第559—571页。

11 参见R. 威尔金森和K. 皮克特的《内心层次》（The Inner Level）第21页（Allen Lane出版社，伦敦，2018年）。威尔金森和皮克特在他们的上一本书《精神层次》（The Spirit Level）中也探讨了这些问题。

12 参见哈佛大学肯尼迪政府学院C. 雷赫尔（C. Reichel）的《自杀

预防：成功干预研究》(Suicide Prevention: Research on Successful Interventions)，2019年发表于记者资源网站。

13 参见 V. 萨克斯（V. Sacks）和 D. 墨菲（D. Murphey）的《按州、种族或民族划分的童年不良经历的全国流行率》(The Prevalence of Adverse Childhood Experiences, Nationally, by State, and by Race or Ethnicity)，2018年2月20日发表于《儿童趋势》。

14 参见 H. L. 谢弗（H. L. Shaefer）和 K. J. 埃丁（K. J. Edin）的《每天2美元：在美国几乎一无所有地生活》($2 a Day: Living on Almost Nothing in America)，（霍顿米夫林出版公司，波士顿，2015年）。关于如何进行这些国际比较，存在着激烈的争论。一些人指出，国外极端贫困的家庭通常是自己养活自己的村民，他们不支付任何住房费用，这在美国是不可能的；另一些人则认为，破产的美国人，尤其是儿童，可以获得食品券、紧急医疗护理和私人慈善机构的帮助。

15 例如，其中一个危险是，通过为有孩子的家庭提供福利，政府将创造一种激励措施，导致低收入单身母亲的生育率剧增。经济学家保罗·科利尔（Paul Collier）认为，这就是1999年发生在英国的情况。参见其《资本主义的未来》(The Future of Capitalism)第160页，（哈珀·柯林斯出版集团，纽约，2018年）。英国其他研究发现，单身女性的生育不会受到影响，但低收入夫妻会多生育。对美国的评论褒贬不一，罗伯特·莫菲特（Robert Moffitt）发现了生育效应，参见其《福利对婚姻和生育的影响》(The Effect of Welfare on Marriage and Fertility)，贫困研究所讨论论文，1997年。而希拉里·霍因斯（Hilary Hoynes）在《工作、福利和家庭结构》(Work, Welfare and Family Structure)中得出了相反的结论，参见 A. 奥尔巴赫（A. Auerbach）主编的《财政政策：经济研究的教训》(Fiscal Policy: Lessons from Economic Research)，（麻省理工学院出版社，剑桥，1997年）。加拿大和欧洲的研究发现，福利待遇对低收入妇女的生育率几乎或根本没有影响；澳大利亚的生育率曾短暂上升，但随后就停止了。对我们来说，国际证据的平衡表明，我们应该警惕儿童福利对生育率的影响，但这不太可能成为一个严重的问题。

16 参见 A. 迪顿（A. Deaton）的《美国不能再逃避严重的贫困问题》(*The U.S. Can No Longer Hide from Its Deep Poverty Problem*)，2018 年 1 月 24 日发表于《纽约时报》。

17 参见国家安全委员会德博拉·A. P. 赫斯曼（Deborah A. P. Hersman）2017 年发表的《处方药危机如何影响美国雇主》(*How the Prescription Drug Crisis Is Impacting American Employers*)，第 8 页。

第十八章　养育问题儿童

1 参见 H. L. 谢弗、P. H. 吴（P. H. Wu）和 K. J. 埃丁的《美国的贫困能与世界上最贫困国家的状况相提并论吗？》(*Can Poverty in America Be Compared to Conditions in the World's Poorest Countries?*)，国家贫困中心工作文件系列 16—07 号，2016 年 8 月。

2 参见 2018 年阿肯色州最高法院凯伦·R. 贝克（Karen R. Baker）法官对阿肯色州第 324 号案"肯尼斯·里姆斯诉阿肯色州"的判决意见。

3 参见 S. B. 赫勒（S. B. Heller）、A. K. 沙阿（A. K. Shah）和 J. 古里安（J. Guryan）等的《思考，快与慢？芝加哥减少犯罪和辍学率的一些田野试验》(*Thinking, Fast and Slow? Some Field Experiments to Reduce Crime and Dropout in Chicago*)，国家经济研究局工作文件第 21178 号，2015 年 5 月。

第十九章　创造更多逃脱艺术家

1　参见 J. 卡尼亚（J. Kania）和 M. 克雷默（M. Kramer）的《集合影响力》（Collective Impact），2011 年冬发表于《斯坦福社会创新评论》。

第二十章　重获新生的美国

1　参见 1968 年 4 月 5 日罗伯特·F. 肯尼迪在克利夫兰城市俱乐部的演讲。约翰·F. 肯尼迪总统图书馆网站上的文字记录并不完全准确，所以我们依靠录音自行誊写抄录。

2　参见美国国家科学院、工程院和医学院《减少儿童贫困计划》（A Roadmap to Reducing Child Poverty），（美国国家学术出版社，华盛顿特区，2019 年）。

3　参见 F. D. 布劳（F. D. Blau）和 L. M. 卡恩（L. M. Kahn）的《女性劳动力供应：美国为何落后？》（Female Labor Supply: Why Is the United States Falling Behind?），2013 年发表于《美国经济评论：论文与论文集》。另见 C. 兰佩尔的《带薪家务假不仅是女性的问题》（Paid Family Leave Isn't Just a Women's Issue），2019 年 2 月 14 日发表于《华盛顿邮报》。

4　参见 H. L. 谢弗、S. 科利尔和 G. 邓肯等的《普遍儿童津贴：减少美国儿童贫困和收入不稳定计划》（A Universal Child Allowance: A Plan to Reduce Poverty and Income Instability Among Children in the United States），发表于《罗素·塞奇基金会社会科学期刊》卷四，第 2 期（2018 年 2 月），第 22 页。

5 参见政策研究所 C. 柯林斯、D. 汉密尔顿和 D. 阿桑特－穆罕默德（D. Asante-Muhammad）等于 2019 年发表的《弥合种族财富鸿沟的十种解决方案》(Ten Solutions to Bridge the Racial Wealth Divide)。

6 罗伯特·E. 弗里德曼（Robert E. Friedman）在《几千美元》(Few Thousand Dollars) 中对这些个人发展账户进行了广泛的讨论。

7 参见 R. J. 席勒（R. J. Shiller）的《工资保险如何缓解经济不平等》(How Wage Insurance Could Ease Economic Inequality)，2016 年 3 月 11 日发表于《纽约时报》。

8 参见巴德学院利维经济研究所 L. R. 雷（L. R. Wray）、F. 丹塔斯（F. Dantas）和 S. 富维乐（S. Fullwiler）等于 2018 年 4 月发表的《公共服务就业：通往充分就业之路》(Public Service Employment: A Path to Full Employment)。

9 参见 J. E. 斯蒂格利茨、A. 森和 J-P. 菲图西的《经济表现与社会进步衡量委员会报告》。

图书在版编目（CIP）数据

为何生活越来越像走钢索 /（美）尼可拉斯·D. 克里斯多夫，（美）雪莉·邓恩著；赵文伟译. -- 贵阳：贵州人民出版社，2024.1
ISBN 978-7-221-17895-4

Ⅰ.①为… Ⅱ.①尼…②雪…③赵… Ⅲ.①纪实文学 - 美国 - 现代 Ⅳ.① I712.55

中国国家版本馆 CIP 数据核字 (2023) 第 195379 号

版权贸易合同审核登记：22-2023-118 号

Tightrope by Nicholas D. Kristof and Sheryl WuDunn
This translation published by arrangement with Alfred A. Knopf, an imprint of The Knopf Doubleday Group, a division of Penguin Random House, LLC.
Simplified Chinese edition copyright © 2024
by Beijing Xiron Culture Group Co., Ltd.
All rights reserved.

WEIHE SHENGHUO YUELAIYUE XIANG ZOU GANGSUO

为何生活越来越像走钢索

[美] 尼可拉斯·D. 克里斯多夫　雪莉·邓恩　著　赵文伟　译

出 版 人	朱文迅
策划编辑	牛长红
责任编辑	陈　章
装帧设计	别境 Lab
责任印制	蔡继磊

出版发行	贵州出版集团　贵州人民出版社
地　　址	贵阳市观山湖区中天会展城会展东路 SOHO 公寓 A 座
印　　刷	河北鹏润印刷有限公司
版　　次	2024 年 1 月第 1 版
印　　次	2024 年 1 月第 1 次印刷
开　　本	880 毫米 ×1230 毫米　1/32 开
印　　张	10.75
字　　数	250 千字
书　　号	ISBN 978-7-221-17895-4
定　　价	58.00 元

如发现图书印装质量问题，请与印刷厂联系调换；版权所有，翻版必究；未经许可，不得转载。